21–

Dieter Schmidt

FSV oder FCK?

Dieter Schmidt
FSV oder FCK?
Mainzer Kriminalroman aus der Serie: Karl Napp ermittelt.
ISBN: 3-9809395-2-9
Zweite Auflage September 2008, alle Rechte vorbehalten

Erschienen im:
Karl-Napp-Verlag
Am Pionierübungsplatz 7
55252 Mainz-Kastel
Tel: 06134 – 26732
Fax: 06134 – 63022
www.karl-napp-mainz.de

Umschlaggestaltung und Comic-Figuren:
Atelier Wilinski
www.wilinski.de

Druck:
Gegendruck
Scharnhorststraße 9
65195 Wiesbaden
Tel: 0611- 441320
Gegendruck@t-online.de

Lektorat:
Frau Dr. Babbisch
Mainzer Institut für vergleichende Sozial- und Sexualforschung
„Isch hab's jetzt endgüldisch satt! Reschtschreibung iss ab sofort abgeschafft! Punkt.

Für alle
Meenzer Fans,
die keine Lautrer mögen.
Und natürlich für alle Lautrer,
die keine Nullfümfer leiden können.

Ist Fußball nur noch ein aufgeblasener Affenzirkus?

Gibt es Profi-Fußballer, die in ihren komischen „Dolce und Gabbana“- Klamotten aussehen wie lebende Comic-Figuren?

Gibt es Stürmer, die in der Winterpause doppeltes Gehalt fordern, weil sie in der Hinrunde vier Tore geschossen haben?

Gibt es Spielerfrauen, die sich „Model“ nennen, weil sie den „Wet-T-Shirt-Contest“ in einer Disco gewonnen haben?

Gibt es Trainer, die dauernd über „Fußballphilosophie“ daherfaseln? Was hat Fußball mit Philosophie zu tun?

Gibt es in der Bundesliga bald mehr Assistenz-, Schnelligkeits-, Kommunikations-, und Mentaltrainer als Spieler?

Gibt es „Sportpsychologen“, die für Spieler T-Shirts drucken lassen, auf denen so ein Blödsinn steht wie „Totale Dominanz“?

Gibt es keine Sportreporter mehr, sondern nur noch Dummschwätzer, die jeden Trainer fragen, ob er nächste Woche noch Trainer ist, wenn er auch das nächste Spiel verliert?

Gibt es samstags eine „Sportschau“, die aus wenig Fußball, aber viel Werbung und aufgeblasenem Gebabbel besteht?

Gibt es Klubs, die sich lieber von hirnlosen Spielern und kriminellen Beratern erpressen lassen, anstatt aufrecht abzusteigen?

Gibt es Manager, die einem russischen Milliardär für 30 Millionen Euro die Seele ihres Klubs verkaufen wollen?

Ist Fußball kein Sport mehr, sondern nur noch ein aufgeblasener „Markenartikel“, ein lachhaftes „Top-Produkt“, oder sogar ein „Premium-Produkt“ des medialen Schwachsinns?

Wenn Profifußball so bescheuert ist, dann sollte man die ganze Bundesliga auf den Müllhaufen der Sportgeschichte werfen.

Deshalb gehört dieser Roman zur literarischen Gattung Kokolores. Die Handlung ist frei erfunden. Ähnlichkeiten mit lebenden Personen, tatsächlichen Ereignissen und real existierenden Fußballvereinen sind zufällig.

Wer ist in Rheinland-Pfalz die Nummer Eins? Kaiserslautern oder Mainz?

Die falsche Antwort auf diese Frage kann Krawalle auslösen. Die Lautrer und die Meenzer Fußballfans können sich nämlich nicht leiden. Das ist aber ganz normal unter Nachbarn.

In Wahrheit haben FSV und FCK viel gemeinsam. Ein Sieg über den Anderen ist schöner als Weihnachten und Ostern zusammen. Und am Ende der Saison heulen alle, weil ihr Verein den Aufstieg vergeigt hat, oder wieder absteigen muss.

Nur die Funktionäre beider Vereine tun so, als sei es eine Schande, ein Provinzverein zu sein. Deshalb „richten sie den Fokus auf den Markenartikel Fußball“, was immer dieses Gebabbel heißen soll.

In Wahrheit „fokussieren“ beide Vereine den Steuerzahler. Zum Beispiel, wenn sich der Betze durch Größenwahn selbst vernichtet, und vorm Bankrott gerettet werden muss. Oder, wenn die Nullfümfer fassenachtsmäßig drohen, ihr neues Stadion in Hessen zu bauen. Warum ist Profifußball in Rheinland-Pfalz so bescheuert?

„Weil der Fußball so wischdisch für die ganse Reschion ist“, sagt der dicke Landesfürst. Deshalb ist er sogar Mitglied in beiden Vereinen. Damit er weder in KL noch in MZ Wählerstimmen verliert. Also muss der Steuerzahler beide Vereine bezahlen. Das ist doch witzisch, oder?

Noch komischer ist die Tatsache, dass die Fans bereit sind, „ihre“ Spieler zu lieben, obwohl in Mainz kaum ein Rheinhesse und in Lautern selten ein Pfälzer auf dem Rasen steht.

Vor allem ist es „zum Kreische“, wenn Fußballer behaupten, dass sie „wegen der tollen Fans und der super Atmosphäre“ hier spielen. Tatsächlich ist es den Profis scheißegal, ob sie beim FSV oder FCK sind. Viel lieber spielen sie für Wolfsburg. Dort gibt es keine tollen Fans und die Atmosphäre ist auch scheiße. Aber es gibt viel mehr Kohle.

Das literarische Personal

König Burt Keck: Rheinland-Pfälzischer Landesfürst. Mitglied bei FCK und FSV, weil er weder in Lautern noch in Mainz Wählerstimmen verlieren will

Brezelmüller: Pate der Mainzer Handkäsmafia, putscht sich an die Macht und ist jetzt Präsident des FSV Meenz Nullfümf

Fleischworschttoni: Mainzer Großmetzger, Busenfreund vom Paten und deshalb jetzt Manager beim FSV

Nobby und Grieser: Mainzer Lokalpolitiker, die sich im Wahlkampf gerne einen Nullfümfer-Schal um den Hals hängen

Der dicke Kardinal: Katholischer Edelfan

Michi Raffzahn: Mainzer Fußballer, der beim FSV verlängert und einen Vertrag beim Betze unterschreibt, weil er nicht nur strunzdumm, sondern auch geldgierig ist

Sandra: Michis Spielerfrau, eigentlich Kosmetikerin, behauptet aber, Model zu sein. Will aussehen wie Viktoria Beckham

Bauchlage: Ehemaliger Wirtschaftsminister, jetzt im Aufsichtsrat vom Betzenberg, furchtbarer Schwätzer

Bario Masler und **Bolfram Buttke**: Chef- und Cotrainer in KL

Jean-Pierre Legrand: Lautrer Spielmacher, auch genannt „Napoleon", weil er Franzose und 1,63 Meter groß ist

Karl Napp: Nullfümfer-Fan, Meenzer Hutsimpel und Privatdetektiv, soll Raffzahn beschatten

Herbert Dickmilch: Karls Kompagnon, begeisterter Hobbyjäger und Betzebüttel aus Mommenheim

Stalin und der Schwede: Lautrer Ex-Hooligans

Ottmar unn Horscht: Die letzten Überlebenden der Walter-Elf, blicken mit altersweiser Verachtung auf den modernen Affenzirkus Bundesliga herab

„Fußball ist ja soo wischdisch für die ganze Reschion!“

„Ring!, Rriinngg!!, Rrriiinnnggg!!!“ , bellte das wichtigste Telefon von ganz Mainz.

Genervt hob ein Mitarbeiter ab. „Rheinland-Pfälzische Staatskanzlei. Sie sprechen mit Dr. Schmidt, dem persönlichen Referenten von Herrn Ministerpräsidenten ...“

„Wo issen de Burt!“, bellte die Stimme aus der Leitung.

„Wer ist denn am Telefon?“, fragte der Mitarbeiter.

„Isch!“, bellte der Anrufer.

„Wer ist ‚isch'?“, fragte der Mitarbeiter genervt.

„De EFF-Ze-KA!“, brüllte der Anrufer. „De Betze iss om Dellefon. Isch will jetzt sofort die Händinummer vom dicke Burt. Dummel disch! Es pressiert!“

Es war Samstag,13 Uhr. Der Rheinland-Pfälzische Landesfürst Burt Keck raste seit Stunden durch die politische Landschaft von Mainz, weil gerade wieder irgend ein Wahlkampf war. Er schüttelte Hände, klopfte Schultern, babbelte in Mikrofone und hielt Reden, die andere Leute geschrieben hatten. Zwischendurch wurde er immer wieder geschminkt, damit er frisch in die Kameras lächeln konnte. Jetzt hatte König Burt Hunger. Burt hatte immer Hunger. Deshalb packte er das belegte Brot aus, das ihm seine Frau geschmiert hatte.

„Hääär. Wonn issen moi nägschter Termin?“, fragte Burt in seinem südpfälzischen Singsang. „Isch will heit Fußball gucke!“

„Um 13 Uhr 30 sollen Sie eine Vernissage in der Kunsthalle am Mainzer Zollhafen eröffnen. Anschließend eine Rede über die Neubebauung des Zollhafens halten, wobei ... “

„Indressiert misch ä Scheißdreck“, schmatzte der MP. „Außerdem gebt's uff Wenisaasche nix ordentlisches zu fresse!“

„Haha“, lachten die Referentin, der Fahrer, der Bodyguard und die Visagistin, weil der Chef einen Witz gemacht hatte.

„Wer issen do do?“, fragte der Ministerpräsident.

„Die üblichen Verdächtigen", sagte die Referentin. „Der Bürgermeister, der Baudezernent, Nobby und Grieser, Schmeddy Alz, Hohlblockfriedel, Hetlef Döhne und ..."

„Die gonz Määnzer Handkäsmafia!", stöhnte Burt gequält, las seine Rede und mampfte sein Salamibrot.

Das gibt wieder Flecken auf dem Anzug, dachte die Referentin. *Scheiße! Jetzt muss ich wieder den Anzug säubern,* dachte die Visagistin.

„Halt!", befahl Burt seinem Fahrer. „Mach do vorne halt!" Fahrer und Polizeibegleitwagen fuhren links ran und hielten am Rhein an der Imbissbude „Bei Schorsch", unter Feinschmeckern berühmt für schmackhafte Jägerfrikadellen.

Burt stiefelte hinein. Der Imbiss war voll mit Mainzer Fußballfans, die für's Spiel vorglühten. Prompt meckerte ein Nullfümfer: „Seit wann derfen hier Betzebittel eroi?".

Burt ärgerte sich, tat als hätte er nichts gehört, und mampfte eine Frikadelle. Da aber klingelte eines seiner vier Handys. Wie immer musste er lange suchen, bis er das richtige gefunden hatte. Der FC Chaos Kaiserslautern war am Telefon.

„Wass iss donn los?", fragte Burt gequält.

„Burt!", flehte der Manager vom FCK. „Hier brennt die Hütte. Die Dräsdnör Bank will uns den Hahn abdrehen. Wir können die Miete für's Stadion nicht mehr zahlen. Du musst uns helfen!"

„Net schunn widder!", stöhnte Burt Keck und verfluchte den Tag, an dem er in den FCK eingetreten war.

Der FCK hatte in den letzten 17 Jahren rund 100 Millionen Euro Steuergelder vernichtet, „weil der Fußball so wischdisch für die ganse Reschion ist", wie König Burt gerne sagte. Trotzdem hatte der Verein über 70 Millionen Euro Schulden. Das waren aber nur die offiziellen Zahlen. Allein Miete und Unterhalt für das größenwahnsinnige Fritz-Walter-Betzenberg-WM-Stadion kosteten jährlich fünf Millionen.

Aber nicht nur der FC Chaos Kaiserslautern hatte Probleme. Auch dem FSV Meenz Nullfümf ging es nicht gut.

„Isch geh nit mehr enuff!“,

maulte seine Magnifizenz, der dicke Mainzer Kardinal. Es war Samstag, 17 Uhr 15, und die Stimmung in der nagelneuen Kofack-Arena so trübe wie das Novemberwetter. Soeben wurde das Heimspiel des FSV Meenz Nullfümf abgepfiffen. Das Spielende war eine Erlösung für alle 23 000 Mainzer Zuschauer von 90 Minuten irdischem Fußball-Elend.

„Jesusmaria“, seufzte der Kardinal kopfschüttelnd. Es war die vierte Niederlage in Folge, bedeutete Platz 16 in der Ersten Bundesliga, und der katholische Edelfan schnupperte schon den teuflischen Gestank des Abstiegsgespensts.

„Widerlich“, seufzte der Kardinal, verließ seinen Logenplatz und ließ sich ins bischöfliche Ordinariat chauffieren. Zuhause schwor er noch einmal bei allen Heiligen von Antonius bis Zacharias, nie mehr „enuff zu gehe“. Dann tat er das, was er immer tat, wenn er Fußballfrust hatte. Er aß. Er aß zu viel. Die mangelnden sportlichen Leistungen des FSV waren schuld daran, dass der Kardinal immer dicker und sein Gesundheitszustand immer schlechter wurde. Langsam, aber sicher platzte er aus allen Nähten. Er brauchte schon wieder eine neue Bischofskutte, diesmal in Größe XXXXL.

„Im alde Bruchwegschtadion hädde mir jetzt sechs Punkte mehr!“, maulte der Mainzer Hutsimpel Karl Napp, und rollte traurig seine Fahne ein. Null zu Drei hatte der FSV verloren.

„Null zu Drei!“, meckerte Karl Napp und ging in den nagelneuen „Hasekessel“, um seinen Kummer zu ertränken. Aber der neue Hasekessel war nicht mehr der alte. Die Vereinskneipe war wie das neue Stadion. Zu groß, zu neu, zu schön, zu teuer und zu ungemütlich. Passte irgendwie nicht nach Mainz.

Missmutig trank Karl Napp noch ein paar Biere und versuchte sich mit der Tatsache aufzumuntern, dass auch seine Erzfeinde

vom FCK verloren hatten. Nur wegen dem besseren Torverhältnis standen die Pfälzer auf Platz 15.
„Isch kennt grad kotze!“, maulte Karl Napp.

Dem FSV ging es nicht gut, und das hatte wesentlich mit dem neuen Stadion zu tun. Die Kofack-Arena hatte 35 000 Zuschauerplätze und war zu groß und zu teuer für den Verein. Vor allem war sie nicht mehr laut genug. Die Unterstützung vom zwölften Mann ging unter, wenn nur 23 000 Mainzer kamen.

Wie überall, war auch hier das neue Stadion viel teurer geworden, als geplant. Kredite und Unterhalt konnten nur bezahlt werden, wenn die Mainzer dauernd in der Ersten Bundesliga spielten. Spielten sie in der Zweiten Liga, dann bekam der FSV zu wenig Fernsehgeld und das Stadion wurde zu einer tickenden finanziellen Zeitbombe.

Außerdem hörte sich der Name „Kofack-Arena“ fast so bescheuert an wie „Signal-Iduna-Arena“. Deshalb gab es immer wieder Nullfümfer, die bei Nacht und Nebel den Namen mit „Ernst-Neger-Stadion“ übersprühten.

Überhaupt hatte sich der FSV verändert. Seit dem Ende der Ära Klopp, Strutz und Heidel wurde der Verein immer austauschbarer. Es war eben kein Verein mehr, sondern nur noch eine langweilige „Marke“, die den „Markenartikel Fußball“ verkaufte und Fans als „Kunden“ behandelte. Und auch in Mainz faselte der Trainer geschwollenen Blödsinn über „Fußballphilosophie“ daher. Was sollte das sein? Was hatte Fußball mit Philosophie zu tun?

Vor allem gelang es den Trainern nach Klopp nicht mehr, aus namenlosen Spielern eine Mannschaft zu formen, die dauernd über ihre Verhältnisse spielte. Deshalb konnte der FSV immer seltener Spieler für viel Geld an größere Vereine verkaufen, damit sie dort auf der Ersatzbank versauerten.

Und die Fans hatten sich auch verändert. Viele - nicht nur von der alten Haupttribüne - erwarteten 90 Minuten gepflegten Erstligafußball, anstatt krampfhaftem Rumgerenne. Deshalb unterstützten sie die Mannschaft weniger und pfiffen schneller. Vor allem waren sie enttäuscht, weil der Vorstand goldene Zeiten versprochen hatte, sobald das neue Stadion fertig war.

„Vorschtand raus!", grölten ein paar enttäuschte Fans im Hasekessel.

Seit Monaten schwirrten dunkle Gerüchte durch die Stadt. Es waren die üblichen Vorwürfe, die es in jedem Verein gab. Es ging um mangelnde sportliche Kompetenz wegen ein paar Fehleinkäufen, es ging um ein bisschen Vetternwirtschaft, um erhöhte Eintrittspreise, um schön gerechnete Bilanzen, um ...

In fußballerisch erfolgreichen Zeiten hätte der FSV-Vorstand darüber gelacht. Jetzt aber schwollen die Vorwürfe zum Orkan an und der Vorstand entschloss sich zur Flucht nach vorne. Für Dezember wurde eine außerordentliche Mitgliederversammlung einberufen, um den Kritikern das Maul zu stopfen. Wie es sich für einen Fassenachtsverein gehörte, sollte die Versammlung im Mainzer Schloss stattfinden. Das war dort, wo immer diese unsägliche Fernsehfassenacht gefeiert und noch dazu bundesweit übertragen wurde.

„Saach dess noch emol!", forderte Karl Napp im Hasekessel.

„Uff der aussernordlische Mitgliederversammlung haach isch dene Artiste vum Vorschtand voll was uff die Waffel!" , rief ein Nullfümfer wütend.

„Du host was an de Rassel", sagte Karl Napp.

Während vom Kardinal bis zu Karl Napp alle Mainzer traurig über den 16. Tabellenplatz waren, gab es auch einige, die sich darüber freuten. Normalerweise saßen sie breit und wichtig in den Vip-Loungen des neuen Stadions. Dass sie heute nicht da waren, war ein schlechtes Zeichen für den FSV-Vorstand.

Diese Männer waren nämlich gefährlich. Sie gehörten zur größten Rheinland-Pfälzischen Verbrecherorganisation. Es handelte sich um die führenden Mitglieder der gefürchteten „Mainzer Handkäsmafia".

Die Verschwörer

„Du weest, was Du uff de Mitgliederversammlung vom FSV zu mache host?“, fragte „Fleischworschttoni“ drohend.

„Weeß isch!“, sagte der Mann mit der gebrochenen Nase und fragte: „Bekomm isch werklisch ä Dauerkart?“

Toni, freundlich: „Wenn De machst, was isch Dir gesaacht hab, dann derfste sogar mit mir in die Wipp-Loosch!“

„Isch will gar nit in die bleed Wipp-Loosch!“, widersprach der Mann. „Isch will nur, daß dess scheiß Schtadionverbot uffgehobe werd, unn isch widder uff moin alde Schtehplatz kann! Bei meine Kumbels! So, wie frieher! Verschtehste?“

„Jaja“, sagte Toni, gab ihm 100 Euro und verließ die Gaststätte „Zum Knerzje“.

Kaum war Fleischworschttoni draußen, da bestellte der Mann mit der gebrochenen Nase sofort eine Runde Hütchen.

„Zahl erst mal doin Deckel!“, maulte der Wirt.

„Wassen Artist!“, sagte Toni kopfschüttelnd, setzte sich in seinen Mercedes 280 SL, Baujahr 1970 und fuhr ins Hilton am Rhein, auf den Parkplatz des Hotel-Direktors. Genau genommen, hupte er solange, bis ein Bediensteter den Wagen des Chefs wegfuhr, damit sich Toni hinstellen konnte.

Toni war gelernter Metzger, immer gut gelaunt und geil. Vor allem war er der führende Vertreter der Mainzer Fleischwursterotik. Deshalb nannten ihn alle „Fleischworschttoni“.

Ansonsten war er sehr erfolgreich als Großmetzger und Großgastronom. Und weiß der Teufel, wo er sonst noch seine dicken Wurstfinger drin hatte. Aus Liebe zu seinem erlernten Beruf hatte er eine Anhängerkupplung an seinem Benz, damit er immer einen Anhänger voller Schweine zum Schlachthof fahren konnte, was natürlich Quatsch war, weil er so was schon lange nicht mehr nötig hatte. Aber deshalb standen auch immer ein paar Gummistiefel im Kofferraum, und ein Eimer vergammelter

Knochen vor dem Beifahrersitz. Toni wollte niemals vergessen, wo er herkam. Das zeichnete ihn aus.

„Hähä“, lachte Toni dreckig, als er eine SMS mit dem Halbzeitergebnis bekam.

Jan Schlau saß in Zimmer 138 im Mainzer Hilton am Rheinufer, zog eine Nase voll Koks, starrte auf den Fluß, trank Cognak und wartete auf den Anruf des Portiers.

Der Portier lauschte auf einem Ohr der Radioübertragung vom Bundesligaspieltag und hielt das andere Ohr an das Telefon, um Zimmer 138 anzurufen. „Er kommt jetzt“, sagte der Portier.

„Danke“, sagte Jan Schlau und putzte sich die Zähne, um den Alkoholgeruch zu übertünchen.

Jan Schlau gehörte zu der Sorte Sportreporter, von denen es viele gab, und die keiner brauchte. Wie so viele seiner Zunft, interessierte er sich einen Scheißdreck für Fußball, aber ganz viel für die lackierten Fingernägel von Schwastian Beinsteiger. Und er fand es ungeheuer wichtig, welcher Spieler wann mit welcher Begleiterin in der Münchner Idiotendisco P1 gesehen wurde. Oder welchem Mannschaftskollegen Rank Fribery wieder Zahnpasta unter die Türklinke geschmiert hatte.

Am meisten interessierten ihn aber Müllstories über Fußballer, die mit Alkohol am Steuer erwischt wurden, nachts in Schlägereien verwickelt wurden, oder Ärger mit ihrer Frau, dem Trainer oder dem Finanzamt hatten. Und er konnte Fußballer prima vorführen. Er schrieb Deppen zu Helden und Helden zu Deppen. In Interviews kitzelte er Aussagen aus ihnen heraus, damit sie todsicher Ärger mit ihrer Frau, mit dem Trainer, dem Manager oder sonst wem bekamen. Wenn er wollte, jubelte er Fußballer zu Nationalspielern hoch, bis sie durchdrehten, und prügelte auf sie ein, wenn sie danach auf dem Boden lagen. Jan Schlau arbeitete vorwiegend für die Zeitschrift „Schportbild“.

Da klopfte jemand energisch an die Tür. Jan Schlau stand auf und begrüßte den Besucher.

„Guude“, sagte Toni und fiel mit der Tür ins Haus. „Hier sinn die Unnerlaache!“

Jan Schlau öffnete das Kouvert und sah auf die Unterlagen. Es waren Kopien aus der Geschäftsstelle des FSV. Aus den Unterlagen ging hervor, dass Vereinsfunktionäre Verwandten Jobs beim Verein besorgt hatten, dass dubiose Provisionen an sonst wen bezahlt wurden, und was alles bei internationalen Spielertransfers schief lief, weil der Verein schlecht bezahlte Studenten als Dolmetscher beschäftigte und ...

„Kannste dademit was anfange?“, fragte Toni.

„Ich denke, das reicht“, sagte Jan Schlau und formulierte im zugekoksten Geiste schöne Schlagzeilen wie: „Vetternwirtschaft beim FSV! Finanzkrise beim FSV! Ist die Mainzer Lizenz in Gefahr?“

Toni zog einen silbernen Geldring voller Geldscheine aus der Hosentasche und zählte 2000 Euro ab. „Dess sinn zwää Mill! Wenn in verzeh Daach in Schportbild en Berischt ibber de Eff-Ess-Vau drinschteht, dann kriehste die restlische zwää Mill!“

„Gut“, sagte Jan Schlau.

„Bass acht!“, warnte Toni. „Wenn nix in de Schportbild schteht, dann kriehste aach nit de Rest, sondern isch haach der uff die Fratz! Hoste misch verschtanne?!“

„Ja“, sagte Jan Schlau eingeschüchtert und zweifelte keinen Moment daran, dass Toni ihm die Fresse polieren würde, wenn er diesen Bericht nicht in der „Schportbild“ lancieren würde.

„Atschee“, sagte Toni, schlug die Tür hinter sich zu und ging zu seinem Auto. „Wass fern egelhafte Kerl!“, schüttelte sich Toni angewidert und fuhr Richtung Volkspark. Da bekam er eine SMS mit dem Spielendstand. „Subber!“, lachte Toni dreckig.

Grinsend parkte er seinen Wagen vor dem Mainzer Dorint-Hotel und stampfte schnurstracks in den Saunabereich. Dort fand nämlich gerade eine konspirative Sitzung statt, was man daran erkannte, dass an der Saunatür ein Schild mit der Aufschrift „Geschlossene Gesellschaft“ hing.

Und daneben stand ein Hotelbediensteter, der alle Besucher mit dem Hinweis verscheuchte: „Da derfste nit enoi, weil die nackisch Handkäsmafia drin hockt!“

„Ei Guude!“, grüßte Toni, als er die Tür öffnete und fröhlich verkündete: „De FSV hot schon widder verlorn!“
Beifälliges Gemurmel antwortete ihm.

Toni petzte seine Schweinsaugen zusammen, bis er im Saunadampf die „nackische“ Männer unterscheiden und seinen angestammten Platz anpeilen konnte.

Ganz unten, auf der untersten Saunastufe, saß der Mainzer Lokalreporter Egon-Erwin Kirsch. Der Journalist hatte dafür zu sorgen, dass die Handkäsmafia immer eine gute Presse hatte.

„Weg!“, befahl Toni und Kirsch rückte zur Seite, damit der Metzger über seine Bank nach oben steigen konnte.

„Platz!“, befahl Toni und trat dem CDU-Stadtrat Grieser auf die Finger, weil Politiker in der Handkäshierarchie auf der zweitniedrigsten Rangstufe saßen.

„Aua!“, maulte Grieser und rückte beleidigt näher zu seinem Partner von der großen Mainzer Koalition, dem Genossen „Nobby“ Schulte. Nobby war der Vorsitzende der Mainzer Toskanafraktion. Die beiden „Bolidigger“ hatten Beraterverträge mit der Handkäsmafia.

Fleischworschttoni stampfte rücksichtslos durch die große Koalition und erreichte die nächste Stufe. Hier saßen der Baulöwe „Hohlblockfriedel“ und der Bestattungsunternehmer „Rasch“. Friedel war der berühmte Bauunternehmer mit dem Firmenmotto „Hoch odder Tief; Hauptsach, ess werd schief“.

„Du werst jo als fetter!“, sagte Hohlblockfriedel zu Toni.
„Guck disch selber an!“, meckerte Toni. „Wenn Du en Herzknaller kriehst, dann muß de Rasch en XXXL-Sarsch baue.“

„Hi, hi, hi“, lachte Rasch. „Isch bau schun lang kää Särsch mehr. Die imbortier ich aus Weißrußland. Iss viel billischer.“

Rasch war der Beerdigungsunternehmer mit dem guten Draht zur Mainzer Kirche. Wenn in einem katholischen Altersheim jemand starb, dann waren seine Sargverkäufer schneller da, als der Pfarrer die letzte Ölung geben konnte. Außerdem kassierte Rasch Schmiergeld von Blumenhändlern.

Neben Rasch saß der Architekt, der im Bauausschuß des Stadtrats saß, und Hohlblockfriedel immer öffentliche Aufträge zuschusterte. Auf der gleichen Ebene sass auch breitarschig „das größte Tratschmaul von Mainz“. Der Mann war Anwalt. Wenn man morgens mit einem juristischen Problem in seine Kanzlei ging, dann wusste abends die ganze Stadt Bescheid. Früher war er der schönste Anwalt von Mainz gewesen, heute sah er aus wie „en Rollbrate ohne Kordel“, der seine wenigen Haare mit viel Öl zu einem fettigen Zöpfchen zusammenklebte. Deshalb nannte man ihn auch „Ölprinz“. Der Ölprinz war der Haus- und Hofanwalt der Handkäsmafia.

Toni latschte über das Handtuch des Anwalts auf die nächsthöhere Bank und ließ sich ächzend fallen, wobei er dem Anwalt seinen nackten „Bobbes“ ins Gesicht streckte.

„Du Wutz!“, sagte der Anwalt halblaut, worauf Toni ungerührt einen Furz ließ und sich am Schniedelwutz kratze. Dann fiel ihm etwas auf: „Ejh, Kersch!“

„Was?“, schreckte Egon Erwin Kirsch auf.

„Isch hab moi Handtuch vergesse!“

Gehorsam sprang der Journalist auf, um dem Metzgermeister ein Handtuch zu holen.

„Bring was zu saufen mit!“, befahl der Pate von ganz oben.

Oberhalb von Toni, in imperialer Einsamkeit, thronte nämlich Hans-Peter Müller, auch „Brezelmüller“ genannt. Der Pate war gelernter Bäcker, Selfmademillionär mit zwei Parteibüchern und dem rheinland-pfälzischen Landesverdienstkreuz, der heimliche Herrscher von Mainz.

Was diese ehrenwerte Gesellschaft zusammenführte, waren letzte Besprechungen für den Tag der Machtübernahme. Genau heute in vier Wochen hatte der FSV seine außerordentliche Mitgliederversammlung anberaumt. Und gegen 24 Uhr, wenn die Stimmung auf dem Höhepunkt und niemand mehr nüchtern war, dann würde die Handkäsmafia putschen und die Macht übernehmen.

„Wer sind wir?“, fragte Brezelmüller.

„Mir sinn die Meenzer Handkäsmafia!“, brüllten die Verschwörer.

„Wie lautet unser Motto?“, fragte Brezelmüller.

„Mir kenne uns , mir helfe uns!“, brüllten alle.

„Was wolle mir?“, fragte Brezelmüller.

„Schnappe!!!“, brüllten alle.

„Schnappe“, war ein Mainzer Ausdruck für „Kohle machen“. Was die Handkäsmafiosis liebenswert machte, war ihre bodenständige Dreistigkeit. Alle wollten als Fußballfunktionäre Kohle scheffeln und ihr „Immitsch“ verbessern, wie Toni sagte.

Die beiden Poltiker hatten im Wahlkampf ihre Liebe zum Fußball entdeckt, gingen mit dem FSV-Schal auf Stimmenfang und wollten ihr „sportpolitisches Profil“ schärfen, oder wie der Quatsch hieß. Vor allem wollten sie wichtig in der Vip-Lounge herumlungern und kostenlos fressen und saufen.

Die Unternehmer wollten Werbung und Aufträge für ihre Firmen. Der Ölprinz wollte als Vereinsanwalt Kohle scheffeln und seinen Ruf als bester Anwalt von Mainz festigen.

Toni wollte nicht nur Manager vom FSV werden, sondern auch das gesamte Stadioncatering übernehmen. Und alle wollten ihren Freunden und Verwandten Posten und Pöstchen zuschusten. Nur der Pate hatte kaum Interesse an Geld. Zwar wollte auch er kostenlose Bandenwerbung für seine Firmen. Aber noch mehr wollte er Präsident eines Profivereins werden, um mit Franz Beckenbauer auf einer Stufe zu stehen.

Das Dumme an der Sache war nur, dass die meisten von Fußball soviel Ahnung hatten wie eine Kuh vom stricken. Auch darum musste sich der designierte „Mänätscher“ kümmern. Deshalb saßen sie hier in der Sauna.

Toni: „Also. Isch will nit, daß mir uns blamiern vor de Fäns! Habt ihr auswendisch gelernt, was isch eusch gesaacht hab?“

„Jaaa“, riefen alle brav.

„Wer sinn unser greste Feinde, schlimmer noch als Eintracht Frankfort?“, fragte Toni.

„Kaiserslautern!“, riefen alle.

„Wir sind die Besten ...“, sagte Toni.

„ ... im Süd-Westen!“, antworteten alle.

„Gut!“, grinste Toni und forderte: „Grieser, Du Peif! Sing emol dess Schlumpflied!“

Gehorsam stimmte der konservative Fraktionsvorsitzende das Mainzer Schlumpflied an.

„Lauder!“, kommandierte Toni.

„ ... geht's noch lauter in Rheinhessen?“, sang Grieser unsicher.

„Falsch!“, kicherte der Anwalt, der keinen Eckball vom Freistoß unterscheiden konnte.

Toni: „Grieser! Du bist zu bleed um ä Loch in de Schnee zu pinkele! Unn jetzt alle! Gibt's noch Lautrer in Rheinhessen?“

„Nein, die ham wir aufgefressen!“, antwortete der Handkäschor.

„Kirsch!“, kommandierte der Pate.

„Ja?“, schreckte der Journalist hoch.

„Hol uns noch was zu saufen!“

Als die Stimmung auf dem Höhepunkt war, fragte Brezelmüller versonnen: „Was meint Ihr, wie belämmert unsere verwöhnten Spieler gucken, wenn ihnen Toni die Hammelbeine lang zieht?“

„Hähä“, lachte Fleischworschttoni erwartungsfroh.

Michi und Sandra: Aus dem Innenleben eines Fußballpärchens

„Sandra?“ , fragte der Mainzer Spieler Michi Raffzahn.

„Ja, Michi?“

„Guck mal! Welche Farbe für’s Innenleder vom Ferrari gefällt Dir besser? Rot oder beige?“

Sandra beugte sich über die Hochglanz-Autobroschüre, die Michi schon seit Tagen studierte, dachte angestrengt nach und sagte: „Ich glaub, beige iss jetzt in.“

„Ja“, stimmte Michi zu. „Ich glaub auch, dass mir beige besser gefällt. Sieht irgendwie geiler aus.“

„Genau“, sagte Sandra. „Beige hat mehr Stil als rot. Rot ist irgendwie prollmäßig.“

Da dachte Michi angestrengt nach. „Scheiße. Beige geht nicht.“

„Warum?“

„Weil ich einen weißen Ferrari will. Beiges Innenleder in einem weißen Ferrari sieht bestimmt komisch aus.“

„Michi.Warum willst du einen weißen Ferrari?“

„Weil Michael Ballack auch einen weißen Ferrari fährt!“

Michael Raffzahn und Sandra Hausbach waren ein Paar wie aus dem Fußballmärchenbuch. Michi hatte auf der Geschäftsstelle seines Heimatvereins einen Alibiberufsabschluß als Bürokaufmann geschenkt bekommen. Sandra war gelernte Kosmetikerin, gab aber als Beruf Model an, seit sie in einer Disco den „Wet-T-Shirt-Contest“ gewonnen hatte, weil der Discobetreiber scharf auf sie war. Dabei hatte sie aber Michi kennengelernt und deshalb den Disco-Heini sausen lassen. Weil Sandra glaubte, ein Model zu sein, faselte sie ununterbrochen von irgendwelchen „Casting-Terminen“ daher, die im wesentlichen nur in ihrer Phantasie existierten.

Michi interessierte sich für Autos und Tralala, Sandra interessierte sich für Mode und Hoppsasa. Deshalb passten sie gut zusammen. Beide weigerten sich hartnäckig, ihren Kopf für etwas anderes zu benutzen, als um die jeweils neueste Modefrisur darauf zu setzen.

Sandra wurde von ihren Freundinnen beneidet, weil sie einen Profifußballer als Stecher hatte. Michi wurde von seinen Kumpels beneidet, weil Sandra genau so aussah, wie eine Spielerfrau aussehen sollte. Michi war nämlich der Meinung, dass man einen erfolgreichen Mann an seinem Auto und seiner Frau erkennen konnte. Beides gehörte irgendwie zusammen, fand Michi. Auf jeden Fall würde Sandra auf dem Beifahrersitz in seinem Ferrari, ein gutes Bild abgeben. Das war Michi wichtig, auch wenn er keinen Ferrari hatte. Noch nicht! Im Moment hatte er nur einen 7er BMW und einen Porsche Cayenne. Aber das sollte sich bald ändern!

Sandra ging wieder ins Badezimmer und tat, was sie seit zwei Stunden tat. Sie machte sich hübsch. Immer wieder sah sie prüfend in den Spiegel, posierte, verbesserte, kontrollierte. Sandra war sehr kritisch mit sich. Jedenfalls mit ihrer äußeren Erscheinung. Die Figur war schon fast perfekt. Mit Schlankheitspillen, Dauerdiäten und sonstigem Schwachsinn hatte sie sich erfolgreich an die Grenze zur Magersucht gehungert.

Auch das Gesicht war dementsprechend verhunzt. Es bestand aus aufgeblasenen Lippen und einer schönheitsoperierten Stupsnase. Über die Gesichtsknochen spannte sich eine solariumgegerbte Lederhaut, die dick mit Schminke eingekleistert war.

„Ich seh aus wie Posh!“, sagte Sandra begeistert zu ihrem Spiegelbild.

Sandra hatte den Ehrgeiz, genau so auszusehen, wie ihr großes Vorbild, die Frau des britischen Fußballers David Beckham. Und sie war stolz darauf, die Trendsetterin aller Mainzer Spielerfrauen zu sein. Nur die Brust war voll scheiße!

Immer noch hatte sie diese dicken Pamela-Andersen-Silikontitten, die vor drei Jahren 5000 Euro gekostet hatten. Aber Pamela-Anderson-Titten waren jetzt out. Natürlich trug man immer noch Silikontitten, aber nicht mehr so dick! Sandra hatte schon einen Termin beim Chirurgen, um ihre Körbchengröße G auf B schrumpfen zu lassen. Dicke Brüste waren nämlich „proll", wie Sandra sagte und wenn Sandra etwas nicht sein wollte, dann „proll" sein. „Proll" war in Sandras Augen alles, was nicht „in" war. Und was „in" war, das las Sandra jeden Tag in ihren schwachsinnigen Modezeitschriften und sah es in ihren schwachsinnigen Fernsehsendungen. Deshalb fand Sandra auch alles „voll geil", auf dem der Name „Dolce und Gabanna" stand. Dolce und Gabanna war nämlich „in". Vor allem bei Spielerfrauen. Und ihr „Prada"-Handy natürlich. Das Prada-Handy war auch ganz wichtig. Fast alle Spielerfrauen von Bayern München hatten Prada-Handies.

„Sandra?", fragte Michi. "Welche Uhr passt denn besser? Soll ich die Rolex oder die Breitling anziehen?"

„Zieh die Breitling an", entschied Sandra. „Die Rolex sieht irgendwie proll aus."

„Gut", sagte Michi, zog die Breitling an, schmierte Gel in seine hässliche Modefrisur und hängte sich das vollidiotische Herrenumhängetäschchen von „Gucci" um, das alle Profifußballer umhängten.

Dann dackelten beide aus dem Haus und fuhren - wie jeden Tag - zum Mainzer In-Italiener. Dort trafen sie ein anderes Fußballerpärchen. Michi und sein Mannschaftskamerad mit der Rückennummer 26 unterhielten sich über Autos, Sandra und die andere Spielerfrau unterhielten sich über „Casting-Termine" und Brustimplantate.

„Hast Du schon einen neuen Verein?", fragte Michi den Kollegen.

„Ich hab mehrere Anfragen aus dem In- und Ausland, aber nichts Konkretes", log der Kollege vage. „Und Du?"

„Zweite Liga spiele ich nicht!" , sagte Michi.

„Ah so", sagte der Kollege neidisch, weil er wusste, dass Michis Vertrag nur bis Saisonende galt.

„Michi, wir müssen jetzt los!“, drängelte Sandra und setzte ihre überdimensionale, rosa getönte Paris-Hilton-Sonnenbrille auf, mit der sie aussah wie eine menschliche Kuhfliege.

Beim rausgehen wurde Michi von einem Nullfümfer erkannt und musste ein Autogramm geben.

Fan: „Ejh, Mischi! Bleibst de aach, wenn mir abschtein?“

„Wir steigen nicht ab“, log Michi. „Außerdem ist der FSV mein absoluter Lieblingsverein. Wegen der tollen Fans und der super Atmosphäre.“

„Los jetzt!“, drängelte Sandra ungeduldig und stöckelte in halsbrecherischem Tempo mit ihren High-Heels über das Kopfsteinpflaster der Augustinerstraße zum Auto.

Heute waren die beiden mit dem Cayenne unterwegs, weil der Kofferraum vom Cayenne größer war als beim BMW, wenn man den Rücksitz umklappte. Heute ging's nämlich nicht nur zum In-Italiener, sondern anschließend auch zum Einkaufen. Sandras Hobby war nämlich „Power-Shopping“. Und Michi hatte seinen trainingsfreien Tag. Da wusste er nie, wie er die Zeit totschlagen sollte. Deshalb fuhren sie immer an Michis freiem Tag shoppen und kauften einen Kofferraum voll Klamotten, auf denen „Dolce & Gabbana“ stand. Anschließend probierte Sandra zuhause stundenlang Klamotten an und Michi spielte stundenlang Playstation. Michi spielte jeden Tag stundenlang Playstation. Was sollte er sonst tun?

Michi Raffzahn war zum Fußballer geboren worden. In seiner Wiege hatte das fußballerische Etwas gelegen, das man weder lernen noch trainieren kann. Man hat es oder man hat es nicht. Michi hatte es. Erstens hatte er den richtigen Körper zum Fußballspielen. Seine Knochen, Sehnen und Muskeln waren so robust, dass er von ernsthaften Verletzungen verschont wurde. Zweitens war er von Natur aus ein Bewegungstalent mit viel Ballgefühl. Was andere tausendmal üben mussten, das klappte bei ihm auf Anhieb, ohne sich quälen zu müssen. Drittens hatte er Spielintelligenz. Michi wusste ohne nachzudenken, wo er den

Ball hinspielen musste. Hilflose Alibipässe sah man selten bei ihm. Michi war nicht groß, aber schnell, wendig und trickreich. Im Gegensatz zu ballverliebten „Fummlern“ wusste er auch, wo das Tor stand. Deshalb spielte er im offensiven Mittelfeld.

Das Einzige, was Michis großer Fußballkarriere im Weg stand, das war der Körperteil, der auf seinem Hals saß. Nett ausgedrückt, war er kein „einfacher“ Spieler. Böse gesagt, war er ein „fauler Apfel“, der eine ganze Mannschaft versauen konnte. Wahrscheinlich hatte sein ehemaliger Jugendtrainer Recht, der einmal resignierend gesagt hatte: „Dem Michi, dem hamse ins Gehirn geschisse!“

Raffzahn war 27 Jahre alt und so etwas wie das Herz der Mainzer Mannschaft. Wenn er wollte, konnte er die ganze Mannschaft auf dem Feld mitreißen. Letzte Saison hatte er gewollt. Er hatte überragend gespielt, wahrscheinlich die Saison seines Lebens.

Prompt hatte die Fachzeitschrift „Schportbild“ behauptet, dass Michi ein Kandidat für den erweiterten Kreis der Nationalmannschaft sei, was natürlich ausgemachter Blödsinn war, aber Michi glaubte daran. Der Mainzer Trainer, von einem Reporter darauf angesprochen, sagte dazu, dass man die Kirche im Dorf lassen sollte. Seitdem war Michi beleidigt. Er faselte etwas von „jahrelang die Knochen für den Verein hinhalten und nicht gewürdigt werden.“

Und Michis Berater trichterte ihm denselben Käse ein. Michi hatte einen gerissenen Berater, auch genannt „der schwarze Abt.“ Die meisten Bundesligamanager mussten schon kotzen, wenn sie nur den Namen hörten. Glaus Kerster hieß der Mann, und Michi Raffzahn hing wie eine Marionette an seinen Fäden.

Alles in allem gehörte Michi Raffzahn zu der Sorte Spieler, die vom namhaften Mainzer Fußballexperten Karl Napp zurecht als „bleede Arschtörtscher“ bezeichnet wurden.

„Du Dummbabbeler!“,

sagte Karl Napp zu dem Mann im Fernsehen. Es war Samstag, kurz nach 18 Uhr. Der Mann im Fernsehen hieß Beinhold Reckmann und sollte eigentlich die „Schportschau“ moderieren, babbelte aber nur dummes Blech. Und je mehr Blech er faselte, desto begeisterter klatschte das Publikum im Fernseh-Studio. Anscheinend hatten alle Happy-Pillen gefressen. Der Moderator laberte etwas von einem Stürmer, der gerade Papa geworden war.

„Dess indressiert doch kä Sau!“, maulte der Fernsehzuschauer Karl Napp.

Aber prompt sah er in der Glotze einen Torschützen, der wie ein brüllender Affe auf eine Kamera zurannte. Dann riss er sein Trikot hoch und darunter sah man ein T-Shirt mit der Aufschrift: „Ich bin Papa!“

Das Publikum im Fernseh-Studio raste vor Begeisterung. Der Fernsehzuschauer Karl Napp tobte vor Empörung: „Dess iss doch die Leit verarscht! Was hat dann dess mit Fußball zu due?“

Aber es kam noch schlimmer. Der Spieler wurde interviewt. Ein Reporter fragte: „Wie fühlen sie sich denn als frischgebackener Vater?“

Der Spieler blökte atemlos ins Mikrofon: „Ja gut, sicherlich. Ich bin jetzt als Persönlichkeit viel reifer geworden, seit ich ein Kind habe und ...“

„Du Scheißdrecksbabbeler!“, brüllte Karl Napp in den Fernseher. In Wahrheit trug der Stürmer seit vier Spieltagen dieses bescheuerte T-Shirt unter dem Trikot und hatte reihenweise die besten Torchancen versemmelt, weil er mehr an den Torjubel, als ans Toreschießen dachte.

Und Moderator Reckmann laberte und laberte und laberte. Dann wurde ein Interview mit dem Trainer der unterlegenen Mannschaft eingeblendet.

Reporter: „Glauben Sie, dass sie Trainer bleiben, wenn sie auch das nächste Spiel verlieren?"

Der Trainer - das sah man - war kurz davor, dem Reporter in die Fresse zu schlagen, weil er nicht zum sechsundneunzigsten Mal die dümmste Frage beantworten wollte, die blöde Sportreporter stellen können.

„Hau em uff die Fratz!", forderte Karl Napp.

Danach zeigte der Moderator fünfmal hintereinander ein Abseitstor in Superzeitlupe und zettelte wieder die schwachsinnige Videobeweisdiskussion an.

„Isch kennt kotze!", fluchte Karl Napp und ging in die Küche, um sich etwas zu trinken zu holen, weil jetzt wieder Werbung eingeblendet wurde.

Das Problem bei der „Schportschau" war aber, dass es mehr Werbepausen gab, als man saufen konnte. Außer Werbung gab es auch noch Gewinnspielwerbung. Ansonsten gab es viel Firlefanz und wenig Fußball. Die ganze Sendung war von vorne bis hinten eine bodenlose Frechheit.

Auch die folgenden Spielberichte hatten wenig mit Fußball zu tun. Karl Napp sah Spieler, die dauernd in Superzeitlupe auf den Rasen rotzten und lieber mit dem Schiedsrichter meckerten, anstatt Fußball zu spielen. Andere produzierten spektakuläre Flugeinlagen im Strafraum und wälzten sich danach theatralisch auf dem Boden herum.

„Schteh uff, Du Arschloch!", sagte Karl Napp zu dem Schauspieler, aber der Spieler spielte weiter den sterbenden Schwan. Und derselbe Spieler klagte eine Minute später im Interview putzmunter über die „brutale mentale und körperliche Belastung" weil er heute Bundesliga und drei Tage später Pokal spielen müsse.

„Halldoimaul!", flehte Karl Napp und ging pinkeln. Aber als er zurück kam, wurde es nicht besser. Statt Fußball zeigte das Fernsehen beim nächsten Spiel bescheuerte Promis und geklonte Spielerfrauen, die auf den Tribünen saßen.

„Isch will die Idiote nit sehe!", maulte Karl Napp.
Dazwischen wurden immer wieder die Gesichter der Trainer in Großaufnahme eingeblendet, damit der Zuschauer ja nichts vom Spiel mitbekam. Beim Bayernspiel konzentrierte sich die Kamera im Wesentlichen auf die aufgeblasenen Backen des Torwarts und die langen Haare des Feldspielers van Buyten. Van Buyten stand meistens auf dem Rasen herum und richtete seine Frisur, weil er jedes Mal seine schicke Haarspange verlor, wenn er sich bewegte.

„Du host die Haar so schee!", maulte Karl Napp und trank aus lauter Ärger einen ganzen Sauergespritzeten in einem Zug.

Und der Moderator laberte über die lackierten Fingernägel von Bastian Schweinsteiger.

„Indressiert misch ä Scheißdreck, ob der sisch die Finger lackiert odder de Bibbes tätowiert!", brüllte der Gebührenzahler Karl Napp in den Fernseher.

Um 19.50 Uhr hatte Karl Napp eine Flasche Weißwein gesoffen, seinen Blutdruck in schwindelerregende Höhe getrieben und die Zeit gestoppt. Ergebnis: Die Schportschau dauerte 100 Minuten. Wenn man Werbung und sinnloses Moderatoren-Gebabbel, aufgeblasenen Firlefanz und schwachsinnige Interviews abzog, dann blieben gerade noch 30 Minuten Berichterstattung über den aktuellen Bundesligaspieltag. Genau betrachtet, reduzierte sich der Informationsgehalt dieser Sendung auf die korrekte Wiedergabe von sieben Spielergebnissen und der anschließenden Tabelle. Aber weil es noch zwei Sonntagsspiele gab, konnte man sich auch getrost die Tabelle sparen.

Für diesen Schwachsinn zahlte die ARD 300 Millionen Euro. 300 Millionen auf Kosten des Gebührenzahlers! Die Schportschau war die Bankrotterklärung des öffentlich-rechtlichen Fernsehens vor den Gierhälsen von der Deutschen-Flocken-Liga. Das war die Vereinigung aller deutschen Fußballprofivereine.

Karl Napp schaltete den Flimmerkasten aus, stürzte seinen letzten Sauergeschpritzten herunter und gab seiner Frau ein feierliches Versprechen.

„Erna!“

„Hä?“

„Isch guck nie mehr im Lebe Schportschau!“

„Unn weider?“, fragte Erna achselzuckend.

„Unn jetzt geh isch ins Bluhm ääner saufe!“

„Pff“, lachte Erna, weil Karl Napp schon seit über 50 Jahren ins „Weinhaus Bluhm“ ging.

„Ach Kall?!“

„Wass!“

„Wenn de ganz voll bist, dann penn gleisch uffem Sofa, damit isch moi Ruh hab!“

„Iss rescht!“, murmelte Karl. „Wenn isch häämkomm, babbel isch Dir erst emol die Ohrn voll!“

„Hutsimpel!“, murmelte Erna und freute sich auf einen gemütlichen Fernsehabend ohne den „Scheißdrecksbabbler“ , mit dem sie seit Jahrzehnten verheiratet war.

Der Mainzer Karl Napp war Anfang sechzig, klein, dick und Nullfümferfan. Ein frühpensionierter Polizist, der als Hausmeister arbeitete, weil seine Frau Erna ein 12-Familienhaus geerbt hatte.

Und weil ihm das zu langweilig war, deshalb hatte er in seinem Keller ein Büro als Privatdetektiv. Zusammen mit seinem Freund und Ex-Kollegen Herbert Dickmilch. Herbert kam aus Mommenheim und war glühender FCK-Fan, oder wie der Mainzer angeekelt sagt: „Betzebittel!“.

Morgen, am Sonntag, würde der alte Betzebüttel Herbert Dickmilch zum FCK-Heimspiel nach Kaiserslautern fahren, der Mainzer Karl Napp aber mit dem „Hafeneck“-Fanbus nach Gelsenkirchen. Dort spielte nämlich der Erste FSV Coface-Winterthur Meenz Nullfümf gegen den FC Gazprom Schalke Nullvier in der Veltins-Arena.

**Gibt's noch Lautrer in Rheinhessen?
Nein, die ham wir aufgefressen.
Quatsch! Einen habt Ihr ganz vergessen.**

„Rudi!", sagte Herbert Dickmilch am Sonntagmorgen. „Isch geh jetzt in die Kersch!"

Rudi sagte nichts und glotzte nur blöd. Rudi war ein Dackel und Herbert sein Herr.

Dann ging Herbert in den Keller. Der Keller hatte zwei Räume. Der linke Raum war vollgestopft mit alten Wehrmachtswaffen, die Herbert als Jugendlicher in ganz Rheinhessen gesammelt hatte und an denen er noch heute mit kindlicher Freude hing. Der rechte Raum aber war sein Allerheiligstes, hier war Herberts Kirche. Dickmilch glaubte an keinen Gott, sondern an den 1. FC Kaiserslautern. Deshalb hatte er eine Privatkapelle. Herbert öffnete die Tür, ging zum Altar und zündete eine Kerze an.

Das flackernde Kerzenlicht beleuchtete ein riesiges Bild an der Wand. Hier hingen die elf Apostel. Die Walter-Elf! Die Lautrer Meistermannschaft von 1953. Zwei Meter hoch und vier Meter breit. In Öl gemalt. Herbert kniete vor dem Altar und betete zum heiligen Geist Fritz Walters.

„Fritz!", sagte Herbert zu seinem Idol. „Sei froh, dassde doot bist. Uffem Betze bau'n se nur Scheiße! Es iss zum kotze. Mir schtehe schunn widder korz vorm Abschtiesch. Fritz! Mach, dass de Eff-Zeh-Kaa heit gewinne dut, unn die bleede Fassenachter vum Eff-Ess-Vau verliern. Sunst muß isch mir am Mondaach widder dess bleede Geschwätz vun dem Meenzer Dummbabbler Karl Napp anher'n. Fritz? Hoste misch verschtanne?!"

Aber Fritz Walter sagte - wie immer - nichts.

„Mehr kann isch nit mache", seufzte Herbert Dickmilch, blies die Kerze aus, schloss die Kapelle zu und ging wieder hoch. Oben tauschte er das grüne Jägerhütchen auf seinem dicken Schwartenmagenkopf mit der roten FCK-Kappe. Anschließend legte er feierlich den FCK-Schal um das mächtige Speckgenick und steckte seinen Flachmann ein.

„Bass acht!“, sagte er zu Rudi. „Isch fahr jetzt uff de Betze. Du Sauvieh bleibst dehääm unn basst uff de Hof uff!“

Rudi würdigte seinen Herrn keines Blickes. Wie immer, wenn Herbert über Nacht wegbleiben wollte, schmollte Rudi. Und wie immer, wenn das Herrchen weg war, dann kümmerte sich seine Nachbarin Frau Huber um den Dackel. Herbert war 70 Jahre alt, Hobbyjäger und Junggeselle. Frau Huber war seit 40 Jahren verheiratet und hatte seit 35 Jahren ein heimliches Verhältnis mit Herbert.

Aber „de Huber war schon immer bleed!“. So lautete jedenfalls Herberts Meinung über seinen Nachbarn, mit dem er schon seit 50 Jahren gemeinsames Mitglied im Musikverein „Harmonie“ war. Und im Sportverein. Und im Geschichtsverein. Und im ...

Herbert schloß das Hoftor, stieg in seinen jägergrünen Opel-Kadett und fuhr los. Vor Hubers Haus hielt er an und hupte so lange, bis Herr Huber das Fenster öffnete.

„Wass willste dann?“, fragte Huber.

Herbert kurbelte die Fensterscheibe herunter, nahm die Zigarre aus dem Mund und brüllte über die Straße: „Huber! Isch fahr uff de Betze! Doi Fraa soll de Hund fiddern! De Schlissel leiht wie immer unner de Fußmatt! Atschee!“

Huber winkte ab und schloß das Fenster.

„De Herbert fährt widder uff de Betze!“, seufzte Huber zu seiner Frau. „Du sollst disch um de Hund kimmern.“

„Isch wääß“, seufzte Emma Huber und dachte: „Am liebste dät isch mitfahrn, abber dess fällt uff!“

Herbert fuhr mit seinem jägergrünen Opel ruckartig auf die B 420 bis Wörrstadt, dort auf die A63 und donnerte nach Kaiserslautern.

Aus der Musikanlage dröhnte Vereins-Musik. Angefangen von sentimentalen FCK-Weisen aus den Fünfziger Jahren bis zur Lautrer Punk-Band „Die Walter-Elf“ war alles vertreten, was sich jemals musikalisch mit dem 1. FC Kaiserslautern befasst hatte.

„Unn heit geh mer“, brüllte Herbert, „uff de Betzebersch!“

Herbert Dickmilch war schon FCK-Fan, so lange er denken konnte, also etwa seit Ende der Vierziger Jahre, als seine Mama brüllend und schreiend am Radio saß und jubelte, weil der FCK in der Südwestdeutschen Liga 17 zu Null gewonnen hatte.

„Haha!“, lachte Herbert und erinnerte sich an das Jahr 1951. Damals hatte er Mamas Fahrrad geklaut und war von Mommenheim auf den Betzenberg gefahren. 45 Kilometer einfach mit einem alten Damenfahrrad ohne Gangschaltung. Und natürlich ohne Geld. Aber damals war das Betzenbergstadion noch so klein, dass drumherum Bäume standen, die höher als das Stadion waren. Herbert war auf einen Baum geklettert, hatte seinen Helden zugejubelt und als er herunter kam, war das Fahrrad geklaut.

Dann nach Hause gelaufen. 45 Kilometer! Blasen an den Füßen, Hunger, Durst, Erschöpfung und Angst vor Babba. Dann Prügel vom Babba und Schreierei so laut, daß man es bis Nierstein hören konnte. Aber egal: Der Betze hatte gewonnen.

Herbert erinnerte sich auch genau an die zweite deutsche Meisterschaft des FCK. 1953! Er konnte alle Spieler, alle Helden seiner Jugend auswendig aufzählen. Herbert zählte laut: „Fritz unn Ottmar Walder, Werner Liebrisch, Kohlmeyer ..“

Bei Kohlmeyer musste Herbert seufzen. Herbert hatte ihn gut gekannt. Als Polizist in Mainz hatte er sich nach Feierabend oft mit ihm unterhalten. Kohlmeyer hatte damals bei der Mainzer Zeitung einen Alibi-Job als Pförtner. Ansonsten war er damit beschäftigt, sich systematisch totzusaufen, was er auch schaffte. Ein echtes Fußballerschicksal.

Beim Gedanken an Kohlmeyer bekam Herbert Durst und tat das, was er immer tat, wenn er auf den Betze fuhr. Er steuerte sein Auto auf Schleichwegen durch die Stadt und ging schnurstracks in die schönste Kneipe von Lautern, um sich für das Spiel warmzutrinken. Er ging ins „Zack-Zack“ in der Richard-Wagner-Straße.

„Wass willsche donn!?“

„Bier!“, sagte Herbert, bekam ein Bier und babbelte mit einem zahnlosen Pfälzer über die guten alten Zeiten vom FCK. In Zeiten der Gesundheitsreform sah man immer mehr Leute mit schlechten Zähnen. Sie hatten kein Geld für die Zahnersatzzuzahlung und investierten lieber in Alkohol, weil man zum Saufen keine guten Zähne brauchte. So war das auch im Zack-Zack.

„Wo bischen Du her?“, brüllte der Säufer in Herberts Ohr, und dabei flog der Speichel durch die Zahnlücken an Herberts Ohr und blieb in seinem dichten Ohrbüschel hängen.

„Aus Mummerum!!“, brüllte Herbert.

„Wo issen dess?“, brüllte der Pfälzer spuckend.

„Mummerum iss in Rhoihesse!!“, brüllte Herbert zurück.

„Was hosche gesah?“, schrie der Pfälzer fragend.

„In Rhoi-hesse!“, brüllte Herbert.

„Wass willsche? Ebbes esse?“, fragte der Pfälzer.

„Mum-me-rum leiht in Rhoi-hesse!“, schrie Herbert.

„Isch dät do nix esse!“, warnte der Pfälzer.

„Scheißegal!“, rief Herbert. „Prost!“

„Allehopp!“, rief der Pfälzer, trank und fragte: „Määnsche, daß mer heit gewinne?“

„Uff alle Fäll!“, rief Herbert.

„Eio!“, schrie der Pfälzer begeistert. „Willsche noch ä Bier?“

„Eio!“, sagte Herbert.

„Allehopp!“, schrie der Pfälzer und holte noch zwei Bier.
Herbert nutzte die Pause, um sich mit seinem Sacktuch die Spucke aus den Ohrbüscheln zu wischen.

Die Kneipe war knallvoll. Eine wilde Mischung aus Stammpublikum und eiliger Laufkundschaft, die sich für's Spiel warmtrank. Herbert genoß die schöne Atmosphäre aus Suff, Zigarettendunst, Currywurst und lautem Lautrer Gebabbel, das aus ganz viel „wääsche, hosche, määnsche“ bestand, bisweilen unterbrochen durch „Eio“ und „Allehopp“.

„Prost!“, brüllte der Pfälzer speichelspuckend und brachte Herberts Bier.

„Allehopp!“, rief Herbert Dickmilch aus Mommenheim in Rheinhessen.

Aber Herbert konnte nicht trinken, weil neben ihm zwei Männer laut diskutierten. Soweit Herbert die beiden Brüllaffen verstand, drehte sich der Streit um die kriegswichtige Frage, welcher Lautrer Spieler am 20.10.1973 in der neunundachtzigsten Minute das Sieben zu Vier gegen Bayern München geschossen hatte.

„Dess war de Toppi!“

„Du Dollbohrer! De Toppi hot sellemols in de achtunnfuffzischde Minutt es Zwää zu Vier gemach. Abber dess Siwwe zu Vier hot net de Toppi gemach, sondern de Laumen, Du Bleedkopp!“

„Babbel doch net so dumm! Dess war de Toppi! Isch war doch debei, Du Dummbabbeler!“

„Es war de Laumen!“, brüllte der Dollbohrer.

„Es war de Toppi!“, schrie der Dummbabbeler.

Wie die meisten Schlägereien, dauerte das ganze Drama insgesamt nicht länger als eine Minute, angefangen mit Phase Eins, den rhetorischen Fragen.

„Wääsche, wass Du bisch?!“

„Hosche Probleme?!“

„Määnsche, isch honn Ongscht vor der?!“

„Willsche wass?!“

Nachdem diese Fragen unbeantwortet im Raum stehen blieben, kam Phase Zwei, die verschärfte Anal- und Genitalbeleidigung. Dabei kam es darauf an, den Gegner mit herabwürdigenden Bezeichnungen menschlicher Hinter- und Geschlechtsteile gleichzusetzen.

„Arschloch!“
„Korindekacker!“
„Forzklobber!“
„Schwonzlutscher!“

Gefolgt von Phase Drei: Dabei standen sich beide Gegner wie Pavianmännchen mit hochroten Köpfen dicht gegenüber und bedrohten sich gegenseitig mit unerfüllbaren Versprechungen.

„Isch hau der de Frack voll!“, brüllte der eine, obwohl der andere gar keinen Frack anhatte.

„Isch schlaa der ins Fressgitter, bis doi Zäh im Arsch Klavier schpielen!“

Dann kam Phase Vier, die „Schtumperei“. Beide schubsten sich. Als sie wieder aufeinander zutorkelten, begann Phase Fünf, die „Bumberei“.

Es war eine wunderschöne Schlägerei in Zeitlupe. Die beiden Männer waren nicht mehr die Jüngsten, völlig besoffen und sehr langsam. Außerdem trugen sie Cowboy-Stiefel und der Boden war eine riesige Bierpfütze. Mit jedem unkontrollierten Heumacher, den sie austeilten, trafen sie zwar nicht den anderen, verloren aber das Gleichgewicht und rutschten in der Bierpfütze aus. Anschließend rappelten sie sich schwerfällig wieder hoch, schlugen wieder aneinander vorbei und fielen wieder hin. Dann fielen sie zusammen atemlos auf einen Tisch und warfen das Bier eines dünnen Mannes um. Der schlug beiden blitzschnell aufs Maul, weil sein Bier umgefallen war. Aber weil er dabei die Zigarette nicht aus dem Mund genommen hatte, musste er husten und eine kurze Pause machen.

„Soll isch weider mache?“, fragte er, von einem Hustenanfall geschüttelt.

Da flehten beide: „Roiner her uff!“

„De Giese Roiner“ war nämlich der zweitbeste Lautrer Boxer aller Zeiten. Er hatte 1988 in Seoul die Olympia-Bronzemedaille gewonnen. Insgesamt hatte er eine positive Kampfbilanz. Im

Ring hatte er weniger Kämpfe verloren, als auf der Lautrer Kerwe im Bierzelt von „Knörr“.

Schweratmend ließen sich die beiden Gegner auf die Stühle fallen und gaben dem Olympiadritten ein Bier aus.

„Sinn mer widder gut?“, fragte Giese Roiner.

„Eio“, sagte der Andere.

„Allehopp!“, sagte der Eine und bestellte eine Runde Schnaps.

„Toppmöller!“, sagte Giese Roiner „Dess war de Toppmöller!“

„Määnsche werklisch?“, fragte der Eine.

„Eio!“, stimmte der andere zu. „Dess war de Toppi.“

„Alla gut!”, sagte der eine und bestellte zur Versöhnung noch eine Runde Schnaps.

Herbert trank sein Bier aus und zahlte. Aber bevor er ging, kippte er noch ein wenig Öl ins Feuer. „Der Mann hot rescht“, sagte Herbert zum Abschied. „De Laumen hot des sibbe zu Null geschosse!“

„Dess honn isch doch gleisch gesah!!“, brüllte der eine.

„Isch hau der uffs Fressgidder!“, brüllte der andere.

Etwa eine Sekunde, bevor der ganze Zirkus wieder von vorne losging, war der grinsende Herbert draußen und lief Richtung Stadion.

Der Betzenberg rief. Es war Zeit, den 305 Meter hohen Gipfel zu erklimmen. Herbert hatte kein gutes Gefühl. Deshalb trank er zur Stärkung am Kiosk vor der Unterführung noch ein Bier. Dann schnaufte er den steilen Berg hoch. Wenn er den Blick hob, sah er drohend und gigantisch die Außenmauern des riesigen Stadions. Früher war der Betzenberg eine Fußballfestung gewesen, der Alptraum aller gegnerischen Mannschaften. Aber seit Jahren war der Betze nur noch die Comedy-Abteilung des deutschen Profifußballs.

Kaiserslautern hatte 100 000 Einwohner und ins Stadion passten fast 50 000 Zuschauer. Umgerechnet auf die Einwohnerzahl müssten die Mainzer ein Stadion für 90 000 Zuschauer haben, das Frankfurter Stadion müsste 300 000 Zuschauer fassen und Bayern München als deutscher Fußballkrösus müsste ein Stadion für 700 000 Zuschauer haben.

Man musste also kein Fußballexperte sein, um zu vermuten, dass es in Lautern drei wichtige Dinge gibt: Erstens den FCK, zweitens den FCK, und drittens den FCK.

Genau so war es auch. Wer in Kaiserslautern wichtig sein wollte, der musste irgend eine Funktion beim Betze haben. Oder wenigstens über geheime Informationen aus Mannschaftskabine und Geschäftsstelle verfügen, damit er abends in der Kneipe glänzen konnte. Und deshalb war der Betzenberg ein schmieriger Sumpf aus Wichtigtuerei und Neid, Vettern- und Misswirtschaft, Größenwahn und kleingeistigem Provinztheater.

Auch in dieser Saison hatte der FCK wieder alles falsch gemacht, was ein Provinzverein falsch machen konnte. Er hatte fünf Trainer, aber kein Geld, um die Stadionmiete zu zahlen. Und auf dem Rasen torkelten meistens 11 Spieler aus acht Nationen und fünf Kontinenten herum, von denen die meisten kaum deutsch, geschweige denn pfälzisch verstanden. Selbst hartnäckige Fans verzweifelten bei dem Versuch, die Namen der Spieler auswendig zu lernen.

Der absolute Gipfel des Lautrer Fußballwahnsinns war erreicht, als die Fans maulend feststellten, dass kein einziger Pfälzer mehr auf dem Rasen stand, mit dem sie sich in ihrer Muttersprache unterhalten konnten. Mit diesem schweren Vorwurf konfrontiert, sah sich der Lautrer Manager zum ersten Mal genauer die Mannschaft an, die er zusammengekauft hatte. Nach langem Suchen konnte er den Fans doch noch einen Pfälzer präsentieren. Es handelte sich um einen brasilianischen Fußballer, dessen Uroma 1928 von Kusel nach Südamerika ausgewandert war.

Der dicke Rheinhesse wanderte schnaufend hoch ins pfälzische Stadion, ging zu einem Imbiß und frass eine Frikadelle von der weltberühmten Lautrer Pferdemetzgerei Herting.

„Frieher war'n aach die Frikadelle besser!“, sagte Herbert zu dem Wurstverkäufer.

„Ja, ja“, brummelte der Wurstverkäufer. „Isch wääß! Unn frieher war'n die Gummischtiwwel noch aus Holz!“

„Dummbabbeler!“, sagte Herbert freundlich, holte sich ein Bier und stieg die Treppen hoch. Er ging dahin, wo er schon seit Jahrzehnten saß. Allen Umbauten des Stadions zum Trotz saß er seit 40 Jahren an ungefähr der selben Stelle. Südtribüne, auf Höhe der Mittellinie. Aktuell nannte sich das: Block Vier.

„Ei Guude!“, grölte Herbert, wollte sich auf seinen Platz setzen, musste aber erst alle Bekannten begrüßen.

Es war, als setzte er sich in sein Wohnzimmer. Um ihn herum saßen lauter laute Lautrer, im Volksmund auch „Atzscher“ genannt. Und dahinter hockte die südpfälzische Schreihalsfraktion aus Germersheim. Die Südpfälzer brüllten in ihrem seltsamen Singsang laut durcheinander.

„Loß Disch emol drigge!“, sagte eine kräftige Frau und drückte Herbert an ihren Busen.

„Wie geht's dann?“, fragte Herbert.

„Bin jetzt Uroma!“, sagte die Frau stolz. Sie war 58 Jahre alt, ihre Tochter 39 und die Enkelin 18.

„Unn weider?“, fragte Herbert.

„Isch wääß net“, sagte die Frau und zeigte ein Foto von einem Kleinkind. „De Vadder vun dem Bongert iss schunn abgehau.“

„Also wie immer“, sagte Herbert mitfühlend.

„Eio“, sagte die Frau. „Macht awwer nix. Isch honn den Freckert schunn ogemeld.“

Stolz zeigte sie Herbert eine Mitgliedskarte. Der Urenkel war noch nicht getauft, aber schon Mitglied beim FCK.

„Alles Rodscher!“, lobte Herbert.

Dann aber war Schluss mit lustig, weil das Spiel begann. Bevor das Elend anfing, wurden einzeln die Spieler des FCK begrüßt. Weil kaum ein Lautrer Fan die unaussprechlichen Namen der Spieler auswendig konnte, waren an den

Spielfeldecken vier riesige Videowände installiert, auf denen man die Namen ablesen konnte.

„Und jetzt“, brüllte der Stadionsprecher ins Mikrofon, „begrüßen wir unsere Nummer 23, Emeka ...“

„Opara“, lasen die Fans von den Videowänden ab und brüllten: „Oba!“

„Ole, Ole, Ole, Ola, der FCK ist wieder da!“ brüllte die Westkurve, dass die Hochhäuser auf dem Betzenberg wackelten. Früher hatten alle gegnerischen Mannschaften vor dem Gebrüll der Westkurve gezittert. Heute zitterten nur noch die eigenen Spieler vor diesem Lärm. Der meistbeschäftigte FCK-Spieler war der Torwart. Nach 20 Minuten hatte er 12 Rückpässe auf den Fuß bekommen. Es war zum Gotterbarmen. Alle Lautrer Spieler hatten Angst vorm Ball. Die meisten bewegten sich so, dass sie nicht anspielbar waren. Anscheinend hatten sie die Befürchtung, dass der Ball mit einem hochexplosiven Gas gefüllt war, anstatt mit Luft. Wenn sie doch den Ball bekamen, spielten sie schnell ab, um ja keinen Fehler zu machen. Klar, der Ball könnte ja explodieren!

So produzierten die Lautrer kaum etwas außer Fehlpässen. Völlig unkontrolliert sprang der Ball von einem Lautrer Spieler zum andern, hoch in die Luft, bisweilen zum Gegner und oft ins Aus. Es war grausam. Am schlimmsten war es, wenn ein Lautrer Spieler im gegnerischen Sechzehner zufällig den Ball bekam. Völlig verwirrt von dieser - für einen Profifußballer - völlig ungewohnten Situation, tat er alles, um den Ball nicht Richtung Tor schießen zu müssen. Am liebsten spielte er schnell zum schlechter stehenden Mannschaftskameraden ab. Der nahm den schwarzen Peter nicht an, sondern spielte einen Rückpaß ins Mittelfeld. Der Mittelfeldspieler wiederum drosch den Ball blind in den Sechzehner, anstatt mit dem Ball am Fuß 10 Meter nach vorne zu laufen.

„Schteht auf, wenn ihr Lautrer seid!“, forderte die Westkurve hämisch.

Die meisten Lautrer Sitz-Platz-Fans blieben kopfschüttelnd hocken und schimpften wie die Rohrspatzen auf die Spieler.

„Dass isch uffschteih“, brüllte ein empörter Otterberger, „dess missen sisch die Penner do unne erscht verdiene!“

Genau so war es ja auch. Nach 35 Minuten hatte der FCK eine Ecke und einen Freistoß erreicht. Das war erbärmlich für eine Heimmannschaft gegen einen schwachen Gegner.

Nach dem siebzehnten Rückpass zum Torwart hörte Herbert auf, mitzuzählen. Lieber konzentrierte er sich auf die fachlichen Fußballkommentare der Zuschauer.

„Ä Zeck im Wald iss gefährlischer als wie Du im Schtrafraum!“, brüllte ein Fan giftig zu dem Lautrer Stürmer, der vorm gegnerischen Tor den Ball verdroddelte.

„Beschwer disch net, Du Aff!“, schrie ein Pfälzer, weil ein Lautrer wegen Foul ermahnt wurde, aber wie Maradonna mit den Armen fuchtelte, grimassierte und meckerte.

Naturgemäß bekam auch die Lautrer Sturmspitze viel Ärger ab. Der FCK-Sturmtank war ein einsamer Afrikaner, der genauso verunsichert wie der Rest der Mannschaft war. Was sollte er da vorne tun, außer zufällig ankommende Bälle versemmeln?

„All hän se guude Nescher“, sagte ein Lautrer Fan entäuscht, „bloß mer net!“

Mit diesem Kommentar ging der großartige FCK in die Halbzeitpause. Herbert fraß ein Würstchen, soff ein Bier und nahm noch zwei mit, um das Elend besser zu ertragen.

Das große Glück der Lautrer Spieler bestand in der Tatsache, dass die meisten kein Deutsch verstanden, und keiner Pfälzisch. Wenn sie die Kommentare der Zuschauer verstanden hätten, dann wären sie einfach in der Kabine geblieben. So aber kamen sie wieder aus der Kabine heraus und machten genau so weiter, wie sie in der ersten Halbzeit aufgehört hatten.

Ziemlich genau gegenüber von Herbert, auf der Haupttribüne, gönnte sich noch jemand ein Frust-Bier. Es war ein alter, über achtzigjähriger Mann namens Ottmar.

„Du sollsch doch kä Alkohol tringe!“, tadelte Horst neben ihm.

„Isch sauf, wonn isch will“, maulte Ottmar, und steckte sich eine Zigarette an.

„Raache sollsche a net!“, sagte Horst.

„Rutsch mer de Buckel erunner!“, sagte Ottmar, deutete auf einen Lautrer Spieler und fragte: „Wer iss donn der Blinde mit de Nummer 18?“

„Hosche doi Brill net debei?“, fragte Horst.

„Wonn isch uffem Betze moi Brill uffzieh“, erläuterte Ottmar, „donn reesch isch misch noch viel mehr uff!“

„Isch reesch misch schunn long nimmi uff!“, behauptete Horst und bei dieser Lüge stieg sein Blutdruck auf 180.

„Uff alle Fäll“, schnaubte Ottmar voller Verachtung, „hädden uns die Lautrer frieher bis no Bermesens getribb, wonn mer so ä Scheiße zusammegeschpielt hädde, wie die do unne!“

„Dess schtimmt!“, sagte Horst traurig. Was war nur aus dem großen FCK geworden?

Unter den Augen der letzten beiden Überlebenden der legendären Walter-Elf spielten die FCK-Spieler eine Scheiße zusammen, dass es den Zuschauern die Zehennägel nach oben bog.

Fast noch schlimmer war, dass sich die gegnerische Mannschaft dem FCK-Niveau anpasste. Verwirrt über das pfälzische Fehlpassfestival, fing auch die Gastmanschaft an, nervös zu werden. *Gegen diese Gurken müssen wir doch punkten*, dachten die Gegner, und versemmelten reihenweise Torchanchen.

Wie beim Flipperspiel dotzte der Ball unkontrolliert von Spieler zu Spieler, hoch in die Luft und dauernd ins Aus.

„Peif ab!“, flehte ein Zuschauer in der siebenundachtzigsten Minute. „Isch konn nimmi zugucke!“

Nach 90 Minuten stand es immer noch Null zu Null. In der Nachspielzeit bekam der Gegner einen Freistoß, der Ball flatterte durch die Beine der Abwehrmauer und - Bumm - hatte der FCK Null zu Eins verloren.

Aus-wärts-sieg!

Am Sonntagmorgen bollerte Erna Napp mit beiden Fäusten gegen die Wohnzimmertür und rief: „Hutsimpel! Schteh uff!“

Aber aus dem Wohnzimmer kamen nur tiefe Schnarchgeräusche. Da ging Erna auf Nummer sicher. Sie schleppte den Staubsauger ins Wohnzimmer, riss die Fenster auf und zog ihm die Decke weg. Karl lag auf dem „Schäslong“, wie er immer dort lag, wenn er besoffen war. Ein kleiner Mann, der wie ein Käfer auf dem Rücken lag, den dicken Bauch nach oben streckte und mit offenem Mund laut schnarchte.

Erna schaltete ungerührt den Staubsauger an und hielt das Saugrohr dicht an Karls Ohr.

„Uuuaarrrhhh!“, schrie Karl erschrocken und flehte: „Erna! Bist Du depp? Mach dess Scheißding aus!“

Erna dachte nicht daran, das Scheißding auszuschalten. Sie ließ den Sauger solange an, bis sich Karl aus seiner Furzkuhle herausgewälzt, durchs Zimmer getappt und den Stecker herausgezogen hatte. Wenn Karl ein Geräusch nicht leiden konnte, dann war es der unausstehliche Lärm eines Staubsaugers.

„Kaffee schteht uffem Disch!“, sagte Erna.

Karl brummelte etwas, schleppte sich in die Küche und gähnte, damit sich der Geruch seiner Fahne besser ausbreiten konnte.

„Mensch, host Du widder die Heef“, sagte Erna ungerührt.

Karl schwieg und kratzte sich mit dem Messer am Rücken. Essen konnte er noch nichts. Er schlürfte Kaffee, sah auf die Küchenuhr und sagte vorwurfsvoll: „Scheiße. Schon so schpät! Warum hoste misch nit frieher geweckt?“

Erna zeigte ihm den Vogel und las weiter „Bild am Sonntag“. Karl versuchte ein Gespräch anzufangen. „War isch laut heit nacht?“

„Nit lauder als sunst aach“, sagte Erna und blätterte um. „Die Schtolte aussem zwädde Schtock war schun hier unn hot sisch beschwert, die doll Dunsel.“

„Die bleed Bichs soll mer de Buckel enunner rutsche“, murmelte Karl und marschierte ins Bad. Als er wieder heraus kam, drückte ihm Erna wortlos einen Putzlappen in die Hand.

„Jaja“, meckerte Karl, ging ins Gästeklo und wischte mit dem Lappen die nächtlichen Urinspritzer von der Brille. Dabei musste er die Luft anhalten, weil ihm beim Bücken übel wurde.

Dann warf er sich in Schale. Feierlich zog er die Nullfümfer-Mütze auf und legte den Vereinsschal um den Hals.

„Du siehst vielleicht bleed aus“, lachte Erna und gab ihm zwei belegte Brötchen mit.

Karl steckte die Brötchen ein und wühlte in seinen Hosentaschen. Dort fand er aber nur einen zerknüllten Fünf-Euroschein.

Erna gab ihm Geld. „Langt dess?“

„Kennt knapp werrn“, nuschelte Karl.

Erna seufzte und gab ihm mehr Geld. Karl verstaute das Geld in der rechten vorderen Hosentasche seiner Jeans. Das war ein alter Säufertrick und allemal besser, als den ganzen Geldbeutel zu verlieren.

„Atschee, Erna“

„Schaff disch fort, damit isch moi Ruh hab“, sagte Erna und widmete sich wieder der Bildzeitung.

Karl stampfte in den Fahradkeller und suchte sein „Fahrrädsche“. Wie immer standen zig Räder davor, weil alle 12 Mietsparteien den Keller nutzen. „Als Hausbesitzer iss mer immer es Arschloch!“, maulte Karl, räumte die Räder weg und schraubte noch schnell - soviel Zeit musste sein - das Ventil von Frau Schtolte heraus.

„Hähä“, lachte Karl gehässig, zerrte seinen Drahtesel heraus und fuhr zur Gaststätte „Hafeneck“. Seit man ihm den Führerschein wegen Alkohol am Steuer entzogen hatte, war er er überzeugter Radfahrer. Karl hatte nämlich eine natürliche Abneigung gegen Psychologen und deshalb standen seine Chancen, den amtlichen „Idiotentest“ zu bestehen, bei Null.

„Aus-wärts-sieg!“, grölte Karl, als er ins „Hafeneck“ stolperte. Dort standen schon andere übernächtigte Menschen herum. Männer und Frauen, Kinder und Alte, Studenten und Handwerker, Punker und Hardrocker, Kiffer und Säufer. Die Wirtin schmierte belegte Brote. Der Wirt telefonierte fluchend herum. Wie immer hatte er eine ganze Busladung Karten für's Auswärtsspiel geholt. Jetzt wurden Karten getauscht, andere konnten nicht und riefen an, wer ihre Karte haben sollte und ...

„Was fer'n Kinnergaade!“, maulte der müde Wirt.

„Reisebüro Kaster“, lachte Karl Napp. „Wir buchen, Sie fluchen“

Karl trank einen Kaffee und sah hoch zum Getränkebord hinter der Theke. Dort oben, links in der Ecke, stand immer noch der heilige Schrein. Es war eine Vitrine mit den Fußballschuhen eines Mainzer Spielers. Mit diesen Schuhen hatte er vor Jahren den FSV in die erste Bundesliga geschossen, später aber solange herumgestänkert, bis er zu Eintracht Frankfurt wechseln konnte. Ausgerechnet zur Eintracht! Seitdem wurde die heilige Vitrine mit den Schuhen des Verräters nie mehr erleuchtet.

Schwer bewaffnet mit Woi, Weck und Worscht, Bier, Schnaps und Handkäs, setzte sich die Kolonne in Bewegung. Der Zug ging im Gänsemarsch von der Kneipe zum Bus. Grinsend ließ der Busfahrer die Nullfümfer einsteigen, um dann wie üblich auf die Nachzügler zu warten. Der Busfahrer mochte die Hafeneck-Fans. Sie waren in der Regel laut, aber höflich. Vor allem machten sie keine „Uffzüsch“.

„Daß die nie pünktlich soi kenne!“, maulte der Hafeneck-Wirt in seiner Eigenschaft als Reiseleiter, woran man erkennen konnte, dass der Altpunker inzwischen auch schon über vierzig war.

„Jetzt geht's los!“ , rief einer und kaum war der Bus drei Meter gefahren, da dröhnte Musik aus den Boxen: Margit Sponheimer wechselte sich mit den Punk-Rockern von „Rimini-Piranhas“ ab, dazwischen dröhnte das „Untergangskommando“ und Ernst Neger musste sich die Anlage mit „Motorkopp“ teilen. Um spätestens 10 Uhr fingen alle an zu saufen und um 11 Uhr grölte der ganze Bus, was alle Mainzer am liebsten grölen: „Am Rosenmontag bin ich ge-bo-ho-ren."

Dann aber gab es einen wichtigen Stopp. Heute war nämlich der 11. November, offizieller Beginn der Meenzer Fassenacht. Pünktlich um 11 Uhr 11 stand der Bus an einer Raststätte. Alle Nullfümfer-Fans standen daneben, fraßen Fleischworscht, soffen Wein und schrien: „Helau!". Deshalb stellte sich der Chef der RAF, der Roten-Armee-Fassenacht, zugleich Präsident des stalinistischen Fassenachtscomitees, auf eine leere Weinkiste und hielt eine spontane Büttenrede. Motto: „Wenn schon Abstiesch, dann aber rischdiesch!"

Um 12 Uhr 30 stand der Bus im Stau, aber die Bordtoilette war vollgepinkelt. Karl Napp hatte inzwischen einen mächtigen Aufgewärmten und eine volle Blase, weil seine Prostata nicht mehr die jüngste war.

Um 12 Uhr 45 verstummte Margit Sponheimer, damit Vorsänger Rolf die Hymne anstimmen konnte.

„Gibt's noch Lautrer in Rheinhessen?", rief er fragend.

„Nein, die ham wir aufgefressen!", brüllte der Bus im Chor.

Auf dem Schalker Busparkplatz angekommen, stürzte alles, was noch laufen konnte, nach draußen und brunzte in die Hecken. Dann gab es zur Stärkung leckeren Handkäse aus einer riesigen Schüssel, von der blauhaarigen Wirtin mit Liebe zubereitet. Schmeckte lecker und war wichtig. Die Mainzer Fans brauchten ja Energie, um im Schalker Stadion lautstark ihre Mannschaft zu unterstützen.

Übrig blieb nur noch eine riesige Menge Öl mit Zwiebeln. Da kam dem Wirt eine schlaue Idee. Er trank einen tüchtigen Schluck Öl aus der riesigen Schüssel. Erstens ölt Handkässoße die Stimme, damit man sich beim grölen nicht heiser schreit. Zweitens handelte es sich um einen uralten osteuropäischen Säufertrick, angeblich in Ostpreußen erfunden. Im Magen steigt das Öl nach oben und verhindert, dass der Alkohol schnell in den Kopf steigt. Das behaupten jedenfalls erfahrene Säufer und wenn man dran glaubt, dann hilft es ja auch.

Derart überzeugt, tranken viele einen Schluck Öl und kippten noch mehr Alkohol in sich hinein.

„Schtimmt“, lallte Karl Napp. „Isch merk gar nix.“

Da kam dem Wirt eine noch bessere Idee. Er hielt aus dem Stehgreif einen Vortrag und behauptete, dass in der Schüssel gar kein Handkäsöl, sondern Zaubertrank sei.

Da sagte ein Zugekiffter: „Ohr. Voll geil! Isch will aach aus dem heilische Gral tringe!“

Jetzt wollten alle Öl aus dem heiligen Gral trinken. Lautstark geheimnisvolle Beschwörungsformeln murmelnd, schleppte der Wirt die riesige Schüssel zu allen Fans. Jeder setzte die schwere Schüssel mit zwei Händen an den Mund, trank daraus, kippte sich Soße über den Kittel und fühlte sich wundersam gestärkt. Ausgelassene Hochstimmung machte sich breit. Die Fans konnten ja nicht wissen, dass die Wirkung des Mainzer Wunderöls nicht bis zur Gästekabine des Schalker Stadions reichen sollte.

Einige zugekifft, viele besoffen, manche beides, aber alle mit heiligem Öl vollgeschnuddelt, marschierte die ganze Busladung ins Stadion.

„Aus-wärts-sieg!“, schrie Karl Napp lachend und hielt sich an Knudsi fest. Auf dem Weg ins Stadion babbelten die Mainzer mit Schalker Fans. Die Schalker winkten und lachten. In der Regel waren Mainzer Fans fast überall gern gesehene Gäste. Erstens, weil sie - in der Regel - friedlich waren und zweitens, weil die Mainzer aus Sicht mancher Bundesligasaurier immer noch Welpenschutz genossen.

Dann aber trennten sich die Wege. „Helau!“, wünschten die Schalker. „Glückauf!“, riefen die Mainzer, tappten in den Gästeblock und kauften sich „Knappenkarten“, um Bier kaufen zu können. Das war eine Kreditkarte zum saufen, also auch so ein moderner Beschiss.

Der Gelsenkirchener Fußballverein Schalke Gazprom Veltins Nullvier war ein gutes Beispiel dafür, woher der deutsche Fußball kam und wohin er ging. 1904 war Schalke ein schöner deutsch-polnischer Bergarbeitersportverein. 1930 war Schalke eine Fußballmacht, die mit dem Schalker Kreisel in der „Glück-auf-Kampfbahn" jeden Gegner schwindlig spielen konnte. Aber schon damals kreiselten Ernst Kuzorra und sein Schwager Fritz Szepan nur, wenn 50-Mark-Scheine in ihren Fußballschuhen lagen.

Anfang der siebziger Jahre baute der westdeutsche Steuerzahler für die Fußball-WM 1974 das Gelsenkirchener „Parkstadion". Damals war Schalke das Schmuddelkind der Bundesliga mit Bestechungsskandal, dubiosen Präsidenten und wahnsinnigen Mitgliederhauptversammlungen. Das hatte noch was.

Aber 40 Jahre später regierte nur noch moderner Schwachsinn. Schalke war kein Fußballverein mehr, sondern eine künstlich aufgeblasene „Marke". Rechtzeitig zur Fußball-WM 2006 baute der deutsche Steuerzahler das nagelneue Schalke-Stadion mit ausziehbarem Dach und ausrollbarem Rasen. Und was war der Dank dafür? Schalke nahm dieses Steuergeschenk entgegen und verkaufte die „Namensrechte" des Stadions für ein paar Millionen an einen Bierbrauer. Woher in Kuzorras Namen nahm Schalke das Recht dieses Stadion „Veltins-Arena" zu nennen, anstatt für Null Euro im „Steuerzahler-Stadion" zu spielen? Und den Rest seiner Seele verkaufte der Verein für 100 Millionen an den russischen Staatskonzern Gazprofit. Damit hatte sich Schalke Null-Vier auf das gleiche Niveau begeben, wie der Aktienverein Borussia Dortmund in der „Signal-Iduna-Arena".

Überhaupt war es zum Schreien, wenn Schalker Spieler in der Presse auftraten Einmal im Jahr mussten sie publikumswirksam in ein Museumsbergwerk einfahren, sich das Gesicht schwarz anmalen und etwas von „ehrliche Arbeit" daherfaseln. Dann stiegen sie wieder in ihre „Hummer" und fuhren nach Düsseldorf zum einkaufen.

Das Schalker Geschwätz von ehrlicher Arbeit war fast so lächerlich wie das Gebabbel von Dortmunder Spielern, die im Fanklub Pusemuckel etwas über „Maloche" erzählten und so verlogen waren, dass sie nach einem verlorenen Spiel mit dem Opel zum Training fuhren, anstatt mit dem Ferrari. Aus lauter Angst vor den Fans, die schreiend am Parkplatz standen und ihre Fußballer als „Scheiß Millionäre" beschimpften.

Am 11. 11. jedenfalls gaben die Mainzer Fans im Gästeblock der Veltins-Arena alles. Ihre Mannschaft weniger. Nach 40 Minuten stand es Drei zu Null für Gazprom Nullvier. Karl Napp hielt es nicht mehr aus, ging nach draußen und soff Bier. In der Pause lernte er einen Schalker Fan kennen, der ununterbrochen sang: „Ein ganzes Leben lang, die selbe Unterhose an."

In der zweiten Halbzeit blieb Karl einfach am Bierstand stehen. Er verpasste nichts. Wehrlos ergab sich die Mainzer Profimannschaft in ihr Schicksal. Wenn überhaupt, dann fielen die FSV-Kicker durch groteske Fehlpässe und haarsträubende Abwehrfehler auf. Deshalb schaltete die Heimmannschaft zwei Gänge zurück, und ließ nur noch den Ball laufen. Endstand: Vier zu Null. Nach dem Spiel trotteten die Mainzer Spieler vom Feld und babbelten das übliche Fußballerblech in die Mikrofone.

„Erst hatten wir kein Glück und jetzt kommt das Pech dazu."

„Ja gut, sicherlich, wir haben im Moment keinen Lauf."

„Irgendwie haben wir im Moment die Seuche."

„Ich denke, bei uns fehlt einer, der mal dazwischenhaut!"

„Ich bin unheimlich sauer auf meine eigene Leistung."

Andere plapperten die billigen Phrasen nach, die sie von ihrem hochqualifizierten Mentaltrainer auswendig gelernt hatten. „Uns fehlt ein positives Erfolgserlebnis, dann bekommen wir wieder mentale Sicherheit."

„Wir müssen lernen mit dem mentalen Druck umzugehen."

Bei der anschließenden Pressekonferenz wurde weiter auf die Fußballphrasenpauke gehauen. Motto: Reporter stellen überflüssige Fragen und Trainer geben überflüssige Antworten.

Weil die Schalker jetzt zwei Spiele hintereinander gewonnen hatten, fragte ein saublöder Sportreporter: „Nehmen Sie jetzt aufgrund dieser beeindruckenden Siegesserie die deutsche Meisterschaft als sportliches Ziel in Angriff?"

Und der Mainzer Trainer musste die überflüssigste aller Fragen ertragen. 150 Reporter fragten: „Sind Sie nächste Woche noch Trainer, wenn sie auch das nächste Spiel verlieren?"

Derweil konnte der Hafeneck-Fanbus in Gelsenkirchen nicht losfahren, weil zwei Nullfümfer-Fans fehlten. Bei ihnen hatte der alte ostpreußische Säufertrick nicht funktioniert. Oder sie hatten sich mehr Handkäsöl über die Brust gekippt, anstatt in den Hals. Jedenfalls fanden sie auf dem Parkplatz nicht den Hafeneck-Bus. Deshalb liefen sie wieder zurück und umkreisten solange systematisch das ganze Stadion, bis sie zufällig doch irgendwann vorm richtigen Gefährt standen. War auch kein Wunder, weil inzwischen kaum noch Busse da standen, und der riesige Parkplatz fast leer war. Reiseleiter Kaster, besorgt wie ein guter Hirtenhund, war zufrieden, mit der ganzen Herde vollzählig zurückzufahren und gab das Kommando zur Abfahrt.

Karl Napp schlief müde an Knudsis Schulter ein, bis sie ihn in schönstem sächsisch darauf hinwies, dass er zu schwer sei und zu laut schnarche. Da riss er sich am Riemen, setzte sich gerade hin, und trank ein kaltes Bier, um wach zu bleiben.

Überhaupt rissen sich alle am Riemen. Gestählt durch die Erfahrung unzähliger Auswärtsniederlagen und gesalbt mit heiligem Handkäsöl, fuhren sie singend nach Hause. Motto: „Egal, schpiele mir halt nächst Saison in de zwädd Liga!"

Mit vielen Pinkel- und Rauchpausen fuhr die Herde nach Mainz, verabschiedete den geduldigen Busfahrer mit Applaus, torkelte ins Hafeneck, babbelte, sang, tanzte und lachte.

„Jedenfalls habbe die bleede Betzebüttel aach verloorn", lallte Karl Napp und schlief an der Theke ein.

Napoleon am Betzenberg

„Alles klar?“, fragte der Lautrer Cheftrainer seine Spieler.

24 Fußballprofis nickten, obwohl 15 nur Bahnhof verstanden, weil sie aus Brasilien, Albanien, Tschechien und sonst woher stammten. Einzelgespräche mit diesen Spielern waren nur mit Hilfe von Dolmetschern möglich. Die wichtigsten Lautrer Kicker waren nordafrikanischer Herkunft und kamen aus der zweiten französischen Liga. Aber weder der Chef- noch der Cotrainer sprachen auch nur ein einziges Wort französisch. Das wäre aber schon allein deshalb wichtig gewesen, weil auch der Spielmacher Franzose war.

„Wo bleibt denn das Arschloch?“, fragte der Cheftrainer.

Der Cotrainer zuckte mit den Achseln und stellte weiter Hütchen auf.

Kommt er heute oder kommt er nicht? Das war die übliche Frage beim FCK. Es war montagvormittag, das Training hatte vor 20 Minuten angefangen, aber der Star war nicht da. So war es immer. Zwei Spieler, als notorische Zocker bekannt, wetteten um 100 Euro, ob er kam oder nicht.

„Ruf ihn an!“, sagte der Cheftrainer.

Der Cotrainer rief den Starspieler an und landete auf einer französisch sprechenden Mailbox.

„Er geht nicht dran“, seufzte der Cotrainer.

Dass sich der FCK einen französischen Ex-Nationalspieler leisten konnte, hatte einen einfachen Grund: Es gab sonst keinen Verein, der diesen Stinkstiefel wollte.

Jean-Pierre Legrand war 1,63 Meter groß und größenwahnsinnig, weshalb er auch „Napoleon“ genannt wurde. Er hatte vier Mal für die französische Nationalelf gespielt, bis er wegen unsozialem Verhalten aus dem Kader geworfen wurde. Er hatte nämlich seinem Trainer vor einem wichtigen Spiel ins Bett gepisst. Als ihn kein französischer Verein mehr wollte, landete er in der Pfalz. Der FCK wollte unbedingt einen internationalen Star und akzeptierte deshalb alle Bedingungen. Erstens: Ein irrsinniges Gehalt, wovon ein Teil am Finanzamt vorbei auf ein Off-Share-Konto in Sonstwo gedribbelt, also schwarz gezahlt wurde. Zweitens: Ein saftiges Handgeld. Drittens: Eine Stammplatzgarantie für Legrand. Viertens: Jede Woche einen Freiflug von Saarbrücken nach Paris und zurück. Fünftens: Medizinische Betreuung nach Napoleons Wahl. Sechstens: Einen Vertrag für Legrands kleinen Bruder in der Amateurelf vom Betze. Siebtens: Absolutes Stillschweigen über alle Vertragsinhalte, um einen Aufstand der Lautrer Fans zu verhindern.

Jetzt spielte Napoleon seit einem Jahr auf dem Betzenberg und sprach immer noch kein Wort deutsch. Mit Berater, Frau, Kind und kleinem Bruder lebte er zurückgezogen in einer feudalen Villa auf Vereinskosten. Die Lautrer nannten ihn und seinen jüngeren Bruder nur „es große unn es klääne Arschloch“. So oft es ging, war Jean-Pierre in Frankreich. Mit der Außenwelt kommunizierte er nur über seinen Freund und Berater.

Wenn Napoleon gute Laune hatte, dann war er der Dreh- und Angelpunkt des Spiels. Wenn er schlecht gelaunt war, dann sah man ihn nicht. Zum Training kam er grundsätzlich zu spät und wenn ihm eine Laus über die Leber lief, dann trainierte er einfach gar nicht.

Aber immerhin, heute kam er wenigstens, wenn auch 45 Minuten zu spät. Wie immer ließ sich Napoleon von seinem Freund und Berater zum Betze fahren. Dann stolzierte er in Straßenklamotten auf den Trainingsplatz.

Der Cheftrainer zeigte vorwurfsvoll auf seine Armbanduhr. Napoleon fragte vorwurfsvoll irgend etwas in französisch.

Sein Berater übersetzte: „Warum at die kleine Bruder von Schoo-Piär am Sonntag nischt geschpielt?“

„Woher soll ich das wissen?“, knurrte der Cheftrainer.

„Schoo-Piär will sofort schpreschen mit die Amateurtränär!“

Der Cheftrainer erkannte den Ernst der Lage und befahl dem Cotrainer: „Ruf den Amateurtrainer!“

Da tanzte der Amateurtrainer an und erklärte auf gut pfälzisch: „Isch honn dess klääne Arschloch net uffgeschtellt, weil er dauernd zu schpät kommt unn de Molli macht!“

Der Cheftrainer übersetzte das Pfälzische in Hochdeutsch, wobei er „kleines Arschloch“ durch „kleinen Bruder“ ersetzte. Der Berater übersetzte das Deutsche ins Französische. Legrand schnaubte verächtlich und murmelte etwas in französisch.

Der Berater übersetzte: „Schoo-Piär at einä Meniskussehnenreizung. Er weiß nischt, ob er schpielen kann. Aber er ist bereit zu tränieren, wenn seine kleine Bruder wieder in die Amateurelf schpielt.“

Das ist Erpressung! dachte der Cheftrainer und bekam vor Wut einen hochroten Kopf. Ihm war völlig klar, dass hier die Machtfrage gestellt wurde. Wer ist hier der Chef? Der Trainer oder der Fußballer?

Inzwischen kamen alle Spieler heran, machten große Ohren und horchten neugierig mit. Das war ganz gefährlich. Profifußballer sind zwar in der Regel erwachsene Männer, benehmen sich aber wie 15jährige Jugendliche gegenüber ihrem Berufsschullehrer. Manche sagen auch: Wie eine Horde Affen, wenn das dominante Männchen schwach wird. Sobald der Trainer ein Zeichen von Schwäche erkennen lässt, fallen Fußballprofis gnadenlos über ihn her.

Deshalb wollte der Trainer Stärke demonstrieren. Er sagte zu Napoleon: „Ich bin doch kein Hampelmann! Ob Dein kleiner Buder spielt oder nicht, das entscheidet der Amateurtrainer! Und wenn Du verletzt bist, dann bring mir ein ärztliches Attest.“

Der Berater übersetzte. Napoleon zuckte mit den Achseln und ließ ein Blatt Papier auf den Rasen fallen. Der Cotrainer hob es auf. Auf dem Blatt stand irgendein ärztliches Fachchinesisch auf französisch geschrieben.

Wortlos verließen Napoleon und Berater den Trainingsplatz. Beim Hinausgehen humpelte Napoleon leicht und ließ sich von seinem Berater stützen.
„Weitermachen!“, rief der Cheftrainer. „Wir spielen jetzt Fünf gegen Zwei.“

Am Samstag ging der FCK Eins zu Vier unter. Napoleon und sein kleiner Bruder sassen regungslos auf der Tribüne. Direkt nach dem Spiel wurde der Lautrer Cheftrainer zum Manager gerufen. Wie immer, wenn so etwas in Lautern geschah, wusste fünf Minuten später die ganze Stadt Bescheid. Die zwei Zocker in der Mannschaft wetteten um 1000 Euro, dass Napoleon am nächsten Spieltag wieder spielen und das „kleine Arschloch“ in der Amateurelf auflaufen würde.
Im nächsten Spiel spielte Napoleon. Er zeigte keine Spur von Verletzung. Er rannte und schlug kluge Pässe, von denen zwei zu Toren führten. Er ging sogar in Zweikämpfe! Einmal rannte er - oh Wunder - 20 Meter nach hinten, um sich den Ball zu holen. Als Sahnehäubchen schoss er ein Freistoßtor. Dann lief er zur Westkurve und ließ sich feiern. In der siebzigsten Minute fing er an zu humpeln und ließ sich auswechseln, weil er keine Luft mehr hatte. Dabei vermied er den Handschlag des Trainers.
„Der Franzos iss ä Arschloch!“, sagte Ottmar auf der Tribüne.
„Der konn awwer Fußball schpiele“, sagte Horst.
„Isch dät em so long in de Arsch träde, bis er 90 Minudde renne konn!“, behauptete Ottmar und trank an seinem Bier.
„Sauf net so viel!“, tadelte Horst.
Seit diesem Spiel war der Lautrer Cheftrainer bei der Mannschaft unten durch. Keiner nahm ihn mehr ernst. Die beiden notorischen Zocker in der Lautrer Mannschaft setzten 10 000 Euro auf die Entlassung ihres eigenen Trainers. Fußballer sind so bescheuert.

Fans, Supporters, Ultras und Ober-Ultras

Derweil in Lautern der Trainerstuhl wackelte, trieb die Mainzer Handkäsmafia mit eiserner Entschlossenheit den Umsturz voran.

„Muss das sein?“, fragte der Anwalt gequält. Wie immer war er sehr elegant gekleidet. Seine dicken Mombacher Qellwasserfüße hatte er in enge italienische Schuhe gezwängt, über seinem schlaffen Arsch hing die feine Anzughose wie ein Sack herunter und seinen dicken Bauch hatte er in ein teures Hemd gezwängt, damit die Knöpfe spannten.

„Halt de Ball flach unn zieh die Kutt an!“, sagte Toni barsch und warf dem Anwalt eine Fußballkutte zu. Es war eine uralte Jeansjacke mit vielen Aufnähern, die Toni vor über 20 Jahren getragen hatte, als der FSV noch in der Amateuroberliga kickte.

Seufzend zog der Anwalt sein Brioni-Jacket aus und die Kutte an, die wie ein nasser Sack an seinen schmalen Schultern herabhing, weil sie keine Schulterpolster hatte.

„Du siehst aus wie en Aff!“, sagte Toni überzeugt und gab ihm eine Nullfümfer-Kappe.

„Aber meine Frisur ...“, wehrte sich der Anwalt.

„Setz die Kapp uff unn mach mit!“, befahl Toni.

Gehorsam zog sich der Anwalt die FSV-Kappe auf seine öligen Haare, sorgfältig darauf achtend, dass sein Pferdeschwanz nicht geknickt wurde.

„Schteck dess oi!“, befahl Toni und warf dem Anwalt zwei Dosen Bier zu.

Angewidert steckte der Anwalt die Bierdosen in die Jackentaschen.

„Jetzt siehste aus wie en eschte Huuligän!“, lachte Toni.

Der Anwalt ging auf die Toilette und sah in den Spiegel. „Mann, seh ich scheiße aus“, sagte er zu seinem Spiegelbild, womit er recht hatte. Der Ölprinz mochte teure Anzüge, Rotwein und Golf. Wenn er etwas nicht mochte, dann war es Fußball und Dosenbier.

„Ist das wirklich nötig?“, fragte der Ölprinz.
„Muß soi!“, sagte Toni, schüttelte eine Dose Bier und riß sie auf, damit die Brühe dem Anwalt ins Gesicht spritzte.
„Was soll das?!“, fragte der Anwalt beleidigt und putzte seine versaute Designerbrille.
„Reesch disch ab“, sagte Toni grinsend. „Jetzt schtinkste wenischsdens nit mehr so eklisch nach Parfüm. Prost!“
Da hatte Fleischworschttoni recht. Normalerweise stank der Ölprinz so penetrant nach Parfüm wie ein Moschusochse. Jetzt roch er wenigstens nach Bier.
Du Arschloch, dachte der Anwalt angewidert, trank und verschluckte sich, als er Grieser und Nobby sah. Die beiden Poltiker sahen auch aus, als wollten sie auf die Fassenacht gehen. Jedenfalls waren sie als Nullfümfer verkleidet.
„Hoffentlich sieht uns keiner“, sagte der hölzerne Grieser.
Toni: „Scheiß der nit ins Hemd!“
„Ist das nicht unglaubwürdig, wenn wir uns so anbiedern?“, fragte Genosse Nobby in seiner Eigenschaft als Vorsitzender der Mainzer Toskanafraktion.
„Ist das nicht unglaubwürdig“ , äffte Toni nach, „wenn de im Wahlkampf als nur Scheiße babbelst unn bleed Zeisch verschpresche dust?“
„Das ist was ganz anderes!“, behauptete Nobby ernsthaft.
„Los jetzt!“, kommandierte Toni und bugsierte die drei Figuren in seinen Mercedes.
„Wenn das mal gut geht“, sagte Grieser ängstlich. Grieser sah von allen am schlimmsten aus. Er hatte die FSV-Klamotten seines Sohnes geklaut. Sowohl die Jeans als auch die Jackenärmel waren viel zu kurz.
„Das nehmen uns die Fans nie ab!“, behauptete Grieser.
„Genau!“, stimmte der Anwalt zu.
Toni, wütend: „Merk der endlisch, daß es kä Fäns mehr gibt! Es gibt kää Fußball-Fäns! Du Hutsimpel!“
„Sondern?“, fragte Grieser erstaunt.

„Es gibt nur noch Subborders unn Ultras!“, sagte Toni genervt.
„Supporters“, verbesserte der Anwalt. „Das heißt Supporters!“
„Korindekacker!“, sagte Toni zu dem Anwalt.

„Was ist das?“, fragte der blöde Grieser.

„Ein Korinthenkacker“, erklärte Nobby, „ist ein ...“

„Nein!“, sagte Grieser. „Isch will jetzt wissen, was Supporters und Ultras sind!“

„Dess isses selbe als wie Fußballfäns“, erklärte Toni.

„Und was ist der Unterschied zwischen Supporters und Ultras?“, fragte Grieser.

„Grieser, leck misch am Arsch!“, sagte Toni ärgerlich.

„Dein Auto stinkt nach alten Knochen“, meckerte der Anwalt.

„Unn Du schtinkst nach Bier!“, sagte Toni.

„Fahren wir jetzt zu den Supporters oder zu den Ultras?“, fragte der blöde Grieser.

„Wir fahren jetzt zu den Ober-Ultras“, erläuterte Genosse Nobby und erklärte Grieser, dass Ultras zu der Sorte Menschen gehörten, die Fußball furchtbar ernst nahmen. Und speziell diese Mainzer Ober-Ultras waren auch gar keine Ultras, sondern von „Huligäns“ unterwandert.

„Echt“, fragte Grieser und bekam Angst.

„Guude!“, sägte der oberste Ober-Ultra und ließ die vier Besucher herein. Nobby, Grieser und der Anwalt verströmten sofort Angstschweiß, als sie den Raum betraten. Es war eine Art Klub-Raum. Die Wände waren besprüht mit Parolen wie „Scheiß auf die Eintracht!“ und „Tod allen Betzebitteln!“

„Was sind denn Betzebüttel?“, fragte Grieser halblaut.

„Halt bloß das Maul!“, zischte Nobby.

Nur Toni tat, als wäre er hier zu Hause. Breitbeinig lümmelte er sich in einen Sessel, öffnete eine Dose Bier und sagte: „Isch bin de Toni, saach Du zu mir. Also was willste?“

Der Ober-Ober-Ultra vertrat die Belange seiner Gruppe. Schweigend hörte sich Toni die Forderungen an.

„Unn?“, fragte der Boss mit verschränkten Armen. „Was määnsten dadezu?“

Toni: „Iss gebongt“

„Hä?“, fragte der Ober-Ultra verblüfft.

„Bass acht!“, zischte Toni drohend, sprang hoch und setzte seine grimmige Metzgermiene auf. „Seh isch aus als dät isch Scheißdreck babbele?!“

„Abgemacht!“, sagte der Ober-Ultra. „Unser 300 Mann schtehe wie ään Mann hinner de Handkäsmafia!“

„Gut!“, sagte Toni und schloß nach Metzgerart einen Handschlagvertrag.

„Ach, da iss noch was“, meldete sich einer.

„Was dann?“, fragte Toni.

„Ei, de Kalli unn de Bolles, die habbe so ä bißje, wie soll isch saache, juristische Probleme, unn ...“

„Kä Problem“, sagte Toni gönnerhaft und zeigte auf den Anwalt. „Unser Dog, de Ölprinz macht fer alle Ober-Ultras jurisdische Beradung fer umme. Odder?!“

„Aber sicher“, sagte der Anwalt gequält. Er traute sich nicht, irgendwas dagegen zu sagen. Er schluckte bei der Vorstellung, dass jeden Morgen in seiner Kanzlei fünf Krawallheinis herumlümmelten, die er umsonst beraten sollte.

Nachdem das Geschäftliche geklärt war, begann der gemütliche Teil: Dosenbiersaufen mit den Ober-Ultras. Grieser - der Feigling - wollte sich mit Hinweis auf eine dringende Fraktionssitzung drücken, aber Toni trat ihm schmerzhaft auf den Fuß.

Dann tauchten, reichlich angetrunken, Kalli und Bolles auf. Beide verbrüderten sich sofort mit dem Anwalt.

Bolles: „Also, Dogder, dess war so. De Kalli unn isch, mir wollde gar kä Uffzüüsch mache, weil mir jo grad uff Bewährung unn trallala, abber da sinn uns die zwää Betzebittel dumm komme unn ...“

„Drei!“, verbesserte Kalli. „Dess war’n drei Betzebittel, die war’n uff Krach aus, unn ...“

„Kommt morgen früh in meine Kanzlei“, sagte der Anwalt.

„Also jedenfalls, die zwää Betzebittel ...“, begann Bolles wieder.

„Drei!“, unterbrach ihn Kalli. „Dess war’n drei Betzebüttel, die wollte unbedingt Krach anfange, unn ...“

Irgendwie schaffte es Toni, sich elegant zu verabschieden und ein Taxi zu rufen.

„Iss mir schlecht!“, jammerte Grieser und hielt den Kopf zum Fenster hinaus. „Jetzt hab isch meine Fraktionssitzung verpasst!“

„Du nix kotze in meine Audo!“, maulte der Taxifahrer.

Und der Anwalt meckerte empört: „Diese bierdosensaufenden Burschen soll ich kostenlos beraten! Ich?!“

„Wir müssen alle Opfer bringen“, kicherte Nobby betrunken.

„Genau“, sagte Toni und grinste zufrieden. Ab jetzt würden auch die Ober-Ultras und ihre Verbündeten mächtig Stimmung für die Handkäsmafia und gegen den FSV-Vorstand machen.

„Fahren wir noch ins Puff?“, fragte Nobby geil.

„Au ja“, rief der Anwalt.

„Mir ist schlecht“, jammerte Grieser. „Außerdem will isch nischt im Puff gesehen werden. Isch bin verheiradeter Familienvadder und Fragdionsvorsitzender der christlisch-demokra ...“

„Grieser, halts Maul!“, blaffte Toni und befahl dem Taxifahrer: „Fahr in Rosies Bar!“

„Genau“ stimmte der Anwalt zu und fragte: „Wenn wir im Vorstand vom FSV sind, können wir dann Bordellbesuche als Spesen abrechnen? So, wie bei VW?“

Weihnachtsfeier

Am gleichen Abend schlenderten Karl und Erna Napp durch die Augustinerstraße. Beim In-Italiener linste Erna neugierig durch die Glasscheibe, um zu sehen, wer darinnen saß. Das machten viele Mainzer so. Wer in dieser Stadt wichtig sein wollte, der musste ab und zu hinter dieser Glassscheibe sitzen, um gesehen zu werden. Es war wie Fernsehen. Aber an diesem Abend saß hinter der Glasscheibe eine merkwürdige Gesellschaft. Es waren überwiegend jüngere Menschen in affigen Modeklamotten, die schweigend und mit langen Gesichtern an den unbequem engen Tischen saßen.

Erna fragte besorgt: „Karl? Iss dess ä Beerdischungsfeier?"

„Nä!", sagte Karl. „Dess iss die Weihnachtsfeier vun de Nullfümfer!"

Seit dem Ende der Ära Klopp lungerten auch die Fußballer in der Augustinerstraße herum, anstatt im „Vierjahreszeiten" am Gonsenheimer Juxplatz.

Die Weihnachtsfeier der Nullfümfer entsprach dem Tabellenstand. Manche Spieler kamen mit fadenscheinigen Entschuldigungen gar nicht, andere hatten sich fest vorgenommen, früh zu gehen. An der Sitzordnung der Spielergrüppchen sah man, dass da keine Mannschaft saß, sondern ein Haufen hochbezahlter Neidhammel, die sich nichts zu sagen hatten, die sich nicht mochten, die gegeneinander intrigierten.

Für die Ansprachen von Präsident, Manager und Trainer gab es dünnen Pflichtbeifall. Dabei beobachteten die Spieler sehr genau, wer lauter als unbedingt nötig klatschte. Michi Raffzahn und Sandra gingen als eine der ersten.

Sandra: „Oh Mann, hast du gesehen, was die Tussi von der Nummer 18 an hatte. Die ist doch wohl total proll, oder?"

„Jaja", sagte Michi und ging mit Sandra in den „Star-Club". Das war eine jener überflüssigen „Locations" in denen Türsteher eifrig darauf bedacht waren, nur Gäste hinein zu lassen, die klamottentechnisch aussahen wie Fußballer und Spielerfrauen. Im Star-Club lungerte prompt ein Sportreporter herum und woll-te von Raffzahn wissen: „Michi, Dein Vertrag läuft nach der Saison aus. Bleibst Du in Mainz?“

„Ich habe Vertrag“, nuschelte Michi und verdrückte sich mit Sandra auf die Tanzfläche.

Mühsam quälten sich alle durch die Feier, und zum Schluß saßen eigentlich nur noch diejenigen Spieler da, die ohnehin so wenig Deutsch verstanden, dass sie kaum wussten, in welcher Stadt sie waren. Ganz zum Schluß saßen Präsident, Manager und Trainer mit ihren Frauen einsam an einem Tisch und sahen sich an. Sie warteten darauf, dass jemand aufstand und sagte: „Ich geh jetzt auch nach Hause.“

Schließlich sagte die Frau des Trainers „unser Baby-Sitter kann nicht ewig bleiben“ und zerrte ihren Mann aus dem Lokal.

„Jetzt reden sie wieder über mich!“, sagte der Trainer wütend.

„Das machen sie schon seit Wochen!“, sagte die Trainerfrau.

Und drinnen fragte der Präsident den Manager: „Meinst Du, es hilft was, wenn wir den Trainer entlassen?“

„Ich weiß nicht“, sagte der Manager hilflos. Erst mal müssen wir die ausserordentliche Mitgliederversammlung überleben.“

Wegen dieser Versammlung tat der FSV-Vorstand erst mal gar nichts, außer die Weihnachtsfeier vorzuverlegen. Das war schlecht. Gerade kurz vor der Winterpause waren nämlich alle Profivereine am Tabellenende nervös wie die Hühner. Da wurden hektisch Trainer entlassen und panisch Spieler gekauft, um sich für die Rückrunde zu verstärken. Im Januar durften Fußballer innerhalb der Liga die Vereine wechseln. Und die Spieler nutzten diese Zwangslage gnadenlos aus. Öffentlich schworen sie ihrem Klub ewige Treue, in Wirklichkeit pokerten sie um höhere Verträge oder bereiteten ihren Absprung vor.

Das Kompetenz-Team vom Betzenberg

„Woi!“, forderte der Präsident.
„Bier!“, verlangte der Manager.
„Schampus“, sagte ein Aufsichtsrat. „Am liebsten die Marke ...“

„Isch wääß, was de saufe willsch“ , seufzte die Bedienung, schleppte die Getränke in den wichtigsten Raum des riesigen Fritz-Walter-Stadions und schloß die Tür. Hinter der Tür tagte nämlich das Kompetenzteam vom Betzenberg.

„So geht's net weider!“, brüllte der Lautrer Vereinsboß und schlug mit der Faust auf den Tisch. „So schteihn mer ab!“

„Dann mach was dagegen!“, zischte der Manager.
„Iisch?!“, brüllte der Vorstand empört. „Isch honn die scheiß Schpieler net kaaf, die wo uns jetzt widder in die Scheiße reite!“

Da sahen alle vorwurfsvoll den Sportdirektor an. Der Sportdirektor blaffte zurück: „Ich bin erst seit zwei Monaten hier! Ich hab diese Gurkenspieler nicht gekauft!“

„Dann kaaf neie Spieler!“, forderte der Vorstandsboß.
Sofort meldete der Kassenwart Bedenken an: „Mer hänn kä Geld, um Schpieler zu kaafe!“

„Dann brauchen wir auch keinen Sportdirektor!“, sagte ein betrunkener Aufsichtsrat folgerichtig.

„Wir entlassen den Trainer!“, sagte der Sportdirektor, um seinen Job zu retten.

„Genau!“, schrie der Vorstandsboß. „Mer schmeiße de Trääner raus!“

„Geht net!“, widersprach der Kassenwart. „Mer hänn a kä Geld, um de Trääner zu entlosse! Mer misse noch die Abfindunge fer die letschte zwää entlossene Trääner zahle!“

Da fragte der betrunkene Aufsichtsrat: „Wie siehts denn aus mit den Finanzen?“

„Scheiße“, sagte der Kassenwart. „Mer sinn bankrott!“

„Unn was solle mer jetzt mache?“, fragte der Vorstand in die Runde.

Um irgend etwas zu machen, bestellten alle etwas zu trinken.

„Bring uns noch ebbes zu saufe!“, rief der betrunkene Aufsichtsrat zur Bedienung.

Um irgend etwas zu sagen, fragte der Vorstand den Aufsichtsratsvorsitzenden Bauchlage: „Eij, Bauchlage! Wie siehts donn iwwerhaupt mit neie Schponsore aus, damit Geld in die Kass kommt?“

Da sagte Aufsichtsrat Bauchlage das, was er immer sagte. Er sagte „Isch schtehe gerade in inderessanden Geschpräschen mit namhaften Invesdoren ...“

„Ach, halls Maul!“, meckerte ein anderer.

So war es immer, wenn das Kompetenzteam vom Betzenberg tagte. Alle babbelten durcheinander, jeder machte, was er wollte, und zum Schluß kam nur Scheiße dabei heraus. So ging das schon seit vielen Jahren.

Um irgendwie zu überleben, war der Verein auf zwei Sorten Menschen angewiesen. Die einen waren halbseidene Unternehmer, die dem FCK Geld zur Verfügung stellten. Als Gegenleistung bekamen sie einen schönen Posten im Vorstand.

Die anderen waren mehr oder weniger wichtige Landespolitiker, die im Aufsichtsrat herumlungerten und sich gerne reden hörten. Der schlimmste von allen war der Exminister Bauchlage. Die Lautrer nannten ihn nur „de Dummbabbeler“. Der Mann konnte an keiner Fernsehkamera vorbeilaufen, ohne Blech hineinzubabbeln. Der Hauptsponsor des FCK war und blieb der Steuerzahler. Der Verein hatte über 100 Millionen Euro Steuergelder gefressen, aber trotzdem runde 70 Millionen Schulden. Jedenfalls offiziell. In Wahrheit waren es mehr. Wie konnte sich ein gestandener Traditionsverein derart in die Scheiße reiten?

Angefangen hatte es mit einem Fußballmärchen. 1996 war der FCK zum ersten Mal in die zweite Bundesliga abgestiegen. Mit einem finanziellen Kraftakt hielten die Pfälzer eine gute Mannschaft und holten den alten Otto als Trainer. Otto hatte Wut im Bauch, weil er kurz vorher bei Bayern München entlassen worden war. Und Otto schaffte ein doppeltes Wunder. Nicht nur den direkten Wiederaufstieg, sondern auch die deutsche Meisterschaft! Als Aufsteiger! Bayernmanager Huli Öeneß biss vor Wut in den Rasen und brüllte seine hochbezahlten Spieler in Grund und Boden.

Was dann folgte, war ein schönes Beispiel von fußballpolitischem Größenwahn, wie ihn kein Romanschreiber erfinden konnte. Beim FCK brannten alle Sicherungen durch. Die Lautrer fingen an, ihr Stadion auf fast 50 000 Zuschauerplätze auszubauen. Diesen Wahnsinn konnte der FCK nur bezahlen, wenn er jedes Jahr Champions-League spielte. Um Champions-League spielen zu können, kaufte der Betze unglaubliche Spieler und bezahlte ihnen - teilweise schwarz - irrsinnige Gehälter. Am besten war der wahnsinnige Fußballer Taribo West, von den Pfälzer Fans nur staunend „Haribo“ genannt. Haribo war Prediger bei einer seltsamen Sekte und spielte so teuflisch Fußball, dass er meistens nur fünf Minuten brauchte, bis er mit einer Roten Karte vom Platz flog. So hatte Haribo mehr Zeit zum predigen. Weil er dauernd gesperrt war.

Aber nicht nur Spieler verdienten sich beim FCK goldene Nasen. Auch alle Freunde und Verwandten frassen aus der goldenen Krippe des Vereins. Die halbe Familie des Managers bekam schöne Jobs beim Verein, die dubiose Spielerberaterfirma NOGOR kassierte idiotisch hohe Provisionen, und der Betze leistete sich sogar einen „Lizenzspielerbetreuer“. Das war ein Exprofi, der vom Verein viel Geld bekam, um „Hertingswerschtscher“ und Grillkohle für den Mannschaftsabend zu besorgen.

Am schönsten war aber die Geschichte von Günter Schlinkowsgi. Man könnte meinen, dass sie im Lautrer Bermudadreieck zwischen „Benderhof“, „Glockencafe“ und „Wladirostok“ erfunden wurde, aber nein, sie ist wahr.

„De Schlinkowsgi-Ginter“ war ein stadtbekannter Lautrer Vollidiot. Er war nicht nur saudumm, sondern auch saufrech. Aber seine Familie gehörte zum Betzenbergadel. Deshalb bekam er immer wieder Posten beim Verein zugeschanzt.

Sein Unglück waren zwei stadtfremde Polizisten, die keine FCK-Fans waren. Die fuhren Streife durch Lautern, bis sie ein in Schlangenlinien fahrendes Auto anhielten. Am Steuer saß der besoffene Schlinkowsgi und krakeelte herum. Die Polizisten überprüften seine Papiere und stellten fest, dass der Schreihals wegen Alkohol am Steuer gar kein Auto fahren durfte.

„Babbel kä Scheißdreck!“, brüllte Schlinkowsgi die Polizisten an, und schwenkte triumphierend eine „Vorläufige Fahrerlaubnis“, ausgestellt von der Kreisverwaltung Kusel.

Wenn die Polizisten aus Lautern gewesen wären, hätten sie den Fall sicher stillschweigend beigelegt. So aber stellte sich heraus, dass nicht nur Schlinkowsgi eine vorläufige Fahrerlaubnis hatte. Nein, der FCK hatte jahrelang für wichtige Mitglieder vorläufige Fahrausweise besorgt. Zum Lohn bekam der Sachbearbeiter auf der Kuseler Kreisverwaltung umsonst Dauerkarten. Wahrscheinlich wurde er auch ins Puff eingeladen, aber das sagte der fußballbegeisterte Verwaltungsbeamte beim Prozess nicht, weil er verheiratet war.

Am schlimmsten war aber, dass dieser ganze Saustall mit politischer Rückendeckung des Rheinland-Pfälzischen Landesfürsten zum Himmel stank. Burt Keck war erstens ein großer FCK-Fan und zweitens wollte er unbedingt ein rheinland-pfälzisches WM-Stadion für die Fußballweltmeisterschaft 2006. Also pumpte er unzählige Millionen in den Ausbau des Stadions und ließ nebenbei auch noch ganz Kaiserslautern umbauen, damit zwei WM-Spiele auf dem Betzenberg ausgetragen wurden. Offizielle Begründung: „Fußball ist ja so wischdisch für die ganze Reschion.“ Deshalb schleuste er auch seinen Spezi

Herhard Gerzog von der Rheinland-Pfälzischen Staatskanzlei in den Vorstand vom Betzenberg. Es war gespenstisch, was der Genosse Gerzog, Manager „Atze“ und Präsident Mieschewann trieben. Vielleicht herrschte ja Sauerstoffmangel auf dem gefühlten 3500 Meter hohen Gipfel des Betzenberg. Auf jeden Fall verlor dieses dynamische Trio jegliche Bodenhaftung. Mangels sportlichem Erfolg bekam der Betze zuwenig Fernsehgelder und raste mit Vollgas in den Bankrott. Aber eben weil es nicht lief, wurde einfach auf Pump noch ein überteuerter Kicker gekauft und noch ein neuer Trainer geholt und noch einer und noch einer. Das ging solange, bis keiner mehr dem FCK Geld geben wollte und die Gläubiger den Betzenberg belagerten.

2002 brach der ganze Schwindel wie ein Kartenhaus zusammen. Der Betze hatte einen Schuldenberg von 70 Millionen angehäuft. Die Lage war so ernst, dass der FCK für viel Geld einen Schweizer Unternehmenssanierer beauftragte, um den eigenen Saustall auszumisten. Das war neu in Lautern. Noch nie hatte man einen Zugezogenen mit der Regierung auf dem pfälzischen Bergbauernhof beauftragt. Der Schweizer verklagte die alte FCK-Führung auf Schadensersatz wegen Miss-, und Vetternwirtschaft, Größenwahn, Schwarzgeldzahlungen, ...

Jetzt musste der Landesfürst eingreifen, um sein WM-Stadion zu retten. Er tat sein Bestes. Ausgerechnet die bankrotte Stadt Kaiserslautern gründete eine dubiose „Stadion-GmbH“, übernahm das Stadion und bezahlte die Gläubiger des Vereins. Finanziert wurde der Schwindel durch einen 64 Millionenkredit von der Drösdnär Bank. Der Kredit war tilgungsfrei und lief über eine Dauer von 30 Jahren. Welcher Banker gab einem todsicheren Bankrotteur ohne Sicherheiten einen solch hirnrissigen Kredit? Die einzige Sicherheit der GmbH war das Stadion und die einzige Einnahme die jährliche Miete für’s Stadion in Höhe von 3,2 Millionen Euro, die der FCK an die GmbH zahlen sollte. Diese Miete, und zusätzlich 1,8 Millionen Unterhaltskosten konnte der FCK aber nur manchmal bezahlen. Spielten die Roten Teufel in der Zweiten Liga, konnten sie die Miete selten bezahlen. Stiegen sie aus der zweiten Liga ab, konnte der Verein gar nichts zahlen. Bereits 2008 war folgerichtig auch die Stadion-GmbH bankrott. Trotzdem wurde die Miete auf 1,4 Millionen gesenkt.

Aber praktisch gab es den FCK immer noch. Es gab ihn, weil sein Hauptsponsor inzwischen Burt Keck, also der rheinland-pfälzische Steuerzahler war. Immer, wenn es brannte, riefen die Lautrer einfach in der Mainzer Staatskanzlei an.

Auch die Hauptverantwortlichen vom großen FCK-Fiasko kamen glimpflich davon. Ex-Präsident Mieschewann beschäftigte ungefähr 230 Anwälte, um seinen Ruf zu verteidigen. Ansonsten erfreute er sich wie eh und je seiner stillen Teilhaberschaft am Lautrer Rotlichtgeschäft. Ex-Manager Atze bekam einen gut bezahlten Job bei Woger Rittmann. Rittmann war der Chef der Lautrer Spielerberatungsfirma NOGOR, die zeitweise 15 Betzespieler vertreten und sich dabei dusselig verdient hatte, weil Atze damals Manager war. Rittmann war der Schwager vom FCK-Spieler Bario Fasler. Genosse Herhard Gerzog kam auch gut davon, weil er der Spezi von König Burt war. Nach seinem fatalen Intermezzo als Fußballfunktionär wurde er einfach wieder in den Rheinland-Pfälzischen Staatsdienst übernommen. Eine Zeit lang trieb er im Regierungsbezirk Trier sein Unwesen. Als die Presse diesen Fall aufgriff, wurde er nach Afrika versetzt. Seitdem knüpfte er im Auftrag des Landes „entwicklungspolitische Netzwerke“ in Ruanda, weil es da eine Auslandszulage gibt, die nicht gepfändet werden durfte.

Auch auf dem Betzenberg änderte sich nichts. Die Geschäftsräume und das Stadion waren immer noch zu groß für einen Provinzverein, und die Zahl der Angestellten war immer noch unwesentlich kleiner als bei Real Madrid. Ansonsten herrschte chronisches Dauerchaos. 2008 setzte der FC Chaos Kaiserslautern echte Maßstäbe und schaffte es drei Sportdirektoren in einem halben Jahr zu verbraten. Der Exspieler Stoppmöller war sogar zugleich Aufsichtsrat und Sportdirektor. Das war nun völlig Banane. Sollte der Aufsichtsrat Stoppmöller den Sportdirektor Stoppmüller beaufsichtigen? Nach einer Amtszeit von immerhin 43 Tagen ließ sich Sportdirektor Stoppmüller vom Aufsichtsrat Stoppmöller entlassen. Wie sollte bei diesem Chaos jemals eine vernünftige Mannschaft zusammenkommen?

Und die Trainer gaben sich in Lautern sowieso die Klinke in die Hand. Keiner von ihnen mietete ein Haus oder eine Wohnung. Alle wohnten im Hotel. Warum sollten sie auch eine Wohnung mieten? Nach spätestens sechs Monaten wurden sie eh wieder entlassen.

„Also, was mache mer'n jetzt?“, fragte der Vorstand.

„Wir entlassen den Trainer!“, brüllte der Sportdirektor.

„Wie sollen wir das bezahlen?“, fragte der Manager.

„Hihi“, lachte der betrunkene Aufsichtsrat: „Isch weiß, wie!“

Einen Moment schwiegen alle und sahen sich lauernd an. Es war völlig klar, dass der Landesfürst wieder Geld für seinen FCK locker machen musste. Die Frage war nur, wer König Burt anrufen und die frohe Nachricht überbringen sollte.

„Ich habe schon das letzte Mal angerufen!“, weigerte sich der Manager.

Da sahen alle den Aufsichtsratsvorsitzenden Bauchlage an.

„Gut, isch machs!“, sagte der Exwirtschaftsminister. Aber inzwischen war er betrunken und fand seine Brille nicht mehr.

„Isch wääß die Dellefonnummer auswennisch“, half der Kassenwart.

Noch bevor Bauchlage König Burt erreicht hatte, geisterten schon alle möglichen Namen als neuer FCK-Trainer durch die Presse. Das kam daher, weil jeder Schwätzer im Vorstand und jeder Wichtigtuer im Aufsichtsrat auf eigene Faust Trainer anquatschte, ohne die anderen zu informieren. Und der aktuelle Trainer sollte seine Entlassung - wie immer - aus der Zeitung erfahren.

Der Putsch

Der große Saal im Mainzer Schloß war proppenvoll. Über 1000 Nullfümfer waren zur außerordentlichen Mitgliederversammlung gekommen und hunderte davon waren finster entschlossen, dem Vorstand gründlich die Meinung zu geigen. Von wegen Preiserhöhung der Saisonkarten! Von wegen falsche Einkaufspolitik! Von wegen Vetternwirtschaft! Von wegen halbleeres Stadion! Der schlimmste Vorwurf: Platz 16 in der ersten Fußballbundesliga! Der allerschlimmste Vorwurf: der ungeliebte FCK stand auf Platz 15!

Noch schlimmer war die Stimmung vor dem Schloß. Hunderte erboster Supporters, Ultras und Ober-Ultras riefen Parolen und hielten Transparente hoch.

„Vorschtand raus!!", riefen sie, oder schlimmeres. Für die Vereinsführung war der Einmarsch ins Schloss ein Spießrutenlauf unter Polizeischutz.

„Geil", sagte Fleischworschttoni, der über Handy und mündliche Boten ständig informiert wurde.

Auch innen lag Aufruhr in der Luft, lange bevor die Versammlung begonnen hatte. Das hing damit zusammen, dass sich viele zügig warm tranken. Großmetzger Fleischworschttoni und Obermafioso Brezelmüller spendierten Freibier.

„Prost!", sagte Fleischworschttoni ins Mikrofon, „Geht alles uff moi Kapp!"

Damit hatte die Mainzer Handkäsmafia schon mal alle Saufnasen vom FSV auf ihrer Seite. Toni bekam spontanen Beifall.

„Rauchverbot ist auch aufgehoben", verkündete Brezelmüller. „Die Strafe zahl ich!"

Damit hatte die Handkäsmafia auch alle FSV-Raucher auf ihrer Seite. Gnadenlos wurde die Nichtraucherfraktion niedergebrüllt.

„Haha", grinste Brezelmüller. Aufgrund der großen Nachfrage nach alkoholischen Getränken kamen die Kellnerinnen nicht nach. Jedenfalls konnte die Versammlung nicht pünktlich beginnen. Als der Präsident die Veranstaltung endlich eröffnen wollte, lachten alle im Saal und brüllten: „Lauder! Isch hör nix!" Da merkte der Präsident, dass die Sprechanlage ausgefallen war.

„Hähä", lachte Toni dreckig. Er hatte dem Veranstaltungstechniker 200 Euro gegeben, damit er eine Panne simulierte. Bis das Gerät „repariert" war, bestellten die Nullfümfer noch mehr zu saufen.

Derweil stand der Präsident wie ein dummer Junge vor dem stummen Mikrofon, und musste sich hilflos die Kommentare hämischer Fans anhören. Schließlich platzte ihm der Kragen. Er furzte lautstark den Veranstaltungstechniker an: „Wie lang dauert das noch?"

Da brüllte der Veranstaltungstechniker genervt zurück: „Isch bin schon länger Mitglied beim FSV als wie Du!"

Über diese Antwort lachten ein paar Zuhörer, worüber sich der Präsident noch mehr ärgerte. Als das Mikro wieder funktionierte, verlor er völlig den Faden. Tonis Schergen hatten in der Verwirrung das Manuskript des Präsidenten entwendet. Deshalb erzählte der Präsident nur Müll. Aus dem Stehgreif schwafelte er etwas über „Määnzer" statt „Meenzer" und „Nullfünfer" statt „Nullfümfer".

Es war deutlich zu hören, dass der Redner zu der Sorte Mainzer gehörte, die seit 40 Jahre ihre Muttersprache verleugneten und jetzt ein bisschen Dialekt reden wollte, um sich bei den Fans anzubiedern. Das kam nicht gut an.

Als der Präsident zum Ende seiner verkorksten Rede kam, konnte er nur noch stockend die Tagesordnung verkünden. Zuerst sollte der Trainer reden, dann der Manager und dann wieder der Präsi. Anschließend dürften kritische Fragen gestellt werden. Nach Abbügelung aller kritischer Fragen wollte der Präsident gerne die Vertrauensfrage stellen. Mit wenig Beifall und vielen Pfiffen ging der Präsident auf seinen Platz zurück.

„Leeft alles wie geplant", sagte Toni zu Brezelmüller.

Der Trainer hatte von vorneherein den schwarzes Peter. Er wurde immer am legendären „Kloppo“ gemessen. Und er war kein großer Redner. Eigentlich plapperte er nur die Phrasen nach, die er auf der Trainerhochschule in Köln auswendig gelernt hatte. Als er etwas über „Fußballphilosophie“ dozieren wollte, rief ein Zwischenrufer: „Herr Professor? Was hot dann Fußball mit Philosophie zu dun?“

Auf diese berechtigte Frage konnte der Trainer keine vernünftige Antwort geben. Deshalb redete über die „Raute im Mittelfeld“. Da mussten alle Mainzer lachen, weil jemand rief: „Bei uns im Middelfeld iss kä Raute, sondern Flaute!“

„Windstille im Angriff!“, rief ein anderer.

„Abber Hochwasseralarm in de Abwehr!“, lachte eine Frau mit rot-weiß geschminktem Gesicht.

Anschließend versuchte der Manager die Lage zu retten. Er war unbeliebt. Alle maßen ihn an dem langjährigen Manager Heidel, der immer wieder billige Fußballer gekauft hatte, die er teuer verkaufen konnte.

Und der Manager babbelte nur Kokolores. Er redete wie einer dieser volldeppen Abteilungsleiter, die alle Mitarbeiter mit endlosen „Meetings“ und „Power-Point-Präsentationen“ von der Arbeit abhielten. Dieses schwachsinnige Gebabbel über „Produktgenerierung“ nach dem „Break-Even-Point“ kannten viele FSV-Mitglieder aus dem Berufsleben und wollten es auf gar keinen Fall in ihrer Freizeit hören. Schon gar nicht, wenn es um ihren Verein ging.

„Halldochdeimaul“, schrie einer gequält, der bei der Telekom arbeitete und sich jeden Tag so einen Unfug anhören musste.

Dann redete der Manager die Bilanzen schön. Er behauptete dreist, dass den Bankschulden des Vereins ein gigantischer Wert in Form des neuen Stadions gegenüberstünde.

„Sind wir hier beim FSV odder beim FCK!“, fragte ein Zuhörer bitter.

Ansonsten wollte der Manager „Geld in die Hand nehmen" und „Zeitfenster" in „trockene Tücher" wickeln, damit „Synergieeffekte" entstünden, um mittels einer „langfristigen Strategie" den FSV „auf Dauer im Mittelfeld der Ersten Bundesliga zu etablieren", was zu einer „Win-Win-Situation" führen sollte.

Der einzige Synergieeffekt von diesem Gebabbel bestand darin, dass die Nullfümfer noch mehr soffen und immer lauter gehässige Zwischenfragen stellten.

Nur weiter so, dachte Brezelmüller zufrieden.

Inzwischen war die Stimmung im Saal am kochen. 1000 Nullfümfer saßen hier, weil sie Angst um ihren Verein hatten. Aber Trainer und Manager redeten nur seelenloses Blech.

„Wenn dess so weider geht,", drohte ein Zuhörer, „dann werd isch Mitglied beim Ess-Vau Wehe!"

Dann kam der Präsident wieder ans Mikrofon. Inzwischen hatte er sich mit Kugelschreiber eine neue Rede gebastelt. Damit wollte er jetzt die Lage retten. Einen Moment herrschte agressive Stille im Saal. Was würde der Präsident sagen?

Der Präsident tat das schlimmste, was er machen konnte. Er las von seinem Blatt ab und versuchte, Oliver Bierhoff nachzuahmen. Er erzählte, dass der FSV eine „Marke" sei, die erfolgreich den „Markenartikel Fußball" verkaufe und ...

Und da platzte einem Nullfümfer der Kragen. Mit hochrotem Kopf schoss er hoch und brüllte: „Wir sind ein Verein! Wir wollen keine Marke sein!"

Plötzlich brachen alle Dämme. Das war ein Schlachtruf! Während der Präsident versuchte, weiterzureden, bildeten sich Sprechchöre. Erst waren es 10, dann 20, dann 50.

„Wir wollen keine Marke sein, sondern ein Fußballverein!!"

Ruckzuck fand sich ein Vorsänger. Er stieg auf den Tisch, stampfte mit den Füßen den Takt und brüllte: „De Eff-Ess-Vau werd niemals eine Marke soi, sondern ..."

„ ...en Veroi!!!", brüllten ca. 700 Mitglieder des FSV Meenz Nullfümf.

„Was iss dann dess jetzt?“, wunderte sich Toni begeistert. „Den hab isch doch gar nit bezahlt.“

Mit Pfeifen und Gejohle hörte der Präsident auf zu reden. Unter diesen Umständen hatte es keinen Sinn mehr zu reden. Der ganze Saal war außer Rand und Band.

Nur Toni und Brezelmüller konnten die Massen bändigen. Toni, schwitzend und mit hochgekrempelten Ärmeln, ging durch die Reihen und beruhigte die Fans. Brezelmüller redete auf Trainer, Manager und Präsident ein. Langsam kam wieder Ruhe in den Saal.

„Jetzt seid ihr dran!“, sagte Toni schweratmend. Komischerweise funktionierte das Mikro immer dann, wenn Toni oder Brezelmüller hineinbabbelten.

Auf das Kommando „Jetzt seid Ihr dran“, startete de Demontage des Vorstands. Es war vernichtend Etwa 100 Mitglieder hatten sich inzwischen gemeldet, um kritische Fragen zu stellen. Es war eine quälende, zwei Stunden lange Prozedur, ein Spießrutenlaufen für den Vorstand.

Bei vielen Fragen wurde der Manager abwechselnd weiß oder knallrot im Gesicht. Es war klar, dass irgend ein Verräter die Opposition mit Insiderinformationen versorgt hatte.

Andere Kritiker hatten inzwischen so viel Alkohol getrunken, dass sie nur noch Unfug ins Mikro babbelten, wenn sie an die Reihe kamen. Einer war so besoffen, dass er gar nicht mehr reden konnte. Dreimal setzte er schwankend an, deutete mit dem Zeigefinger wütend auf den Manager und beim vierten Versuch würgte er nur noch einen gewaltigen Rülpser ins Mikrofon. Selbst dafür bekam er donnernden Applaus.

„Geil!“, sagte Toni begeistert.

Die 100 Journalisten von Fernsehen und Presse waren auch begeistert. „Dass ich sowas noch einmal erleben darf“, sagte ein alter Hase vom „Kicker“ entzückt.. „Das ist ja wie früher bei Schalke oder der Eintracht!“

Inzwischen war es 23 Uhr und völlig egal, was die Angeklagten zu ihrer Verteidigung sagten. Sie wurden gnadenlos ausgepfiffen und niedergebrüllt. Da hatte der Präsident genug. Er kapitulierte und stellte die Vertrauensfrage.

„Na endlich“, murmelte Brezelmüller und rieb sich die Hände. Das Abstimmungsergebnis war niederschmetternd. Um 23 Uhr 45 war der Vorstand nicht entlastet, aber komplett abgewählt. Die Besiegten traten mit sofortiger Wirkung von ihren Ämtern zurück.

„Dess will isch aach hoffe!“, brüllte jemand wütend.

Blieb nur noch die spannende Frage, wer sich jetzt zur Neuwahl stellen sollte. Da rief einer: „De Toni unn de Brezelmiller solle dess mache!“

Sofort bildeten sich Sprechchöre im Saal.

„Brezel-Miller!“, rief die Fankurve.

„Fleisch-Worscht-Toni!“, antwortete die Haupttribüne.

Es war eine Stimmung wie früher im alten Bruchwegstadion. Zehn Minuten lang brüllten die Nullfümfer diese beiden Namen. Kurz bevor das baufällige Schloss drohte, zusammen zu brechen, ging Brezelmüller ans Mikro und sagte bescheiden, dass er wegen beruflicher Überlastung eigentlich nicht mit gutem Gewissen als Präsident für den FSV kandidieren könne.

Da fragte der Stadionsprecher, ob noch andere kandidieren wollten. Keiner traute sich. Die Menge hätte jeden Gegenkandidaten zerrissen. Kurz bevor die Nullfümfer das Schloss abrissen, erbaten sich Brezelmüller und Toni fünf Minuten Bedenkzeit. Gemeinsam gingen sie auf die Toilette. Begeistert hörten sie dort die ohrenbetäubenden Sprechchöre.

„Bre-zel-Miller!“, sang die Fankurve im Saal.

„Fleisch-Worscht-Toni!“, antwortete die Haupttribüne.

Grinsend gingen die beiden zurück und blieben vorm Saaleingang stehen

Unter donnerndem Applaus fragte der Stadionsprecher: „Drauße schtehe zwee Kandidade! Wolle mer se eroilosse?“

„Eroi!“ schrien 1000 Nullfümfer, standen auf und brüllten den Narhallamarsch. Wie die Volkstribunen marschierten Toni und Ha-Pe im Triumphzug in den Saal und gingen zum Mikro. Atemlose Stille trat ein.

Brezelmüller erklärte sich schweren Herzens bereit, dem Verein zuliebe übergangsweise als Präsident zu dienen.

Toni: „Wenn Ihr wollt, dann mach isch halt de Mänätscher!“

Tobender Applaus. Die Abstimmung war nur noch Formsache. Der neue Vorstand wurde mit 99,7 Prozent der Stimmen gewählt. Erich Honecker wäre blaß geworden vor Neid.

Der frischgebackene Manager verkündete sofort die neue „Vereinsphilosophie“.

„Erstens: Ab jetzt hocke mir all im selbe Boot! Wer nit mitrudert, wird ibber Bord geschmisse!“

Donnernder Applaus.

„Zwäddens: Die Stehplatzkarte werrn zwää Euro billischer!“

„Toni, wir lieben Disch!“, brüllte die Fankurve und klatschte dazu im Rhythmus.

„Driddens: De Präsident unn de Mänätscher schaffe umsonst fer de Veroi! Da schparn mir uns die deire Gehälder!“

Frenetischer Beifall für soviel Selbstlosigkeit.

„Viertens: Ziehn mir dene Herrn Fußballprofis die Hammelbää lang, wenn se nit renne!“

Auch das kam gut an. Zum Abschluß stimmte die neue FSV-Führung ein Lied an. Mit Tränen der Rührung und der Freude in den Augen, fingen alle Nullfümfer an zu schunkeln und zu singen. Über tausend Menschen sangen: „Mainz Nullfümf, Liebe meines Lebens.“

„Um Gotteswillen!“,

schnaufte der dicke Kardinal, weil die Mainzer Handkäsmafia den FSV Nullfümf übernommen hatte. Der Kardinal war so etwas wie das freundliche Gesicht der katholischen Kirche. Menschen, die im bischöflichen Ordinariat aufgewachsen waren, bestätigten dieses Bild. „Onkel Karl“, nannten sie ihn liebevoll.

Privat war der Kardinal Fußballfan, weil er in jungen Jahren dem runden Leder hinterhergejagt hatte. Deshalb war er ein dicker Anhänger des FSV. Begeistert hatte er beobachtet, wie der kleine Amateurverein in den Profifußball auszog, um den großen FCK vom rheinland-pfälzischen Fußballthron zu stoßen. Und jetzt das!

Seit Jahrzehnten beäugte der Kardinal misstrauisch das satanische Treiben der Mainzer Handkäsmafia. Wie hasste er dieses Syndikat aus Fassenacht, Wirtschaft und Politik, das seit Jahrzehnten die Landeshauptstadt im eisernen Würgegriff ihrer gierigen Krallen hielt. Diese dreisten Teufel, die sich im Mainzer Bermudadreieck zwischen Rathaus, Dom und Staatskanzlei fröhlich Aufträge, Posten und Geld zuschoben. Und jetzt hatte sich die Handkäsmafia auch noch den FSV unter den Nagel gerissen!

„Isch geh nit mehr enuff!“, sagte der Kardinal und fing an zu essen, um seinen Blutdruck zu senken. Gleichzeitig las er alle neuen Fußballnachrichten, die ihm sein katholischer Presseoffizier vorlegte.

„Bei allen Heiligen!“, fluchte der Kardinal. Wütend las er Zeitungsartikel und sah Fernsehberichte. Mit jeder Schlagzeile, die er las und mit jedem Inter-view, das er sah, stieg sein Blutdruck. Anscheinend war die neue FSV-Führung das größte Medienereignis Deutschlands. Am schlimmsten war die Pressekonferenz am Tag nach der Machtübernahme. Offensichtlich pilgerten alle Sportreporter der Republik in die Kofack-Arena, um die neue Vereinsführung öffentlich vorzustellen. Zum ersten Mal war der große Presseraum in der Kofack-Arena wirklich voll.

„Widerlich“, schmatzte der Kardinal, als sich neue Präsident im Glanz der Medien sonnte. Brezelmüller platzte geradezu vor Stolz und Eitelkeit. Deutlich sah man, dass der kleine Mafiosi Plateauschuhe trug, um größer zu wirken. Und Neu-Manager Fleischworschttoni trug sogar einen Metzgerkittel. Außerdem musste er gestern ganz furchtbar gesoffen haben, wie man an seinen dicken, blutunterlaufenen Augen erkennen konnte.

„Herr Müller“, fragte ein Reporter, „haben sie eine langfristige Strategie, um den FSV aus der Krise führen?“

„Erstens“, dozierte Präsident Brezelmüller, „arbeiten der Manager und ich umsonst. Zweitens stellen wir dem FSV Bankbürgschaften zur Verfügung, um die Mannschaft in der Winterpause gezielt verstärken zu können.“

„Dass ich nicht lache!“, zischte der Kardinal vor dem Fernseher.

Reporter: „Führen Sie die desolate sportliche und finanzielle Situation des FSV auf Fehler im alten Vorstand zurück?“

Brezelmüller, bescheiden: „Es ist schlechter Stil. in der Öffentlichkeit schmutzige Wäsche zu waschen. Sowas macht man vielleicht in Kaiserslautern, aber nicht bei uns!“

Das saß. Die Nullfümfer im Publikum johlten begeistert. Auch alle weiteren Versuche des Journalisten, den neuen Präsidenten als größenwahnsinnigen Deppen vorzuführen, scheiterten kläglich. Brezelmüller hatte anscheinend einen Zettel mit allen Fußballphrasen auswendig gelernt, die ein Funktionär beherrschen musste.

„Das sind keine Vollidioten!“, rief der Kardinal verzweifelt in den Fernseher. „Das sind ausgekochte Verbrecher!“

„Kurzfristig“, erklärte der Präsident, „verfolgen wir die Strategie, die Klasse zu erhalten. Mittelfristig wollen wir uns im Mittelfeld der Liga etablieren und ...“

„Mit welchen konkreten Maßnahmen wollen sie das erreichen?“

„ ... und langfristig erreichen wir dieses Ziel nur durch den systematischen Ausbau unseres nationalen und internationalen Scoutingsystems.“

Geschlagen wandte sich der Reporter an den neuen Manager.

„Herr Geitz, wie ...“

„Isch bin de Toni, saach Du zu mir!“, blaffte Toni ins Mikrofon, wobei der Reporter vor seiner Fahne zurückwich.

„Mit welcher Fußballphilosophie wollen sie die Mannschaft aus dem Tabellenkeller führen?“

„Isch bin Metzjer“, sagte Toni, „unn kään Filosoof!“

„Aha“, sagte der Reporter. „Ist es nicht ein Risiko für den FSV, einem Berufsanfänger wie Ihnen den Managerposten anzuvertrauen?“

„Dess iss Käs“ , sagte Toni überzeugt. „De Mänätscher vun Bayern Münsche iss jo aach Metzjer.“

Da brüllte das Publikum vor Lachen.

„Haben sie schon konkrete Neuverpflichtungen im Auge?“

„Ei sischer. Isch muß jetzt zum Imbiss beim Schorsch am Zollhafe. Da treff isch misch mittem Ronaldino zum Hackbrateesse.“

Danach erklärte Präsident Brezelmüller die Pressekonferenz für beendet. Vorher betonte er noch einmal, dass er und Toni umsonst arbeiten würden, weil ihnen der FSV so am Herzen lag.

„Lüge!“, brüllte der Kardinal vor dem Fernseher.

Als die Reporter weg waren, stürmten Präsident und Manager in die Geschäftsräume des FSV, um sich auf Kosten des Vereins gnadenlos „die Dasche voll zu mache“.

„Soll isch odder soll isch net?“,

murmelte Burt Keck in seinem südpfälzischen Singsang. Seit Wochen konnte sich der Rheinland-Pfälzische Landesfürst nicht entscheiden. Auf seinem Schreibtisch in der Staatskanzlei lag ein Vereinsschal vom TUS Koblenz und ein Mitgliedsantrag. Er musste nur noch unterschreiben.

Deshalb fragte Burt seinen PR-Berater: „Häär, soll isch, odder soll isch net?“

Da konnte ihm der PR-Berater auch nicht weiterhelfen. Aus wahltaktischen Gründen war der dicke Burt schon Mitglied beim FCK und beim FSV. Beide Mitgliedschaften hatten den rheinland-pfälzischen Steuerzahler viel Geld gekostet, um den Ausbau des Lautrer Fritz-Walter-Stadions und den Neubau der Mainzer Kofack-Arena zu finanzieren.

Deshalb war auch völlig klar, warum die Koblenzer einen Mitgliedsantrag schickten. Burt sollte noch ein paar Steuermillionen vernichten, um das Koblenzer Stadion auszubauen. Und die Koblenzer Genossen machten mächtig Stimmung. Ihr Argument: Wenn Burt den Lautrern und den Mainzern Geld in den Hintern schob, warum dann nicht auch den Koblenzern?

Schließlich fällte Burt eine Entscheidung. Er nahm den Mitgliedsantrag mit nach Hause, um seine Frau zu fragen. Das machte er immer so bei wichtigen politischen Entscheidungen. Also donnerte er mit seiner Regierungslimousine nach Hause, zog bequeme Jogginghosen an, mampfte Leberwurstbrote und fragte schmatzend seine Frau: „Soll isch odder soll isch net?“

„Ei, machs doch!“, sagte die rheinland-pfälzische First Lady.

„Hääär“, widersprach Burt, „dess iss doch unglaubwürdisch, wonn isch Mitglied bei drei Veroine bin! Die Määnzer peife misch jo schunn aus, weil isch FCK-Mitglied bin.“

„Dess iss doch scheißegal“, sagte seine Frau. „De Schröder hot dess frieher aa so gemach.“

„Schtimmt“, sagte König Burt. Exkanzler Schröder hatte immer Politik mit Fußball gemacht. Je nachdem, in welcher Stadt er gerade Wahlkampfreden hielt, war er wahlweise Fan von Hannover, Dortmund oder Cottbus gewesen.

„Also“, sagte Burts Frau, stach ihm den Kuli in den dicken Bauch und fragte: „Uff was wartsche donn noch?“

Burt kratzte sich mit dem Kuli den Rücken und überlegte. Vor seinem geistigen Auge sah er eine Schreckensvision. Wegen Einführung der dritten Profiliga musste er möglicherweise Mitglied bei 10 Vereinen werden und überall neue Stadien auf Steuerzahlerkosten bauen. Potentielle Kandidaten waren: Oggersheim, Trier, Worms, Pirmasens, Hauenstein, Mayen, Kreuznach und wer weiß, vielleicht erwachte sogar Ludwigshafen aus dem fußballerischen Tiefschlaf. Dann konnte er jedes Jahr 50 Millionen Euro für den rheinland-pfälzischen Stadionbau einplanen.

„Um Goddes Wille!“, murmelte Burt und schmierte sich noch ein Blutwurstbrot. Aber weil er schon dabei war, deshalb malte er sich den fußballpolitischen Worschtkäs aus. Was passierte, wenn er im Wahlkampfstress den falschen Vereinsschal anzog? Nicht auszudenken, wie ihn die Schlabbeflicker vom FK Pirmasens auspfeifen würden, wenn er in der Schuhmetropole eine Rede hielt und aus Versehen den FCK-Schal schwenkte!

„Häähr!“ sagte seine Frau genervt. „Unnerschreib jetzt, unn mol net de Deiwel on die Wond!“

Aber weil sie gerade vom Teufel sprach, deshalb klingelten plötzlich alle Telefone. Zuerst das Festnetz, dann nacheinander alle vier Handys. Entsetzt sah er auf dem Display die Nummer vom FC Kaiserslautern aufleuchten.

„Häär“, brummte Burt. „Net schunn widder!“

„Ei, wass will donn de Betze?“, fragte Burts Frau.

„Bimbes!“, sagte Burt wütend. „De FCK will de Trääner entlosse, hot awwer kä Geld, um die Abfindung zu bezahle!“

Unser Motto: Mer kenne uns, mer helfe uns!

„Jetzt mach isch mir die Dasche rischdisch voll!“, lachte Fleischworschttoni und stürmte in sein Büro. Der neue Manager vom FSV hatte zwar keine Ahnung von Fußball, wusste aber, was zu tun war.

Zuallererst verpachtete der Manager Toni dem Gastronomieunternehmer Toni für einen Klicker und einen Knopf das gesamte Stadioncatering. Die alten Pachtverträge liefen nämlich aus. Ab jetzt würde Toni an jedem Becher Bier, an jeder Bratwurst, und natürlich an jeder Flasche Schampus verdienen, die im VIP-Bereich ausgeschenkt wurde.

Anschließend schloß Manager Toni einen Vertrag mit seiner Promotionsfirma „Toni & Friends“. Im Auftrag des FSV verscherbelte Toni „Business-Seats“ und Bandenwerbung, wofür er vom FSV Provisionen kassierte.

Dann schloss Manager Fleischworschttoni einen Vertrag mit dem Reinigungsunternehmer Fleischworschttoni. Ab sofort würde das gesamte Stadion von Tonis Putzfirma „Wisch und Weg“ betreut.

Diese Maßnahmen waren von langer Hand vorbereitet und Tonis persönliche Entschädigung für die Tatsache, dass er dem FSV zuliebe selbstlos auf ein Managergehalt verzichtete.

Gleichzeitig kündigte Toni die Verträge mit allen Freunden und Verwandten der abgewählten Klubführung. Dann kümmerte sich der Manager um seine eigenen Freunde und Verwandten. Nach dem Motto „Mer kenne uns, mer helfe uns“ verteilte er großzügig Bonbons, Dauerkarten, Posten, Pöstchen und Aufträge. Alle möglichen und unmöglichen Menschen bekamen Jobs auf der Geschäftsstelle. Brezelmüller belieferte ab jetzt die Geschäftsstelle mit Bürobedarf und zukünftig würden alle Spieler des FSV bei Brezelmüller Autos kaufen und in Brezelmüllers Immobilienimperium Wohnungen und Häuser mieten. Der Anwalt durfte sich ein nobles Messingschild an seine

Kanzlei hängen. Darauf stand: „Juristischer Partner des FSV Meenz Nullfümf". Nobby und Grieser bekamen umsonst Vip-Loungen-Plätze zugeschanzt. Hohlblockfriedel bekam einen Exklusivvertrag, um 99 Jahre lang alle Renovierungs- und Umbaumaßnahmen am verpfuschten Stadion zu übernehmen, das er gebaut hatte.

Das alles war ganz normal und üblich. Jeder Profiklub ist ein gefundenes Fressen für Postenjäger, Spesenritter, Schaumschläger, Schmarotzer, Geschäftemacher, Windbeutel, Werbeagenturen, Gauner und Taugenichtse.

Am schönsten war aber die zukünftige Bandenwerbung für alle Firmen der Handkäsmafia, die es natürlich umsonst gab. Das war eben der Preis dafür, dass Brezelmüller & Co dem FSV großzügig Bankbürgschaften zur Verfügung gestellt hatten.

„Ob I-Pod odder Füller: Geh zu Brezelmüller!", würde in Zukunft bei allen Heimspielen auf der Bande stehen.

Genauso: „Vom Keller bis zum Dach: Hohlblockfriedel iss der Mann vum Fach!"

Oder: „Wenn die Oma sanft entschlafen, Pietät Rasch bringt sie diskret in ihren letzten Hafen!"

Am besten: „Hör uff mit Tofufrikadell unn Canneloni, kaaf lieber Lebberkäs bei Fleischworschttoni!"

„Uff", schnaufte Toni, nachdem das alles erledigt war. Jetzt musste er sich um seine Aufgaben als Sportdirektor kümmern. Schlauerweise hatte er die Sekretärin seines Vorgängers übernommen und mit einer Gehaltserhöhung geködert.

Toni sah auf das große Mannschaftsfoto an der Wand. 24 geldgierige Profi-Spieler des FSV grinsten dem Manager frech ins Gesicht.

„Was mach isch dann jetzt mit dene ganze deppe Fußballer?", fragte Toni hilflos.

„Das ist das Problem", erklärte die Sekretärin. „Weil wir nicht wissen, ob wir nächste Saison in der ersten oder der zweiten

Liga spielen, ist es schwierig Verträge zu verlängern und neue Spieler zu holen."

„Was iss dann am wischdischste?", fragte Toni.

„Am wichtigsten ist es, den Vertrag mit Michi Raffzahn zu verlängern, damit wir ordentlich Ablöse kassieren, falls er den Verein wechselt. Michi ist unser wichtigster Spieler. Aber das ist auch am schwierigsten."

„Warum?"

„Erstens, weil Michi ein unberechenbarer Vollidiot ist. Zweitens, weil Michis Berater der schwarze Abt ist."

„Ahso", sagte Toni und fragte: „Was soll isch dann als erstes mache?"

„Zuallererst brauchst Du einen Spion."

„En Schpion?"

„Du verlängerst den Vertrag mit einem Spieler, der keine Zukunft mehr beim FSV hat. Als Gegenleistung informiert dich der Spieler über alle Interna in der Mannschaft."

„Was iss dann dess fer'n Käs?", fragte Toni.

„Das machen alle so", erläuterte die Sekretärin und entschied sich für den Mainzer Spieler mit der Nummer 26. Er war 33 Jahre alt, oft verletzt und wenn er nicht verletzt war, dann saß er meistens auf der Ersatzbank. Außerdem hatte er Zukunftsängste. Das ganze Geld, das er in seiner Profikarriere verdient hatte, war weg. Sein Berater hatte es mit windigen Immobiliengeschäften und schwachsinnigen Fondsbeteiligungen vernichtet. Aber auf der anderen Seite war der Spieler in der Mannschaft sehr beliebt und seine Frau war mit der Spielerfrau von Michi Raffzahn eng befreundet. Das zählte. Ab jetzt hatte Toni einen Spion in der Mannschaft.

„Ach Toni!"

„Hä?"

„Morgen hast du Deinen ersten wichtigen Termin. Die Deutsche-Flocken-Liga trifft sich in Frankfurt."

Die Deutsche-Flocken-Liga

Brezelmüller: „Toni, denk dran. Um 13 Uhr müssen wir nach Frankfurt zur DFL."

„Geil", sagte Toni und grinste über das ganze Gesicht. „Da fahr isch in Gummischtiwwel unn Metzjerkittel hin. Was meenste, wie die ganze Affe da gucke?"

„Bist Du blöd?", fragte Brezelmüller entgeistert.

„Wieso", lachte der Manager. „Schtell Dir doch emal dess dumme Gesicht von de Dortmunder vor, wenn isch in Gummischtibbel uffmarschier unn ‚Ei Guude!' saach."

„Toni, ich warne Dich!", sagte Brezelmüller ernst.

„Dess wär'n riese Schpaß", behauptete Toni. „Isch kann die Dortmunder sowieso nit leide. Alsfort dess dumme Gebabbel vun ehrlischer Arbeit, Malooche unn son Scheißdreck. Was hat dann Fußball mit ehrlischer Arbeit zu du? Vor allem in Dortmund!"

„Toni! Ich will nicht, dass Du meinen Auftritt versaust!"

„Iss ja schunn guud", kicherte Toni. „Reesch Disch ab!"

Gegen Mittag donnerten Präsident und Manager des FSV im knallroten Porsche nach Frankfurt in die Otto-Fleck-Schneise. Dort stand die Zentrale des Deutschen Fußballbundes, kurz genannt DFB. Unter dem Dach des DFB gab es die DFL, die Deutsche-Flocken-Liga. Das war die Interessenvertretung der 18 Erst- und der 18 Zweitligavereine Deutschlands. Die DFL war ein dreister Abzockerverein. Das einzige, was den FC Paderborn mit dem FC Bayern vereinte, war der Schrei nach mehr Geld.

Im besonderen war die DFL gegründet worden, um dem Fußballfan noch mehr Geld aus der Tasche zu ziehen, also um den eigenen „Kunden" zu verarschen. Das Zauberwort zur wundersamen Geldvermehrung lautete „Fernsehrechtevermarktung".

Mit einer Mischung aus Neid und Bewunderung schielten die deutschen Profivereine nach England. Dort war der nackte

Fußballwahnsinn ausgebrochen. Russische, thailändische und sonstige Milliardäre kauften reihenweise englische Profi-Klubs, stopften Unsummen hinein, sonnten sich im Glanz der Medien und vernichteten 100 Jahre gewachsene Fußballkultur. Durch Vermarktung der Fernsehrechte raffte die Premier-Legue über eine Milliarde Euro pro Jahr zusammen. Bezahlen musste das der englische Fan mit horrenden Preisen, wenn er ins Stadion ging oder Fußball in der Glotze sehen wollte.

Das wollten die deutschen Profi-Vereine auch! Deshalb jammerten sie ununterbrochen herum, dass sie international nicht konkurrenzfähig seien, weil sie zuwenig Geld hätten. Das war natürlich Quatsch. In Wahrheit flogen deutsche Vereine regelmäßig aus internationalen Wettbewerben gegen Vereine, die viel weniger Geld hatten.

Aber trotzdem wollten die deutschen Profivereine mehr Geld. Und weil die Vereinsvertreter zu feige waren, um das ihren „Kunden" ins Gesicht zu sagen, deshalb verkauften sie die Fernsehrechte an einen „Medienunternehmer".

Der Medienunternehmer war über 80, zuckerkrank und fast blind. Deshalb machte er Geschäfte mit dem Fernsehen. Er sah viel klarer, als alle, denen die Mattscheibe das Hirn vernebelt hatte. Vor allem hatte er schon einmal die größte Pleite im deutschen Bezahlfernsehen hingelegt. Und er lachte sich ins Fäustchen. Auch mit dem neuen Vertrag hatte er die gierigen DFL-Bosse über den Tisch gezogen.

Jedenfalls verkaufte der Medienunternehmer im Auftrag der DFL Fußball an Fernsehsender. Der Sender, der am meisten bot, durfte Fußball übertragen. Wenn Zuschauer über den hohen Preis meckerten, dann zuckte die DFL mit den Schultern und zeigte auf den bösen „Medienunternehmer".

Der einzige strittige Punkt innerhalb der DFL war die Frage, wie das große Geld unter den Vereinen verteilt werden sollte. Natürlich wollten die großen Vereine den kleinen möglichst wenig vom Kuchen abgeben.

Außer Geld interessierte die DFL nur noch Larifari. Zum Beispiel beschlossen die Vereine regelmäßig einen „Ehrenkodex", um sich nicht gegenseitig Spieler abzuwerben. Aber solche Erklärungen waren das Papier nicht wert, auf dem sie geschrieben wurden. In Wahrheit baggerten die Manager wie blöde und lockten Spieler mit dicken Geldbündeln, Dienstwagen, Luxuswohnungen und Schwarzgeldzahlungen.

„Moi lieber Scholli!", sagte Toni staunend. „Was fer en Protztempel! Haust hier de De-Eff-Bee odder de Maharadscha vun Tatschmahall?"

In der Tat. In den heiligen Hallen der Otto-Fleck-Schneise atmete der Besucher eine Atmosphäre, die man noch am ehesten mit dem Vatikan vergleichen konnte. Um das Selbstverständnis des DFB zu verstehen, musste man nur dem dummdreisten Gebabbel einer DFB-Sekretärin zuhören, die seit Jahrzehnten ihren hochbezahlten Halbtagsjob in Frankfurt verschnarchte und 2006 alle Freunde mit WM-Karten versorgte, weil das schon immer so war.

Toni und Brezelmüller kamen - wie immer - zu spät. Sie hasteten durch die Eingangshalle, wo eine Traube Reporter mit Mikrofonen und Kameras herumlungerte.

„Helau!", rief ein Reporter lachend, als er die beiden Mainzer erkannte.

„Hellblau", rief der Mainzer Fußballpräsident Brezelmüller und spreizte Daumen und Zeigefinger zum Victory-Zeichen. Toni stellte sich neben ihn, hob seine Hand hinter Brezelmüllers Kopf und hielt zwei Finger nach oben, damit der Präsident auf dem Foto wie ein dicker Hase mit zu kleinen Ohren aussah. Dankbar für dieses Motiv blitzten alle Kameras auf. Am nächsten Morgen sollte dieses Bild in allen Zeitungen zu sehen sein.

„Dess iss professionelle Pressearbeit!", erläuterte der Mainzer Manager seinem Präsidenten.

Der Rest der ganzen Veranstaltung war weniger interessant. Am schlimmsten war Karl-Heinz Wummenickel. Wie üblich spielte er den Hofhund des FC Bayern und schüchterte alle Anwesenden mit seinem nassforschen Gebell ein. Sobald sich ein Hauch Widerspruch meldete, drohte Wummenickel, dass sich der FC Bayern auch alleine vermarkten könne, anstatt gnädig Geld an andere Vereine abzugeben. Spätestens dann zogen alle den Schwanz ein und nickten ab, was die Bayern vorgaben.

„Dess Gebabbel vun dem Wummenickel", flüsterte Toni zu Brezelmüller, „geht mir rischdisch uff die Erbs!"

Wenn andere als der Bayernlautsprecher zu Wort kamen, dann faselten sie das übliche Blech über „Marken" und den „Markenartikel Fußball". Und der Hörgerätefuzzi von Hannover laberte über sein Lieblingsthema: Er forderte die Aufhebung der „50-Plus-Eins-Regel", das heißt, er wollte den Vereinsfußball restlos vernichten und den „deutschen Fußballmarkt für internationale Invesvestoren öffnen".

Fleischworschttoni langweilte sich zu Tode und Brezelmüller platzte fast vor Stolz, weil er jetzt zu den 36 wichtigsten „Marken" im deutschen Fußball gehörte. Weil sie zu spät gekommen waren, stellten sich die beiden FSV-Marken-Vertreter in der Pause vor.

Toni ging schnurstracks zu Huli Öneß, streckte ihm die Hand hin und sagte: „Ei Guude! Isch bin de Toni, saach Du zu mir!"

Verdutzt schüttelte ihm Öneß die Hand. Da schlug ihm Toni krachend auf die Schulter und sagte gönnerhaft zu dem Bayernmanager: „Mir zwää Metzjer sinn hier die einzischste, die was ordentlisches gelernt habbe, ha, ha!"

Öneß floh vor dem Mainzer Metzgermeister in die andere Ecke des Raumes. Da blickte sich Toni um und fand zielstrebig ein anderes Opfer. Den Manager des 1. FC Kaiserslautern.

„Ei Guude, du Schuldebuckel! Wie sieht's dann mitteme neue Namensschponsor fer euer WM-Schtadion aus?", fragte Toni. „Habt Ihr en dicke Schpecker gefunne?"

„Wir sind in interessanten Gesprächen!", behauptete der Lautrer.

„Soso", lachte Toni, weil das die Lautrer schon seit 10 Jahren behaupteten. „Jetzt saach emal ehrlisch", neckte Toni weiter. „Wenn de gewusst hättst, was am Betzebersch los iss, dann hättste doch nit bei dene Chaote unnerschribbe, odder?"

Jetzt reichts mir aber!, dachte der Lautrer Manager und was ihn so wütend machte, war die Tatsache, dass Toni recht hatte. Wie üblich hatte ihn der Lautrer Vorstand über die tatsächliche Finanzlage des Vereins belogen.

Toni zeigte auf den Lautrer Präsidenten, der ein paar Meter weg stand. „Der do iss de erste, der wo der in de Ricke fällt, wenn de Betze noch zwee-, dreimal verliert."

Das weiß ich besser als Du!, dachte der Lauterer Manager wütend.

Toni grinste: „Unn sunst? Habbe eisch die Erbsezähler vom DFL schon die Gehaltsabreschnung vom Platzwart genehmischt?"

Darüber konnte der Lautrer Manager gar nicht lachen. Weil der FCK so überschuldet war, musste er jeden Spielerkauf von oben prüfen und genehmigen lassen.

Toni: „Habt Ihr Grumbeerfresser werklisch schunn Bauplän, fer de Betzebersch uff 80 000 Zuschauerplätz auszubaue?"

Du wirst dich noch wundern!, dachte der Lautrer Manager böse und schwor Rache. *Das zahl ich Dir zurück!*

„Was hast Du in der Pause gemacht?", fragte der Mainzer Präsident seinen Manager, als es wieder weiterging.

„Isch hab dem Betzebittel emol gezeischt, wer in Rheinland-Pfalz die Nummer Eens iss!", sagte Toni stolz.

Die Ärztin

„Na, dann wollen wir mal“, sagte die Ärztin und tat, was sie immer tat. Sie fuhr mit dem Fahrrad in die Praxis, legte die Füße auf den Tisch, rauchte eine Zigarette und fragte: „Wieviele FSV-Fußballgötter sind denn heute da?“

„Fünf“, sagte die Arzthelferin und deutete auf die Tür zum Wartezimmer.

„Und was wollen sie?“

„Alle haben Wehwehchen und drei wollen unbedingt Vitaminpräparate.“

Die Ärztin grinste. Etwa die halbe Mainzer Mannschaft suchte in unregelmäßigen Abständen Rat bei ihr. Als ehemalige Handballerin hatte sie schon lange aufgehört, sich über erwachsene Fußballer zu wundern, die sich wie Kinder benahmen. Es war immer dasselbe.

Wenn die Mainzer Profis „einen Lauf“ hatten, dann kamen sie selten. Aber, wenn es schlecht lief, dann war die Praxis voll mit Spielern, die plötzlich überall Schmerzen fühlten. Und im Moment lief es beim FSV sehr schlecht.

Seit sie Profifußballer behandelte, seitdem verstand die Ärztin sehr genau, warum sich Sportler als „Fußballer“ beschimpfen, wenn sie wehleidig sind. Das Gejammer von Kickern, die zweimal in der Woche ein Spiel hatten - was selten vorkam - war wirklich lächerlich.

Natürlich waren Fußballer oft verletzt. Das lag an der Sportart. Menschliche Knochen, Sehnen und Gelenke waren nun mal nicht dafür gemacht, Fußball zu spielen. Aber der große Rest aller Verletzungen war die logische Folge schwachsinnigen Trainings, da war sich die Ärztin sicher.

Fast jeder deutsche Profiverein beschäftigte inzwischen fünf Trainer, die gründlich aneinander vorbeiwurstelten. Der Ausdauertrainer wollte aus Fußballern Marathonläufer machen. Der Schnelligkeitstrainer wollte Kicker zu Sprintern drillen und der

Koordinationstrainer wollte aus ihnen Balletttänzer machen. Und alle babbelten die Spieler mit pseudowissenschaftlichem Unfug über „Laktatwerte" und „negative Milchsäuretests" voll, um ihre sinnlosen Arbeitsplätze zu erhalten. Kein Wunder, dass Spieler dauernd verletzt waren oder Schmerzen spürten, wo keine waren. Außerdem waren Fußballer bescheuert und fraßen alles in sich hinein, was gerade modern war. Im Moment wollte die halbe Bundesliga „Vitaminpräparate", weil ein Fußballer dem anderen erzählte, dass dieses Wundermittel den Körper schneller regenerieren und Verletzungen vorbeugen würde.

Was für ein Schwachsinn, dachte die Ärztin und verschrieb dem Mainzer Spieler mit der Nummer 21 Vitaminpräparate. Es war zum Schreien. Nachdem der letzte Kicker verarztet war, legte sie die Füße auf den Tisch, rauchte eine Zigarette und rief ihren Kollegen in Kaiserslautern an. Die beiden hatten zusammen studiert.

„Na?", fragte die Ärztin, „wie viele Vitaminpräparate hast Du heute verschrieben?"

„Sechs", antwortete der halboffizielle Lautrer Mannschaftsarzt.

„Scheiße", sagte die Ärztin. „Dann muß ich Dir einen ausgeben!"

„Wo?", fragte der Arzt. „In der „Wartenberger Mühle" oder im „Schloß Sörgenloch?"

„Mir egal", entschied die Ärztin und fragte: „Was gibt's denn neues beim FC Chaos Kaiserslautern?"

„Wir haben einen neuen Chef- und einen neuen Cotrainer."

„Wer denn? Welcher Trainer ist so blöd, dass er freiwillig zu Kaiserslautern geht?"

Arzt: „Das ist kein Witz, was ich jetzt sage. Auf dem Betzenberg ist endgültig der Rinderwahnsinn ausgebrochen."

„Nun sag schon. Wer isses denn?"

„Bario Masler und Bolfram Buttke!"

Da verschluckte die Mainzer Ärztin vor Lachen ihre Kippe und fiel mit dem Stuhl um.

Aus dem Leben eines Fußball-Managers

„Geil!“, sagte der Mainzer Spieler mit der Nummer 18. Verliebt streichelte er mit den Fingern über den glänzenden Lack seines nagelneuen Porsche-Cayenne. Soeben hatte ihm der Verkäufer den Schlüssel für seinen neuen Wagen in die Hand gedrückt. Ein Porsche-Cayenne! Als Spieler vom FSV war der Käufer bevorzugt behandelt worden. Es gab Prozente, der Verkäufer überschlug sich vor Freundlichkeit, der Verein hatte dafür gesorgt, dass der Spieler sein gewolltes Kennzeichen bekam und die wunschgemäße Innenausstattung schnell geliefert wurde, ohne, dass er sich auch nur um einen Furz kümmern musste.

„Einfach geil!“, sagte Nummer 18. Damit meinte er nicht den Service des Vereins, sondern das Auto.

Normalerweise schlief Nummer 18 jeden Tag 10 Stunden, weil er sowieso nicht wusste, wie er die Zeit totschlagen sollte, wenn das bisschen Training vorbei war. Heute morgen aber hatte er sich aufgeregt um acht Uhr aus dem Haus geschlichen, ein Taxi gerufen und war zum Autohaus gefahren. Eigentlich wollte er mit dem Wagen zurück fahren und seine Freundin überraschen. Aber die schlief eh noch tief und fest.

Nummer 18 setzte sich in den Wagen. Wie ein Kind, das ein tolles Weihnachtsgeschenk begrapscht, spielte der Fußballer an allen Knöpfen und Tasten.

„Frankfurt am Main“, leuchtete auf dem Display des Navigationsgeräts.

„Au ja!“, sagte der Fußballer glücklich. Seine Freundin schlief sowieso noch. Da konnte er genau so gut eine Spritztour machen, bevor er die Tusse weckte. Er steckte den Schlüssel ein und schaltete die Zündung.

„Wwwrrrummm!“, brummte der Motor.

„Geil!“, freute sich Nummer 18 und fuhr los. Es war 9 Uhr 15.

„Scheiße!“, fluchte Manager Fleischworschttoni hinter seinem Schreibtisch. Er sah auf die Uhr. Es war 10 Uhr. Seit ungefähr 45 Minuten versuchte Toni einen Vorentwurf für einen Spielervertrag durchzulesen. Das Ding war 20 Seiten dick und zweisprachig, spanisch und deutsch. Toni verstand aber nur Bahnhof, weil auch der deutsche Teil im wesentlichen nur aus juristischem Fachchinesisch bestand.

„Was fer'n Scheißdreck!“, fluchte Toni und rief das größte Tratschmaul von Mainz an, den Anwalt.

„Hier Kanzlei Dr. Müller und Partner. Juristischer Partner des FSV Meenz Null ...“

„Isch will sofort de Anwalt schpresche!“, grunzte Toni.

„Mit wem spreche ich denn?“, fragte die Anwaltsgehilfin. „Herr Dr. Müller ist gerade in einer Besprechung.“

Da brüllte Toni ins Telefon: „Isch bin's, de Toni! Unn isch will jetzt sofort de Ölprinz schpresche!“

Da kam der Herr Doktor Anwalt umgehend ans Telefon.

Toni: „Saach emal, Du Peif! Isch hab Dir doch gesaacht, daste mir den Scheißvertraach vom Schpanische ins Deutsche übbersetze sollst!“

„Das hab ich getan!“ , sagte der Anwalt gereizt.

„Gar nix hoste!“, brüllte Toni ins Telefon. „Zehn Seite Fachschinesisch hoste mer geschickt. Dess iss genau so gut als wie Schpanisch! Kapiert doch kää Sau!“

„Was kann ich dafür, wenn Du kein Deutsch verstehst?!“, brüllte der Anwalt zurück.

„Idiot!“, schrie Toni und knallte den Hörer auf. Dann zerknüllte er den Vertragsentwurf, warf ihn gegen die Tür und brüllte: „Isch habs hier nur mit Affe zu due!“

Fünf Minuten kochte Toni leidend vor sich hin. Dann stand er auf, hob das zerknüllte Papier auf, glättete es und versuchte, noch mal zu lesen.

„Isch kennt kotze!“, fluchte Toni, wovon aber der Sinn dieses völlig bescheuerten fußballspezifischen Juristengeschreibsels nicht deutlicher wurde. Im Gegenteil. Je mehr er sich darüber aufregte, desto weniger verstand er davon.

„Geil!", sagte die Mainzer Nummer 18. Er fuhr ziellos im Schritttempo durch das Gewimmel der Frankfurter Innenstadt. Aus den Boxen dröhnte der US-Rapper „50 Cent". Nummer 18 drehte die Basketballmütze auf seinem Erbsenhirn verkehrt herum und die Lautstärke höher. Was für ein geiles Gefühl, wenn ihn die Autofahrer neben ihm genervt anstarrten, weil ihnen seine Musik „uff die Erbs ging"! Ein Golffahrer zeigte ihm sogar den Vogel. Ein Golf-Fahrer!

„Looser!", schrie die Mainzer Nummer 18 und ließ den Motor aufheulen. *Hähä,* dachte Nummer 18. *Du Depp bist 55 Jahre alt und fährst einen alten Golf. Wahrscheinlich bist Du Lehrer! Ich bin 22 und fahr Porsche-Cayenne!*

Ah, wie genoß er es, als zwei fünfzehnjährige Mädchen an der Fußgängerampel mit dem Finger auf ihn zeigten. Als er anhielt und die Scheibe herunterdrehte, um mit ihnen zu schäkern, hupten die Fahrer hinter ihm. Nummer 18 zeigte ihnen den Stinkefinger und drehte die Musik lauter. *„Geil!"*, dachte Nummer 18 und sah auf die Uhr. *„Scheiße, schon halb elf! Ich muss zu meiner Tusse!"*

Nummer 18 versuchte im Navi „Mainz" einzuprogrammieren, aber es ging nicht. Das Navigationsgerät war tot. Anscheinend kaputt. Hinter ihm hupten Autos. Nummer 18 fuhr planlos weiter. Er versuchte sich zu orientieren, aber Frankfurt war groß. Viel größer als Mainz. Er fuhr orientierungslos durch die Stadt, versuchte sich an den Weg zu erinnern, aber umsonst. *Scheiße,* dachte Nummer 18. *Was mach ich jetzt?*

Toni kämpfte sich tapfer durch den Vertragstext. Kurz bevor ihm der Schädel platzte, kam die Sekretärin herein und legte ihm ein Einschreiben auf den Tisch.

„Was iss dann dess jetzt schunn widder?", meckerte Toni.

„Das ist die Gehaltspfändung von Johnny.“
Toni sah auf das Schriftstück. „Wer issen de Tschonni?“
„Johnny ist unser Spieler mit der Nummer 21“ , sagte die Sekretärin.

Toni sah auf das Papier. Es war ein sehr offizielles Schriftstück. Wenigstens sah man hier gleich, worum es ging. Es ging um nicht geleistete Unterhaltszahlungen, die jetzt von der Staatsanwaltschaft eingetrieben wurden.

„Muß isch misch als Mänätscher um so än Scheißdreck kimmern?“, fragte Toni hilflos.

„Unbedingt!“, sagte die Sekretärin. „Das ist ganz normal. Das gehört zu den ganz normalen Aufgaben eines Bundesligamanagers.“

Nummer 18 war inzwischen panisch und verwirrt. Einmal fragte er einen Passanten nach dem Weg nach Mainz. Aber Nummer 18 konnte sich ebenso wenig Straßennamen merken, wie Himmelsrichtungen unterscheiden. Es hätte ihm auch nichts genutzt, weil er nicht wusste, ob Frankfurt östlich, westlich oder sonst wo von Mainz entfernt lag. Immer wieder fuhr er an einem Fluß entlang.

Irgendwann hatte er mal gehört, dass Frankfurt an einem Fluß lag, der in den Rhein mündete. Ja genau. Frankfurt am Main. Mit der Mannschaft hatte er mal eine Bootsfahrt gemacht. Oder war das die Lahn gewesen?

„Ist das der Main?“ , fragte Nummer 18 einen alten Mann.
„Idiot!“, sagte der alte Mann in gemütlischem hessisch: „Verarsche kann isch misch selber!“

Dann fragte er einen dritten Passanten: „Wie komm ich nach Mainz?“
Der sagte: „Einfach das Navi einschalten!“

Beim viertenmal fragte er eine Frau. Die sagte lachend: „Porsche fahre, abber zu dumm, um von Fronkfurt nach Määnz zu finde!“

„Blöde Fotze!“, schimpfte Nummer 18 hilflos.
Danach traute sich Nummer 18 nicht mehr, irgendjemanden nach dem Weg zu fragen. Das war ihm zu peinlich. Außerdem war es inzwischen schon spät. Womöglich war seine Freundin schon wach und vermutete das, was sie immer vermutete, wenn er unangemeldet weg war. Schließlich tat er das, was alle Fußballprofis tun, wenn sie nicht mehr weiter wissen. Er rief auf der Geschäftsstelle seines Vereins um Hilfe.

„Ja Hallo. Ich bins. Ich muss sofort mit dem Manager sprechen! Es ist dringend!“

„Bin isch Erzieher im Kinnergaade?“, fragte Toni, als er die Alimentenklage gegen Spieler Nummer 21 durchgelesen hatte. Wütend sah Toni an die Wand. Dort war Spieler Nummer 21 aufgehängt. Das also war Johnny.

Toni konnte sich keine Namen merken. Deshalb hatte ihm seine Sekretärin ein riesiges Plakat an die Wand gehängt. Auf dem Plakat waren alle Mainzer Profispieler mit Nummer, Foto und Namen zu sehen. Damit der Manager niemand verwechselte.

Es war aber auch schwierig. Irgendwie sahen alle Fußballer gleich aus. Sie hatten alle die gleichen Modefrisuren, die gleichen Modeklamotten und die gleichen Modetätowierungen. Meistens sagten sie auch das Gleiche, wenn sie den Mund aufmachten. Wahrscheinlich hatten sie auch alle die Scham- und Achselhaare rasiert, weil das ja in war. Eigentlich sahen alle wie junge Schauspieler aus. Allein vom Aussehen her konnten sie ohne weiteres in der Fernsehserie „Verbotene Liebe“ mitspielen. Oder hieß der Scheißdreck „Marienhof“? Und ...

Plötzlich stellte ihm die Sekretärin ein Gespräch durch.
„Mänätscher!“, blökte der Spieler mit der Namer 18.

„Was issen los?“
„Ich bin in Frankfurt. Mit meinem neuen Auto!“

„Unn weider?“, fragte Toni. „Heit iss träningsfrei. Ess iss mir scheißegal, wo de bist!“

„Ich hab mich aber verfahren! Ich find nicht mehr zurück! Frankfurt iss voll grass ejh. “

„Bist Du depp!?“, fragte Toni entgeistert.

„Mein Navi ist kaputt!“, jammerte der Spieler. „Mein Navigationsgerät ist kaputt!“.

„Saach emal!“, brüllte Toni ins Telefon. „Willste misch verarsche! Wenn de zu bleed bist, um mit Navi Audo zu fahrn, dann kaaf der ä Landkart!“

„Gleich ist mein Akku alle!“, jammerte die Nummer 18. „Ich brauche jemand vom Verein, der mich abholt, ich ...“

„Ruf der ä Taxi unn leck misch am Arsch!“, brüllte Toni ins Telefon, aber da war die Verbindung schon abgerissen.

„Dess gibt's doch nit!“, schüttelte Toni den Kopf und rief die Sekretärin.

„Doch“ sagte sie. „Das gibt's. Es gibt noch ganz andere Sachen. Das ist kein Witz. Der steht jetzt in Franfurt und findet nicht mehr den Weg nach Mainz zurück!“

Toni versuchte sich vorzustellen, dass ein 22 Jahre alter Mensch mit 400 000 Euro Jahresgehalt zu dumm war, um ohne Navi von Frankfurt nach Mainz zu fahren.

Toni: „Unn wenn isch dem Depp en ADAC-Atlas schenk?“

Sekretärin: „Dann wird er in den Main fahren, weil er den blauen Fluß auf der Landkarte für eine Autobahn hält.“

„Werklisch?“, fragte Toni.

Die Sekretärin nickte betrübt und gab ihm ein Blatt Papier.

„Wass iss dann dess jetzt widder?“

„Das wirst Du ja in fünf Minuten sehen“, sagte sie. „Dann hast Du einen Termin. Jetzt lies den Vertrag durch.“

Toni seufzte und las. Der FSV hatte einem 19-jährigen Schüler einen Vertrag für die zweite Mannschaft angeboten. Der FSV bot: Geld, Freistellung für Abiturvorbereitung, Hilfe bei der Kriegsdienstverweigerung, Ersatzdienst auf der Geschäftsstelle und Ausbildung beim Verein als Sportmarketing-Event-Manager oder wie auch immer sich dieser neumoderne Schwachsinnsberuf nannte.

„Ei guud“, sagte Manager Toni zur Sekretärin. „Loß den Bub eroikomme!“

Da kam der Bub herein. Er sah ungefähr so aus, wie ihn sich Toni vorgestellt hatte. Eigentlich ein netter, pickliger Abiturient mit gepflegten Fingern und dicken Fußballer-Oberschenkeln.

„Setz disch, isch bin de Toni!“, sagte Toni väterlich.

Aber bevor sich der Bub gesetzt hatte, da setzten sich sein Papa, sein Berater und sein Anwalt in die Stühle. Toni stand auf und holte bei seiner Sekretärin einen Stuhl, damit sich auch der Bub setzen konnte.

Nachdem alle saßen, eröffnete Toni die Verhandlung. „Also! De FSV hat dem Bub den Vertrag angebote. Den hot mein Vorgänger unnerschribbe. Dazu schteh isch. Jetzt fehlt nur noch die Unnerschrift von dem Bub. Vier Woche Bedenkzeit sinn rumm. Also was iss?“

Zuerst meckerte der Papa. Er verlangte mehr Geld. Der Berater wollte einen 3er BMW als Dienstwagen und sonst was. Der Anwalt faselte etwas von Persönlichkeitsrechten und bla, bla. Dann wieder der Berater. Alle babbelten durcheinander, stellten Forderungen, mäkelten. Nur der Bub sagte nichts.

Da sprang Toni über den Schreibtisch, schnappte den Berater am Hals, quetschte ihn an die Wand und sagte ganz ruhig: „Bass acht! Du haust jetzt ab, odder isch haach der so uff die Fratz, dass die Zäh im Arsch Klavier schpiele!“

Der Berater war kalkweiß. 20 Zentimeter vor sich sah er Tonis wahnsinnige Metzgeraugen. In der Sekunde, als Toni seinen Hals losließ, rannte er weg. Der Anwalt rannte mit. Toni warf ihnen den Stuhl hinterher. Da rannte auch der Papa aus dem Büro. Nur der Bub saß noch.

Toni sagte: „Bub! Du bist ibber 18 unn volljährisch! Unser Angebot gilt ab jetzt 24 Schtunde lang. Wen isch hier nie mehr sehe will, iss doin Baba, doin Anwalt, unn doin Berader. Hoste misch verschtanne? Tschüs!“

Da ging auch der Bub. Seine dicken Fußballeroberschenkel zitterten beim Hinausgehen. Vier Wochen lang hatten ihn Papa, Anwalt und Berater so zugelabert, dass er sich seiner Sache ganz sicher war. Jetzt war er unsicher. Er fragte sich, ob er Zuhause ausziehen müsste, wenn er unterschrieb? Und wenn er nicht unterschrieb? Was sollte er seiner Freundin sagen? Der hatte er schon erzählt, dass er sie demnächst im BMW abholen würde. Und was sollte er seinen Kumpels erzählen?

„War isch gut?“, fragte Toni die Sekretärin.

„Du warst super“, sagte die Sekretärin. „Und deshalb hat der FSV jetzt einen hoffnungsvollen Jugendspieler weniger.“

„Abber was soll isch dann mache?!“, fluchte Toni hilflos. „Die bleede Fußballer reesche misch so uff, daß isch se all an die Wand klatsche kennt!“

„Ich hol uns erst mal was zu essen“, schlug die Sekretärin vor, „und dann erklär ich Dir, wie man mit Fußballern umgeht.“

„Gut“, stimmte Toni zu. Erstens hatte er Hunger und zweitens brauchte er Hilfe.

Das Unglück passierte, als die Sekretärin Fleischkäsebrötchen holte. Genau in diesem Moment kam ein Fußballer herein und quatschte den Manager dumm von der Seite an.

„Manager, ich muss sofort mit Dir reden“, sagte der Spieler aufgeregt. Der Typ sah so aus, dass ihm Toni am liebsten sofort auf Maul hauen wollte. Über seinen hässlichen Dolce- und Gabbana-Klamotten trug er ein affiges Herrenumhängetäschchen von Gucci. Die blondierten Haare hatte er mit viel Gel zu einer Igelfrisur hochgestylt und den Rest seiner menschlichen Erscheinung versteckte er hinter einer riesigen Sonnenbrille. Sonnenbrillen im Dezember in geschlossenen Räumen konnte Toni besonders gut leiden. Außerdem stank der Spieler penetrant nach „David-Backham-Instinct“. Anscheinend hatte er sich das stinkende Zeug literweise über das Erbsenhirn gekippt.

„Was issen los?“, fragte Toni gequält. „Hock disch!“
Der Spieler setzte sich und babbelte sofort ein unglaubliches Blech zusammen. Toni verstand nur Bahnhof. Der Fußballer war etwa 27 Jahre alt, quasselte aber wie ein Dreizehnjähriger. Er hörte erst auf zu reden, als sein Handy klingelte und er dran gehen wollte. Toni nahm ihm sein Spielzeug weg und fragte ihn: „Also was willste dann jetzt vun mir?“

„Ich will morgen trainingsfrei haben!“, sagte der Spieler.

„Warum?“, fragte Toni.

„Weil meine Frau eine schwere Operation hat.“

„Warum saachsten dess nit em Träner?“

„Deshalb komm ich ja zu Dir. Der Trainer will mir morgen nicht frei geben!“

„Was hot dann dei Fraa?“, fragte Toni.besorgt. „Krebs, Gehirntumor, odder wass?“

„Meine Frau“, sagte Spieler todernst, „bekommt morgen operativ die Schweißdrüsen unter den Achselhaaren entfernt und ...“
Toni schüttelte ungläubig den Kopf und war sofort auf 180.

„Weeste wass?!“, fragte Toni.

„Was?“, fragte der Spieler.

„Wenn Dir de Träner wesche so eme Scheißdreck freigebbe hätt, dann hätt isch jetzt sofort de Träner entlasse!“, brüllte Toni, und warf den Idioten aus dem Büro.

„Was fern Aff!“, fluchte Toni und biss heißhungrig in sein Fleischkäsebrötchen, das ihm die Sekretärin mitbrachte.

„Schweißdrüsenentferung ist bei Spielerfrauen im Moment schwer in“, kicherte die Sekretärin. „Wie sah er denn aus?“

Toni beschrieb den Spieler.

„Scheiße“, sagte die Sekretärin. „Das war Michi Raffzahn!“

Es war halt eine Verkettung unglücklicher Umstände. Auf jeden Fall war Michi Raffzahn furchtbar beleidigt, rief den schwarzen Abt an und verlangte: „Such mir sofort einen anderen Klub! Ich will hier weg!“

Neues von den Roten Teufeln

Unter riesigem Presseaufwand und reger Zuschauerbeteiligung leiteten Cheftrainer Masler und Cotrainer Buttke das erste gemeinsame Training beim FCK.

„Schtell die Hütscher uff!“ , befahl der Cheftrainer Masler dem Cotrainer Buttke.

Buttke bekam sofort einen wutroten Kopf: „Ich glaub, du hast den Arsch offen?! Stell Deine Hütchen selber auf!“

Da steckte sich Masler eine Marlboro an und fragte drohend: „Wer issen hier Scheffträner? Isch odder Du?“

Cotrainer Buttke trat zornig einen Stapel Hütchen um und brüllte den Assistenztrainer an: „Assi! Stell die Hütchen auf!“

Wie verzweifelt musste ein Profiverein sein, um diese beiden Bekloppten als Trainer einzustellen? Das fragten sich nicht nur 200 Pressefritzen, sondern auch ungefähr 500 FCK-Fans, die am Zaun standen. In Wahrheit waren beide relativ billig und die Fans sollten sich wenigstens mit den Trainern identifizieren können, weil das ja bei den Spielern nicht möglich war.

Die ehemaligen FCK-Spieler Masler und Buttke hatten in ihrer aktiven Zeit zur Kategorie „schwererziehbare Fußballer“ gehört und waren hauptsächlich damit beschäftigt gewesen, ihr Talent zu verschleudern. Ansonsten brachten sie Trainer zur Weißglut.

Buttke kam aus dem Ruhrgebiet und wurde schon als 17-jähriger bei Schalke derart mit Geld zugestopft, dass er ganz schnell die Bodenhaftung verlor. Er war ein kleiner Mann mit großem Talent und merkwürdig krummen Füßen. Seine mit dem Außenrist geschlagenen Pässe sind noch heute legendär. Eine Zeitlang war er so etwas wie der König von Kaiserslautern. Wenn der Trainer brav machte, was der Spieler Buttke wollte, dann sorgte Buttke dafür, dass der FCK gewann. Wenn der Trainer nicht machte, was Buttke wollte, dann schlug Buttke solange Rabbatz, bis der Trainer gehen musste. Buttke brachte es auf ganze vier Länderspiele, was für einen Mann dieser Klasse lächerlich war. Nach seiner aktiven Zeit vernichtete er ziemlich schnell alle Millionen, die er als Spieler verdient hatte. Nach Scheidung und Offenbarungseid arbeitete er eine Zeit lang als Tennislehrer, bis er wieder irgendwie zum Fußball fand.

Masler kam aus dem nahen Neustadt und war als 18-jähriger Jugendspieler des FCK Stammgast in allen Spielhöllen der Stadt, wo er meistens an fünf Daddelautomaten gleichzeitig spielte, um seine offiziell 5000 DM Gehalt möglichst sinnlos zu verjubeln. Ansonsten gehörte er zu der Sorte Spieler, die schnell, oft und unkontrolliert das Maul aufreissen, um von der Presse als „Typen“ gefeiert, oder gar als „Fußballrebellen“ geadelt zu werden.

Über Berlin, Bremen und München kam er wieder zurück zum FCK, wo er eine zwielichtige Rolle spielte. Sein Schwager war der Chef der berüchtigten Spielerberatungsfirma „Nogor“, die mit merkwürdig hohen Provisionen ihren Teil dazu beitrug, den FCK in den Ruin zu treiben. Nach seiner aktiven Zeit verdingte sich Masler mit Hilfe eines Ghostwriters als Zeitungskolumnist. Dann machte er aus Langeweile den Trainerschein und wurde Cotrainer am deutschen Eck. Und jetzt war er plötzlich Cheftrainer in Lautern.

„Allehopp Butti! Zeisch denne Peife, wie mer Fußball schpielt!“, schrie eine Pfälzerin hinter dem Zaun.

Masler und Buttke ließen es sich nicht nehmen, beim Spiel A- gegen B-Mannschaft mitzuspielen. Jedenfalls zehn Minuten lang, solange wie sie noch Luft hatten. Dann war das erste Training beendet. Masler schickte die Spieler in die Kabine, steckte sich eine Marlboro an und analysierte mit Butti die Mannschaft.

„Absolut net bundesligatauglisch!“, befand Masler und musste husten.

„Ja“, nickte Butti schweratmend, mit hochrotem Kopf. „Außer diesem verrückten Froschfresser rennen hier nur Rumpelfüßler herum.“

Um die Formation für das nächste Spiel zu finden, setzte Masler gleich am ersten Tag einen Mannschaftsabend fest.

„Wie in alde Zeide!“, lachte der Cheftrainer.

„Au ja!“, grinste Butti und rieb sich die Hände.

Unter kundiger Führung von Masler und Butti mussten die FCK-Spieler saufend durch alle Kneipen und Bars von Lautern ziehen, bis sie krakeelend im Rotlichtviertel Einsiedlerhof landeten. Dort soff Butti die letzten Spieler unter den Tisch und Masler zog ihnen beim Pokern die Hosen aus. Danach stand die neue Lautrer Stammformation fest. Wer trank und zockte, durfte spielen, alle anderen mussten auf die Ersatzbank.

Diese Fußballphilosophie war sogar erfolgreich. Mit viel Glück gewann der FCK das nächste Spiel. So ungerecht konnte Fußball sein. Masler und Butti wurden schon als die Retter vom Betzenberg gefeiert. Witzbolde nannten die beiden sogar „Batman und Robin“, andere aber: „Dick und Doof“.

Und weil Masler wusste, was die Lautrer hören wollten, verkündete er großmäulig: „Unser Ziel ist es, im rheinland-pfälzischen Fußball die natürliche Größenordnung widderherzuschtelle, unn besser als wie die Määnzer soi!“

Gestärkt durch den Jubel der Massen, ging Masler mit breitem Rücken zum Lautrer Manager, zündete eine Marlboro an und fragte: „Iss Geld do, um Schpieler zu kaafe?“

„Nein!“, sagte der Manager.

„Donn helft nur noch ääns“, sagte Masler.

„Was?“, fragte der Manager.

„Die direkte Verunsischerung vun de Konkurrenz!“

„Wie meinst Du das?“

„Wääsche, wer de beschde Schpieler vum FSV iss?“

„Michi Raffzahn“, sagte der Manager.

„Genau!“, sagte Masler und erläuterte seinen Plan.

„Allehopp“, grinste der FCK-Manager grimmig.

Beim VFL Volkswagen, kurz vor der Winterpause

„Lieber Gott“, stöhnte der dicke Kardinal im Mainzer Dom, „ hilf uns, dass die Nullfümfer beim VFL einen Punkt holen.“

Als der liebe Gott darauf keine Antwort gab, ging der Kardinal essen. Heute gab es Maultaschen.

„Eff- Ess-Vau!“, grölte Karl Napp beim Pinkeln an der ungefähr sechzehnten Raststätte auf dem langen Weg nach Wolfsburg. Hier war alles komisch. Die Gegend war so flach, dass Mainz-Finthen im Hochgebirge lag, und die Leute geistig so arm, dass sie noch nicht einmal einen Dialekt hatten. Sie sprachen nur druckreifes Hochdeutsch. „Dess basst mer hier nit!“, maulte Karl Napp und stieg wieder in den Bus. Das Spiel gegen den VFL war das erste unter der neuen Vereinsführung.

Der VFL Volkswagen war der seltsamste Verein in der ganzen Bundesliga. Genau genommen war der VFL kein Fußballverein, sondern die Geldvernichtungsabteilung eines Autokonzerns. Seit Jahren versenkte der Konzern Unsummen Geld für Fußball. Deshalb war der VFL bei Spielern sehr beliebt. Es hatte sich herumgesprochen, dass man in Wolfsburg für halb so viel Leistung doppelt so viel kassieren konnte wie anderswo. Und seit die Autofirma weniger Geld ausgab, um Manager und Betriebsräte mit teuren Puffbesuchen zu verwöhnen, seitdem stopfte man noch mehr Geld in den Fußball. Zeitweise hatte der Konzern 34 Profis unter Vertrag und verteilte Freikarten an alle Mitarbeiter, um das Stadion halbwegs vollzukriegen.

Beim Anpfiff wurde es eng auf der Mainzer Trainerbank. Toni und Brezelmüller setzten sich neben den Trainer, um Spieler und Schiedsrichter anzupöbeln. In der zweiten Hälfte wurde Toni wegen Schiedsrichterbeleidigung auf die Tribüne verbannt. Nach 90 Minuten hatte der FSV Eins zu Drei verloren und erfolgreich den siebzehnten Tabellenplatz stabilisiert.

„Scheiße“, lallte Karl Napp und schlief auf der Rückfahrt im Bus ein.

Wie baggert man einen Fußballer an? Ungefähr so!

„Michi?“, fragte Sandra.

„Ja?“, sagte Michi.

„Welcher Push-Up steht mir besser? Der grüne oder der in pink?“

Michi sah kurz hin und sagte: „Ich find den grünen geiler.“

„Ich auch“, sagte Sandra. „Rosa sieht irgendwie proll aus.“

Es war 20 Uhr. Michi spielte seit drei Stunden Playstation. Vorher hatte er drei Stunden lang schwachsinnige DVD's auf seinem riesigen Flachbildschirm angesehen, eine Stunde lang sinnlos mit dem Handy telefoniert und davor hatte er zwei Stunden beim In-Italiener herumgelungert, nachdem er vorher eineinhalb Stunden trainiert hatte.

Sandra posierte seit Stunden vorm Spiegel, weil sie morgen einen „Casting-Termin“ bei einer dubiosen Modelagentur hatte, die 500 Euro für den Termin forderte.

Plötzlich klingelte es.

„Wer ist da?“, fragte Sandra durch die Sprechanlage.

„Bario Masler!“, sagte die Stimme. „Ist Michi zuhause?“

Michi ging zur Tür und öffnete überrascht. Da stand tatsächlich der neue Lautrer Cheftrainer. Und hinter ihm stand ein weißer Ferrari mit laufendem Motor.

„Hast du zwei Stunden Zeit für mich?“, fragte Masler.

„Äh, weiß nicht“, sagte Michi unsicher und fügte hinzu. „Wenn's ums Geschäft geht, das macht alles mein Berater.“

„Quatsch, Geschäft“, sagte Masler und steckte sich eine Marlboro an. „Du wirst doch ne Schpritztour mit mir machen dürfen, ohne Deinen Berater zu fragen?“

Eine Minute später saß Michi neben Masler im Ferrari. Masler raste mit 240 Sachen über die A63 Richtung Kaiserslautern.

„Geiler Wagen“, sagte Michi.

„Kannst Du auch haben“, sagte Masler, „als Dienstauto.“

„Als Dienstwagen?“, staunte Michi.

Masler raste wie eine gesenkte Sau durch Kaiserslautern und stoppte vor der FCK-Geschäftsstelle. Dort war auch der Lautrer Manager und gab Michi die Hand.

„Jetzt pass auf!“ , sagte der Manager und blitzartig wurde das Flutlicht eingeschaltet. Plötzlich erstrahlten 50 000 Zuschauerplätze im gleißenden Licht.

„Zu unserem letzten Heimspiel kamen 21 000 Zuschauer, weil wir im Moment eine scheiß Mannschaft haben. Jetzt stell Dir vor, wie es ist, wenn hier 50 000 schreien?“

„Laut!“, sagte Michi.

Manager: „Lautern ist ein schlafender Fußballriese. Diese Saison geht es für uns nur darum, zu überleben. Aber dann wird der FCK 35 Millionen in eine neue Mannschaft investieren.“

„35 Millionen?“, wiederholte Michi ungläubig.

„Genau“, sagte der Manager und zeigte Michi ein Blatt Papier mit kyrillischer Schrift. „Das ist der Vertrag mit unserem neuen russischen Hauptsponsor. Mit diesem Investor geht der FCK ab wie eine Rakete. Und da hätten wir Dich gerne dabei!“

„Aber auf meiner Position spielt bei euch Legrand.“

„Vergiss Legrand!“, mischte sich Butti ein. „Den verscherbeln wir in die zweite englische Liga! Du bist besser als Legrand.“

„Aha“, sagte Michi geschmeichelt.

„Was hält Deine Frau von Kaiserslautern?“, fragte der Manager.

„Sandra steht mehr auf Großstädte“ , sagte Michi vorsichtig. „Wegen der Einkaufsmöglichkeiten und weil sie Model ist.“

Manager: „Wir besorgen deiner Frau einen Modelvertrag. Und zwar einen richtig guten!“

„Echt?“, fragte Michi.

„Was hältst Du von 1,5 Millionen Euro netto, Ferrari als Dienstwagen und Modelvertrag für Sandra?“

„Eins, Komma acht!“ , mischte sich Masler ein. „Michi ist 1,8 Millionen wert, weil wir um ihn herum die neue Lautrer Mannschaft aufbauen.“

So hofiert, wurde Michi völlig verwirrt. „Das muss ich meinem Berater sagen, der soll mit euch verhandeln und ..."

„Nein!", sagte der Manager. „Im Moment ist das alles noch inoffiziell, weil wir den Sponsorvertrag erst nach der Winterpause öffentlich bekannt geben können. Wir wollen jetzt nur mal wissen, ob Du Lust hast, hier zu spielen?"

„Im Prinzip schon", sagte Michi. „Für 1,8 Millionen ..."

Dann wurde er von Masler wieder nach Hause gefahren. Aber vorher fuhr Masler an einer riesigen frisch renovierten Jugendstilvilla vorbei. „Das wäre deine Dienstwohnung", sagte Masler. „Kostenlos!"

„Kostenlos", staunte Michi.

Dann fuhr Masler in eine Lautrer Bar und zeigte ihm ein paar sensationell aussehende Barmädchen. „Für Dich kostenlos", grinste Masler. „Unser Präsident ist stiller Teilhaber an der Bar."

„Wau!", staunte Michi geschmeichelt, als das halbnackte Barmädchen ein Autogramm von ihm wollte.

„Mußt Du Deiner Frau ja nicht erzählen", sagte Masler und raste mit Michi wie eine gesenkte Sau über die A63 nach Mainz. Dann heizte er zurück nach Kaiserslautern in die Bar.

„Meinst du, dass der Idiot drauf reingefallen ist?", fragte der Lautrer Manager.

„Ich glaab schunn!", sagte Masler grinsend, steckte sich eine Marlboro an und bestellte zwei Herrengedecke.

Die ganze Woche war Michi unkonzentriert beim Training. Er stolperte wie ein Fremdkörper über den Rasen und verlor die einfachsten Bälle. In seinem Spatzenhirn brodelte unaufhörlich die Frage: *Wozu brauche ich einen Berater, wenn ich alleine einen Vertrag für 1,8 Millionen aushandeln kann? Mit einem weißen Ferrari als Dienstwagen!*

Die vier natürlichen Feinde des Fußballmanagers: Spieler, Spielerfrauen, Spielerberater und Sportreporter

„Isch kennt grad kotze!“ , brüllte Manager Fleischworschttoni, hämmerte mit der Faust auf den Tisch, bis das Telefon auf dem Tisch tanzte und ihm die Hand so weh tat, dass er vor lauter Wut den Aschenbecher an die Wand schmetterte.

Seine Sekretärin hörte nur Gebrüll, Gehämmer und den dumpfen Knall. Sie saß nämlich im Nebenraum genau an der anderen Seite der Wand. Seufzend stand sie auf und brachte ihrem Chef einen neuen Aschenbecher in sein Büro.

„Das ist schon der dreizehnte!“, sagte sie vorwurfsvoll.

„De dreizehnte wass?!“, bellte Toni mit hochrotem Kopf.

„Das war der dreizehnte Aschenbecher, den Du in drei Tagen an die Wand geklatscht hast.“

„Isch hab aach allen Grund dezu!“ , knurrte Toni.

Obwohl erst kurz im Amt, hatte Toni vier Sorten Menschen gründlich satt. Erstens Spieler, zweitens Spielerfrauen, drittens Spielerberater und viertens Sportreporter.

„Was ist denn schon wieder?“, fragte die Sekretärin mitleidig und zündete sich eine Zigarette an.

Toni erzählte schnaufend. Zuallererst hatte er heute morgen sechs FSV-Profis zusammengebrüllt. Die Idioten hatten nichts besseres zu tun, als dauernd einen Mannschaftskollegen zu mobben, weil der schwul war. „Wass fer Arschlöscher!“

„Und sonst?“

„Unn ebe hab isch schunn widder mit dem Scheiß Berader von de Nummer 21 dellefoniert!“, knurrte Toni.

„Ach der“, sagte die Sekretärin.

„Genau der!“, sagte Toni wütend. „Unn gestern hab isch mit de Nummer 21 geschproche. Der Borsch iss so bleed, dass er brummt! Noch bleeder iss soi Tussi. Die war vorgestern da, die Deppschees! Da geht mer de Hut hoch. Unn wenn isch an den babbische Schportreporder denk, dann kennt isch grad platze!“

„Das ist schlecht“, sagte die Sekretärin. „Wenn ein Bundesliga-Manager nach ein paar Tagen Arbeit schon platzen will, dann ist das schlecht für den Verein.“

„Der Depp“, sagte Toni und meinte Nummer 21, „der Depp will jetzt Fünf-hunnerd-dausend Euro im Jahr, weil er vier Dore in siebzeh Schpiele geschosse hot! Dess iss doch nit normal, odder!? Vier Dore in siebzeh Schpiele!“

„Doch“, lachte die Sekretärin. „Die Bundesliga ist halt eine internationale Top-Liga mit Top-Spielern, Top-Beratern, Top-Spielerfrauen und Top-Sportreportern. Und die benehmen sich halt so.“

„Isch kennt se all an die Wand klatsche!“, fluchte Toni.

Folgendes war passiert: Der Mainzer Top-Stürmer mit der Nummer 21 hatte in der Hinrunde genau 4 Tore geschossen. In Worten: Vier Tore in siebzehn Spielen! Ein Tor hatte er herausgespielt, einmal hatte ihn ein Querschläger am Kopf getroffen und war ins Tor abgeprallt und einmal hatte er einen Elfmeter verwandelt. Dann hatte er noch im Pokal gegen den Oberligaverein VFL Dingenskirchen getroffen.

Angesichts dieser internationalen Top-Leistung fühlte sich Nummer 21 in Mainz unterbezahlt und rief seinen Top-Berater an. Der Berater forderte eine Top-Gehaltserhöhung von 150 000 Euro für Nummer 21, weil jetzt Spätherbst war und andere Vereine „konkrete Angebote“ gemacht hätten.

Kurz vorher hatte ein Top-Reporter der deutschen Top-Fußballzeitschrift Schportbild mit Nummer 21 eine „Home-Story“ gemacht, weil Fußballreporter kurz vor der Winterpause verzweifelt versuchen, die Seiten ihrer Magazine mit Schwachsinn zu füllen. Der Reporter hatte den Mainzer Stürmer samt Spielerfrau besucht, fotografiert, interviewt und nach allen Regeln der Kunst vorgeführt. Dumm wie Holler, hatte das Fußballerpärchen in das Mikrofon geplappert und sein ganzes geistiges Elend offenbart. Sie erzählten über ihre Lieblingsautos, ihre Lieblingsklamotten, ihre Lieblingshandys und ihre Lieblingsfilme.

Daraufhin hatte Toni verzweifelt bei Schportbild angerufen und versucht, den Abdruck zu verhindern. Er wollte vermeiden, dass in der Öffentlichkeit der fatale Eindruck entstand, Mainzer Fußballer seien verblödete Konsumtrottel.

Es war vergeblich. Nummer 21 und seine Deppschees waren stolz wie Oskar auf dieses Interview und bestanden auf der Veröffentlichung.

Als der Scheißdreck eine Woche später samt Fotos in Schportbild stand, drehte Nummer 21 völlig durch. Er hielt sich jetzt für den Allergrößten, forderte 200 000 Euro Gehaltserhöhung und kaufte schon mal ein neues Auto für seine Deppschees. Noch schlimmer benahm sich seine Alte. Mit nagelneuen Top-Silikontitten stapfte sie in Tonis Büro und behauptete, dass die 200 Quadratmeter-Wohnung in bester Mainzer Lage, welche der FSV Mainz für sie besorgt hatte, ja wohl „voll scheiße“ wäre.

„Wieso?“, fragte Toni verblüfft.

„Weil wir nur zwei Garagenplätze haben. Wir haben aber drei Autos!“

„Du Deppschees“, sagte Toni zu der Spielerfrau und warf sie raus.

„Am liebste“ , maulte Toni, „dät isch die ganz Bagaasch in än Sack schtobbe unn druffhaue!“

„Mach’s nicht“, riet die Sekretärin.

Toni: „Was soll isch en jetzt mache mit de Nummer 21?“

„Biete ihm 100 000 Euro mehr, und besorg ihm eine Wohnung mit drei Garagenplätzen.“

„Am liebste dät isch dem Idiot abber so in de Arsch trete, daß er bis er uff die Ersatzbank fliescht!“, beharrte Toni.

„Der Idiot“, sagte die Sekretärin sachlich, „ist unser bester Stürmer.“

Wie bei Ballacks: Michi und Sandra trinken jetzt Rotwein

„Boah!“, sagte Michi begeistert. Er lag auf der Couch, hatte die Füße auf dem Tisch und sah den Actionfilm „Stirb langsam, Vier!“ auf seinem nagelneuen, supergroßen Plasmabildschirm. „Was für ein geiles Bild!“, schwärmte Michi.

„Total krass!“, stimmte Sandra zu und jonglierte weiter ein Buch auf ihrem Kopf. Mit dem Buch auf dem Kopf lief sie schon seit einer Stunde vor dem großen Spiegel auf und ab. Das war eine wichtige Haltungsübung für Models. Jedenfalls hatte sie das in ihrer Lieblingssendung „Germanys next Supermodel“ gesehen. Aber es war schwierig. Dauernd fiel das Buch runter, weil sie mit ihren High-Heels über die Teppichkante stolperte.

Michi glotzte schon seit vier Stunden Filme. Nach „Stirb langsam, Vier“ wollte er sich „300“ angucken. „Echt voll geiles Bild“, sagte Michi.

„Super“, stimmte Sandra zu und nahm das Buch vom Kopf, weil es klingelte.

„Wer kommt denn?“, fragte Michi und fügte hinzu: „Wieso bist Du nicht im Fitness-Studio?“

„Lass ich heute ausfallen, weil meine Typberaterin kommt“, sagte Sandra und stöckelte zur Tür.

„Ahso“, brummelte Michi. Herein kamen aber nicht nur die Typberaterin, sondern auch zwei Möbelpacker.

„Ej, was gibt denn das!?“, fragte Michi, als die Möbelpacker ein Regal abstellten und seinen Fernseher verrückten.

„Mir solle hier son Woiregal uffbaue“, sagten die Möbelpacker.

„Wieso Weinregal?“, protestierte Michi. „Ich trink Bier oder Tscheckie-Cola. Aber keinen Wein! Und ich will nicht, dass mein Fernseher verrückt wird!“

„Biertrinken ist total proll!“, widersprach Sandra. „Außerdem hat Ballack auch ein Weinregal! Alle großen Fußballer haben jetzt Weinregale!“

„Na gut“, maulte Michi. „Bekomm ich halt ein Weinregal!“

„Das ist total in“, sagte Sandra. „Stell Dir vor, ein Redakteur von ‚Vogue‘ kommt hier rein und sieht das Weinregal. Dann denkt der gleich: Aha, das sind keine Prolls, sondern ...“

„Schon klar“, sagte Michi.

„Und das ist der ‚Kleine Johnson‘“, sagte die geschniegelte Typberaterin und drückte Michi ein kleines Buch in die Hand.

Michi: „Was issen das?“

„Das ist ein Weinführer“, erklärte die Typberaterin.

„Und den soll ich jetzt auswendig lernen, oder was?“, fragte Michi leicht agressiv, weil er lieber „Stirb langsam, Vier“ ankucken wollte.

„Nein“, sagte die Typberaterin. „Du sollst den kleinen Johnson unauffällig im Wohnzimmer platzieren, damit jeder Besucher denkt, dass Du dich mit Wein beschäftigst!“

„Aha“, sagte Michi, „wie mit dem Bücherregal in der Ecke da, das Du mir letztes Jahr hingestellt hast.“

„Ja, genau so ist das“, meinte die Typberaterin.

„Na dann“, sagte Michi und sah widerspruchslos zu, wie die Typberaterin das Regal mit Rotweinflaschen füllte.

„Was ist das?“, fragte Michi.

„Das ist ‚Vega Sizilia‘, 200 Euro die Flasche.“

„Dann nehm ich drei Flaschen“, sagte Michi, um die Weintante schnell loszuwerden.

„Willst Du auch L'ermitage?“, fragte die Typberaterin ernsthaft. „In jedes gute Weinregal gehören auch ein, zwei Flaschen L'ermitage. Für 600 Euro die Flasche geradezu geschenkt.“

Sandra: „Au ja, Michi. Wir wollen auch Lärmidaasch.”

„Von mir aus“, grummelte Michi genervt und dachte: *Leck mich am Arsch.*

Aber dann kam der Brüller. Die Typberaterin öffnete umständlich eine Holzkiste, zog eine Flasche heraus und tat, als hätte sie den Schatz von „Fluch der Karibik, Zwei“ gefunden.

„Das Etikett sieht total geil aus!” , fand Sandra.

„Das ist ein ‚Chateau Petrus', Jahrgang 89", erklärte die Typberaterin feierlich.

Michi: „Was kostet denn so ne Pulle Schado Petrüs?"

„1500 Euro"

„Jetzt reichts aber!", entschied Weinliebhaber Michi Raffzahn.

„Michael Ballack hat auch Chateau Petrus in seinem Weinregal neben dem Plasmabildschirm", behauptete die Weinfachfrau.

„Davon nehmen wir auch drei Flaschen!", entschied Sandra. „Wir sind ja nicht proll!"

Alles in allem zahlte Michi 12000 Euro für Fachberatung und ein potthässliches Designer-Regal voller Rotweinflaschen, die in der Hitze des Wohnzimmers schneller umgingen, als man sie saufen konnten. Die Typberaterin lachte sich kaputt. Leider hatte sie nur einen Fußballer und eine Spielerfrau als Kunden.

Wenn Michi gedacht hatte, dass er jetzt seine Ruhe hatte, dann hatte er sich getäuscht. Kaum waren die Typberaterin und die Möbelpacker weg, da klingelte es schon wieder. Jetzt kam Nummer 26 samt Spielerfrau. Sandra hatte die beiden zum Rotweintrinken eingeladen. Gemeinsam soffen sie sauteuren Rotwein und sahen sich den bluttriefenden Actionfilm „300" an.

„Geiles Bild", lobte Nummer 26 und kippte ein Glas L'ermitage herunter, derweil am Bildschirm das Blut nur so spritzte.

Weil der Film so spannend war, verwechselte Michi die Etiketten. Er mixte sich einen Cola-Rot-Schoppen mit Chateau Petrus. Außerdem war er zu blöd, um zu merken, dass ihn Nummer 26 im Auftrag des FSV-Managers aushorchte.

Und Sandra erzählte der Spielerfrau Nummer 26 in der Küche: „Der FCK bietet uns einen weißen Ferrari als Dienstwagen und mir einen voll geilen Vertrag bei einer internationalen Modelagentur!"

Der größte Beschiss im Profi-Fußball: Das Scouting-System

„Dess sinn ja Zuschtänd wie bei de Meenzer Fenstermafia“, fluchte Manager Fleischworschttoni. Er versuchte gerade, die Ausgaben des FSV zu kontrollieren.

Es war unglaublich, wie viele Gauner ihr Geld mit Fußballern verdienten. Es waren ja nicht nur kriminelle Berater, die sich bei jedem Vereinswechsel dumm und dämlich verdienten. Und nicht nur Trainer, die heimlich mitkassierten. Nein, es gab einen ganzen Rattenschwanz von Vermittlern und Kontaktherstellern, die alle so lange Provisionen kassierten, bis keiner mehr wusste, wer warum wie viel Kohle bekam. Auch deshalb, weil das Geld teilweise schwarz gezahlt oder anders verbucht wurde. Die schlimmsten Abzocker von allen waren die sogenannten „Scouts“.

„Fer wass zahlt de Eff-Ess-Vau an den Aff Provisione?“, fragte Toni empört die Sekretärin.

„Das ist ein Scout von Borussia Dortmund“, erklärte die Sekretärin. „Dem zahlen wir ab und zu Negativprovisionen.“

„Was issen dess?“, fragte Toni. „Negadievprovisione?”

„Der bekommt von uns Geld, wenn er dem FSV einen Spieler empfiehlt, anstatt Dortmund.“

„Dess iss doch zum kotze!“, maulte Toni und hörte zu.

Sekretärin: „In Wirklichkeit gibt es gar kein ‚Scouting-System’. Das ist dummes Geschwätz. Es gibt nur Profivereine, die zuviel Geld an „Scouts“ zahlen. Scouts sind in der Regel Ex-Fußballer, die aus Langeweile gerne Spesen verjubeln und auswärts übernachten, weil sie nicht wissen, was sie daheim mit ihrer Frau erzählen sollen. Große Vereine zahlen ihren Scouts 8000 Euro Festgehalt, Dienstwagen und Spesen. Wenn sie einen Kicker erfolgreich an den Verein bringen, gibt’s Provision. Wenn der Kicker Stammspieler wird, gibt’s Nachschlag.

In der Praxis ist das ein Beschiss ohnegleichen. Das fängt schon beim „Jugend-Scouting“ an. Es ist keine Seltenheit, dass bei einem A-Jugendspiel mehr Scouts am Spielfeldrand stehen als Freunde und Verwandte der Spieler. Weil sich die Scouts alle kennen, deshalb verhackstücken sie abends im Hotel, wer welchen A-Jugendspieler bei welchem Verein unterbringen soll. Und schwupps, wird wieder ein 15-jähriger aus seiner Umgebung gerissen, damit er in irgend einem Fußballinternat vor die Hunde geht."

„Aha", sagte Toni.

„Manche Scouts sind ganz linke Vögel, weil sie nicht nur ihrem Verein das Geld aus der Tasche ziehen, sondern auch noch für Spielerberater arbeiteten. Das geht so: Der Scout empfiehlt seinem Verein einen Jugendspieler. Bevor aber der Verein mit dem Spieler reden kann, redet der Scout mit einem Spielerberater. Jetzt spricht der Verein plötzlich nicht mehr mit einem 15-jährigen Buben, sondern mit einem gewieften Abzocker. Nimmt der Verein trotzdem den Jungen, kassiert der Scout doppelt Provision: Erstens vom Verein, zweitens vom Berater. Bei erwachsenen Fußballern funktioniert das Prinzip genauso, nur, dass es um größere Summen geht. Aber zu diesem „nationalen Scouting-System" gibt es noch eine Steigerung, nämlich das ‚internationale Scouting-System'."

„Ofenloch", sagte Toni.

„Genau", lachte die Sekretärin.

Das war kein Witz. Das internationale Scouting-System von Mainz Null-Fümf war ein Mann mit dem klingenden Namen Senior Emanuel-Jose-Fernando Ofenloch. Ofenloch war so eine Art Mainzer Chefscout für ganz Südamerika. Der Mann sprach zwar ein komisches, aber fließendes Deutsch, weshalb er sich darauf spezialisiert hatte, Spieler nach Österreich, in die Schweiz und in die Bundesrepublik zu exportieren.

„Den Artist wollt isch doch anrufe!", sagte Toni ärgerlich und griff zum Telefon. Es gab acht Telefonnummern, unter denen der Gauner unregelmäßig zu erreichen war. Toni klingelte vier Nummer an, bis er durchkam. In der Winterpause wollten Toni und Brezelmüller nämlich eine Woche nach Brasilien in Urlaub fliegen und mit einem sensationellen Spieler zurückkommen, um sich als Retter des FSV feiern zu lassen.

„Si Toni", sagte Ofenloch. „Kä Probläm!"

Ofenloch sagte immer „Kä Probläm".

Ofenloch war Brasilianer und hatte ein nobles Büro in Rio de Janeiro. Er arbeitete im Exportgeschäft. Ofenloch verkaufte Fußballer. Fußballer waren einer der wichtigsten Exportartikel Brasiliens. Jedes Jahr wurden über 800 Kicker von Brasilien nach irgendwo exportiert, die meisten davon nach Europa. Das waren fast 40 komplette Mannschaften. Der Grund dafür war einfach.

Abermillionen Brasilianer lebten in Armut, Dreck und Drogengewalt. Jungs hausten in den Favellas, spielten Fußball zwischen Blechhütten und hatten nur zwei Vorbilder. Erstens den älteren Bruder, der als Drogendealer arbeitete, bis er von einem anderen Dealer oder von einem Polizisten erschossen wurde. Zweitens, den Cousin, der als Profifußballer bei einem europäischen Zweitligisten spielte und regelmäßig Geld nach Hause schickte. Ein Fußballer, der in Europa einen Vertrag bekam, war für eine arme brasilianische Großfamilie wie ein Lottogewinn: Essen, Klamotten, Fernseher, Handys, medizinische Versorgung, ...

„Sischer", sagte Ofenloch zu Toni. „Komm äfach in zwää Woche, unn dann mache mir Näschel mit Köpp."

Toni rief ins Telefon: „Ofeloch! Isch verlaß misch uff Disch!"

„Alles kä Problem", sagte Ofenloch und legte auf.

„Wieso babbelt der Ofeloch so komisch?", fragte Toni. „Der kann ja genau so schlescht Hochdeutsch wie isch?"

„Weil er der Enkel eines Mackenbacher Musikers ist", sagte die Sekretärin. „Die Mackenbacher Musiker waren arme pfälzische Kleinbauern, die sich im 19. Jahrhundert als Musiker ein Zubrot verdienten. Frühmorgens misteten sie den Stall aus, melkten die magere Kuh, die sie besaßen und liefen dann hungrig 30 Kilometer zu Fuß in ein anderes Dorf, um dort auf der „Kerwe“ Musik zu machen. Als Lohn bekamen sie etwas Geld, durften sich sattessen und vollsaufen. Die Musik spielte immer solange, wie die Leute friedlich dafür bezahlten und dazu tanzten. Sobald aber, zum Beispiel regelmäßig in „Baalborn“, die übliche Massenschlägerei anfing, packten die Mackenbacher Musiker ihre kostbaren Instrumente ein und gingen. Dann wankten sie wieder 30 Kilometer zu Fuß zurück, standen früh auf und schufteten auf ihren mageren Äckern, wo viele Steine und wenig „Grumbeere“ wuchsen. Jedenfalls war es in diesen Familien normal, dass Kinder nicht nur holzhacken und zackern, sondern auch Geige und Trompete spielen konnten. Das war wichtiger als Lesen und Schreiben zu lernen.

So zogen sie über die Dörfer, und so zogen sie bald nicht nur durch die ganze Pfalz, sondern durch ganz Deutschland. Die Eisenbahn machte es möglich. In der ersten Hälfte des 20. Jahrhunderts machten die Mackenbacher aus der Not eine Tugend und gingen auf große Tournee nach Übersee. Damals war Deutschland ein Auswandererland. Deshalb spielten die Mackenbacher überall, wo deutsche Auswanderer lebten. Sie spielten in Australien, Chile, Pennsylvenia, Argentinien, Brasilien. Und wenn sie zurück in die Pfalz kamen, dann hatten sie Geld mitgebracht, um daheim ihre Großfamilie zu unterstützen.

Ofenlochs Großvater hatte selten Geld mitgebracht, wenn er von der „Musick“ nach Hause kam, aber oft ein blaues Auge. Er war ein Halodri, der überall Ärger mit den dörflichen Platzhirschen bekam. Außerdem spielte er gerne Karten und klopfte große Sprüche, wenn er getrunken hatte. So machte er sich in der ganzen Pfalz unbeliebt.

Deshalb ging er lieber auf die große Tournee nach Übersee. Etwa das halbe Jahr lang war er weg, und wenn er zurück in die kleine Pfalz kam, dann saß er am liebsten in der Kneipe und klopfte große Sprüche, derweil seine Frau die Kuh melken und den steinigen Acker zackern musste.

Irgendwann kam er gar nicht mehr zurück, und wenn er zurückgekommen wäre, dann hätten ihn seine Musikerkollegen totgeschlagen. Das Mackenbacher Orchester hatte nämlich in Argentinien gespielt und war mit leeren Händen in die Pfalz zurückgekommen. Ofenloch hatte die gesamte Kasse des Orchesters geklaut.

Was war passiert? Ofenloch hatte sich in ein Mädchen verliebt, das in einem argentinischen Bordell arbeitete. Er konnte gut Schifferklavier spielen und sie konnte gut singen. Es war eine richtige große Liebe. Aber der deutschstämmige Bordellchef hatte für so eine Romanze gar kein Verständnis. Er wollte Geld für sein Pferdchen. Ofenloch bot ihm ein Spiel an. Ofenloch verlor. Um seine Schulden zu bezahlen und seine Liebste zu befreien, klaute Ofenloch die Kasse des Orchesters und spielte noch einmal mit dem Bordellchef. Ofenloch verlor wieder. Der Bordellchef grinste. Ofenloch war verzweifelt.

Jetzt war alles am Arsch. Seine Liebste musste immer noch im Puff arbeiten. Er hatte Schulden beim Bordellchef. Er hatte das Geld des Orchesters verspielt. Die Pfälzer würden ihn teeren, federn, totschlagen, auf sein Grab spucken. Ofenloch malte sich aus, dass er den Rest seines Lebens als Puffmusiker arbeiten musste, weil er dem Bordellchef eine riesige Summe schuldete.

Der Bordellchef lachte. Da drehte Ofenloch durch. Er spielte ja nicht nur Schifferklavier, sondern auch Tuba. Bei den Mackenbacher Musikern kamen solche abartigen Kombinationen vor. Als der Bordellchef auf's Pissoir ging, schlug ihm Ofenloch von hinten zwanzigmal mit der Tuba auf den Kopf, bis die Tuba völlig zerbeult und der Schädel des Bordellchefs mehrmals zerbrochen war. Anschließend schnappte Ofenloch seine Liebste und sein Schifferklavier. Zu dritt schlugen sie sich als Tangomusiker durch Argentinien, bis ihnen der Boden so heiß wurde, dass sie sich nach Brasilien absetzten. Das war so ungefähr im Jahr 1927. Damals war Ofenloch 26 Jahre alt.

Zeitlebens spielte er in schlechten Kneipen und seine Frau sang dazu. Weil sie ihm zwar nicht das saufen, aber das Spielen abgewöhnte, konnten beide ihrer Tochter eine solide Ausbildung als klassische Musikerin bezahlen. Und deren Sohn, also unser Ofenloch, verkauft brasilianische Fußballer nach Deutschland. Am liebsten nach Kaiserslautern oder Mainz, weil er von seinem Opa den Dialekt gelernt hat."

„Woher weeste dann dess alles?", fragte Toni baff.

„Weil Ofenloch letztes Jahr hier in Mainz war und im Suff die ganze Familiengeschichte erzählt hat."

„Ahso", sinnierte Toni und freute sich schon darauf, diesen Ofenloch kennenzulernen. Irgendwie war ihm dieser brasilianisch-pfälzische Gauner sympathischer als der schwarze Abt, mit dem er jeden Tag wegen Michi Raffzahn telefonieren musste. Ein ekelhafter Kerl. Er erpresste den FSV mit dem Hinweis, dass Eintracht Frankfurt angeblich über eine Million Euro Gehalt für Michi Raffzahn bot. Über eine Million! Auf Anraten der Sekretärin war Toni bis über die Schmerzgrenze gegangen, um Michi in Mainz zu halten. Aber wie sollte der FSV bei diesem Angebot mithalten?

Genau in diesem Moment platzte der Mainzer Spieler Nummer 26 aufgeregt in Tonis Büro und krähte: „Mänätscher! Michi Raffzahn will für 1,8 Millionen nach Kaiserslautern gehen!"

„Bist Du depp?", fragte Toni fassungslos.

Michi und der schwarze Abt: „40 Prozent mehr ist mir zu wenig. Ich will mindestens ein Drittel!“

Wo bleibt denn der Depp?, fragte sich der Spielerberater Glaus Kerster und sah auf die Uhr. *Wahrscheinlich steht der Idiot stundenlang vorm Spiegel und fönt sich die Haare*, dachte Kerster und bestellte schon mal seine Vorspeise.

Der Idiot hieß Michi Raffzahn und fönte sich nach dem Training ewig lang die Haare. Als er endlich fertig gefönt hatte, fiel ihm auf, dass er etwas wichtiges vergessen hatte.

„Scheiße! Mein Haargel!“, fluchte Michi und raste mit dem Auto nach Hause, anstatt direkt ins Restaurant zu fahren, um seinen Berater zu treffen. Zuhause gab es Stress mit Sandra. Sandra war sauer, weil sie nicht rechtzeitig zu ihrem Casting-Training-Kurs kam, weil sie einen neuen Kleiderschrank bestellt hatte, der aber nicht pünktlich aufgebaut werden konnte.

„Das ist doch total proll!“, tobte Sandra, als die Möbelpacker immer noch an dem potthässlichen Designer-Schrank herumschraubten, weil Teile fehlten.

„Ich geh jetzt!“, sagte Michi, nachdem er sich ausgiebig Gel in die Haare geschmiert hatte.

„Soll ich nachkommen“, fragte Sandra, „wenn mein Casting-Training vorbei ist?“

„Nein!“, entschied Michi. „Das ist eine Sache unter Männern!“ Sprachs, setzte sich in sein Protzauto und fuhr zu seinem Berater. Als er ins Restaurant stiefelte, mampfte Kerster schon seinen Nachtisch. Er war extra nach Mainz gekommen, um Michi zu treffen.

„Ging nicht schneller“, nuschelte Raffzahn und lümmelte sich mit verschränkten Armen an den Tisch.

Der Spielerberater spürte sofort, dass hier etwas faul war. *Der Depp wird aufmüpfig*, dachte Kerster ruhig und löffelte seinen Pudding. Kerster war ein alter Hase im Geschäft. Seit über 20 Jahren als Spielerberater tätig, hatte er eine breite Spur der Verwüstung durch die Bundesliga gezogen. Kerster hatte die Ausstrahlung eines Schurken aus einem alten Edgar-Wallace-Krimi. Deshalb nannte man ihn „den schwarzen Abt“. Er war bundesweit berühmt geworden, weil er den Frankfurter Nationalspieler Mandy Öller managte. Öller spielte in Frankfurt, Dortmund, Schalke und Italien. Bei jedem Wechsel hatte sich der schwarze Abt dumm und dusselig verdient. Gefragt, ob er lieber bei Real Madrid oder Inter Mailand spielen wolle, sagte Öller: „Mailand oder Madrid. Hauptsache Italien.“

Öller war ein Volltreffer gewesen, der Traum jedes Spielerberaters. Solche Volltreffer gab es selten. Die Realität aller Spielerberater waren Michi Raffzahns. Kersters Spezialität war es, Spieler, die in kleinen Vereinen groß auftrumpften, an große Vereine zu verkaufen, damit sie dort auf der Ersatzbank versauerten. Wenn sie dann herumstänkerten, kassierte Kerster wieder Vermittlungsprovision, um sie bei einem kleinen Verein unterzubringen. Dieses Spiel beherrschte Kerster aus dem Eff-Eff. Und dieses Spiel hatte er auch mit Michi Raffzahn vor.

„Ich hab keinen Hunger!“, sagte Michi bockig und bestellte sich eine Cola. „Komm zum Geschäft!“

Kerster legte das Nachtischbesteck neben seine ständig klingelnden Handys und kam zur Sache: „Ich bin mit dem neuen FSV-Manager, diesem wildgewordenen Metzger, in Kontakt.“

„Und?“, fragte Michi cool.

„Die Nullfümfer bieten Dir einen Zweijahresvertrag mit 40 Prozent mehr Gehalt und ...“

„40 Prozent ist mir zuwenig!“, blaffte Michi. „Ich will mindestens ein Drittel!“

Du bist so dumm wie Bohnenstroh, dachte Kerster und redete weiter. „Da sind wir auf der sicheren Seite. Und im Abstiegsfall bieten Dir die Fassenachter was ganz besonderes an. Du wärst der bestbezahlte Zweitligaspieler Deutschlands.“

„Mainz ist ein Popelverein“, behauptete Michi. „Ich halt seit Jahren die Knochen für die Nullfümfer hin, werd vom Manager blöd angemacht und spiele gegen den Abstieg! In einem Top-Klub wär ich schon längst Nationalspieler!“

„Das wissen wir beide“, log der schwarze Abt. „Eintracht Frankfurt bietet Dir 1,2 Millionen. Netto!“

„Die Eintracht!“, schnaubte Michi und stellte sich den FCK in der Champions Legue vor. 50 000 fanatische Zuschauer, der Betze tobt, die Westkurve brennt, Fünf zu Eins gegen Barcelona gewonnen. Anschließend mit dem weißen Ferrari durch Lautern fahren und überall kreischen pfälzische Mädels: „Mischi, isch will ä Kind vun der!“

„Michi!“, riss der Schwarze Abt seinen Spieler aus den Träumen. „Die Eintracht bietet Dir 1,2 Millionen!“

„Ich bin 1,8 Millionen wert!“, sagte Michi empört, stand auf und verließ das Lokal.

„Ist der Depp jetzt völlig bescheuert?“, fragte sich Kerster laut und bestellte noch einen Grappa. Irgend jemand musste diesem Idioten einen Floh ins Ohr gesetzt haben. Aber wer? Michi war zwar größenwahnsinnig, aber zu blöd, um sich so eine Zahl auszudenken. *Irgend jemand*, folgerte Kerster, *muss Michi manipuliert haben. Aber wer?* Sicher war nur, dass es weltweit keinen Fußballverein gab, der einem Michi 1,8 Millionen bezahlte.

Michi fuhr zu Mac Donald, weil er Hunger hatte. Eigentlich aß er viel lieber hier, als beim In-Italiener. Die Speisekarte war einfacher. Beim Mampfen grübelte er vor sich hin. *Wenn ich in Mainz bleibe,* dachte er, *spiele ich nächstes Jahr wahrscheinlich Zweite Liga. In Frankfurt spiele ich Erste Liga für 1,2 Mio. Aber beim FCK kann ich ...*

Je länger Michi darüber nachdachte, desto mehr war er der Überzeugung, dass das Lautrer Angebot echt war. Sonst würde doch der FCK-Trainer nicht dauernd bei ihm anrufen, oder? Und ihn einladen. Mit Sandra. Und der russische Investor vom FCK wollte auch kommen.

„Dem Idiot dreh isch de Krotze rum!!“,

brüllte FSV-Mänätscher Fleischworschttoni und zertrümmerte vor Wut den Aschenbescher an der Wand. Er meinte Michi Raffzahn. „Isch reiß mir hier de Arsch uff, de Eff-Ess-Vau schteht vorm Abgrund unn dess Arschloch verhandelt mit Lautern! Ausgereschnet mit de Betzebittel! Dess iss Verrat!“

Toni war so wütend, dass er seinen Schreibtisch umwarf und sich mit dem Präsidenten zum Essen traf.

„Wie immer?“, fragte der Restaurant - Chef grinsend.

„Wie immer!“, sagte Toni und ließ sich krachend auf den unbequem engen Stuhl fallen.

Wie immer befahl der Chef für „Seniore Toni“ ein Bier anzuzapfen und gab ein riesiges Rinderhüftsteak in Auftrag.

„Abber guud dorsch!“, befahl Toni drohend.

Brezelmüller ließ sich wie immer etwas zu essen empfehlen und bestellte zum Saufen einfach den teuersten Wein, der auf der Karte stand. Wenn Fleischworschttoni und Brezelmüller fressen gingen, dann gingen sie am liebsten dahin, wo sie schon immer hingingen. Sie gingen in die Augustinergasse zum Mainzer In-Italiener.

„Isch hab dess so satt!“, maulte der neue Manager des FSV.

„Was hast Du satt?“, fragte Präsident Brezelmüller und grüßte huldvoll die Gäste im Lokal.

„Fußballer!“, sagte Toni angewidert. „Isch hab die Fußballer satt bis obbe! Isch kann die kinnische, geschniegelde, parfümierte, uffgebretzelte Borsche nit mehr sehe! Die ganze Affe mit ihre Goldkettscher! Mit ihre Umhängedäschjer vun Gutschi! Mit ihre scheiß Audos! Mit ihre bleede Mode-Tatus. Mit ihre Mode-Frisure! Mit ihre drei Pund Gel in de Haar! Mit ihre ...“

„Sehr lecker“, lobte Brezelmüller die Vorspeise, derweil Toni noch ein Bier trank, statt Vorspeise zu essen.

„Da bin ich ja froh, dass ich nur Präsident bin“, sagte Präsi Brezelmüller, schnallte den Gürtel weiter und freute sich auf die Hauptspeise.

„Abber noch schlimmer als wie Fußballer sinn die Schpielerfraue!“, zischte Toni wütend und trank in einem Zug Brezelmüllers Rotwein aus, weil der Kellner mit dem Bierzapfen nicht mehr nachkam. „Hab isch der schon erzählt, daß de Mischi Raffzahn, der Depp, neulisch Sonderurlaub wollt, weil sich soi Alt die Schweißdrüse unner de Achsele hot wegmache losse?“

„Nicht zu fassen“, sagte Brezelmüller ungläubig. Dabei musste er lachen. Als er mit dieser Sandra zufällig im Aufzug hochgefahren war, musste er die Luft anhalten, weil sie schlimmer stank als die ganze Parfümerie „Cara“ in der Ludwigstraße.

„Wozu lässt die sich die Schweißdrüsen entfernen? Die hat doch alle Drüsen mit Parfüm und Deo betondicht versiegelt.“

„Weil dess grad in iss!“, zischte Toni wütend. „Alle Schpielerfraue lasse sisch grad die Schweißdrüse entferne! Dess iss fer die Schnecke ganz wischdisch! Schweißdrüseentfernung iss fer Schpielerfraue genau so wischdisch wie Brustvergrößerung, Naseverkleinerung, Intimtätu, Sonneschtudio, Intimrasur unn wasswääsischfernscheißdreck!“

„Ist das so?“, fragte Brezelmüller verwundert.

„Jaaa!“, zischte Toni empört durch das Restaurant. „Isch wääß dess, weil isch nit nur de Aff fer 24 beknackte Lizenzschpieler, sondern aach noch fer dene ihre Tussis mache muss! Unn dess umsonst! Ehrenamtlisch. Wenn isch do dran denk, kennt isch grad kotze! Ganz ehrlisch Brezelmiller: Die bleede Fußballer unn ihr bleede Tussis, die reesche misch so uff, daß isch schunn seit zwää Woche nit mehr geberscht hab!“

Toni sah richtig leidend aus. Schließlich galt er als führender Vertreter der Meenzer Fleischworschterotik. „Seit zwee Woche!“, jammerte Toni kopfschüttelnd. „Die gehe mir so uffs Arschloch, daß isch seit zwää Woche nit mehr gekachelt hab!“

„Reg dich nicht auf“, sagte der Präsident mitfühlend.

„Wenn dess so ääfach wär!“, grunzte Toni wütend und hielt sein Bierglas hoch. „Unn jetzt kommt es beste!“

„Was denn noch?“

„Unser Subberschtar Mischi Raffzahn verhanneld heimlisch mit em Betze!“

„Das ist doch Quatsch! Der FCK kann noch nicht mal das Gehalt vom Platzwart bezahlen. Wie wollen die einen Michi Raffzahn bezahlen?“

„Dess verschteh isch aach nit!“, grummelte Toni. „Vielleicht wolle die Betzebittel den Raffzahn bloß gaga mache, damit er beim FSV scheiße schpielt unn rumschtänkert.“

„Das wäre ja Wettbewerbsverzerrung!“, empörte sich der Präsident und fragte: „Wieviel verdient Raffzahn bei uns?“

„Isch hab dem Aff 700 000 Euro fer'n Zweijahresvertraach gebote.“

„Das sind ja 58333 Euro im Monat!“, wunderte sich der Präsident.

„Merkste wass?!“

Brezelmüller schüttelte ungläubig den dicken Kopf. Das ganze Fußballgeschäft war ein einziger Schwachsinn. „Wieviele ernsthafte Spiele müssen unsere Fußballer im Jahr absolvieren?“

„Wenn's hochkommt verzisch, weil ...“, murrte der Manager.

Brezelmüller staunte. Wenn ein Mainzer Spieler von Verletzungen verschont blieb, dann hatte er höchstens 40 wichtige Spiele im Jahr. 34 Ligaspiele, der Rest waren ernsthafte Freundschaftsspiele und DFB-Pokal. Das war aber sehr hochgegriffen. Spieler waren oft verletzt, saßen wegen Formschwäche auf der Ersatzbank und der FSV flog meistens schnell aus dem Pokal. Wenn ein Spieler gut war und kein Verletzungspech hatte, dann spielte er im Jahr 30 Mal für den Verein, der ihn bezahlte.

„Wieviele Stunden arbeitet ein Spieler pro Woche?“

Toni erklärte: „Die Schpieler habbe fümfmal in de Woch zwää Schtund Träning, einmal müsse se 90 Minudde schpiele unn emol die Woch habbe se träningsfrei, weil se forschtbar übberlast sinn. Manschmal müsse se aach zweemol in de Woch schpiele und dann jammern se all, weil dess füsisch unn mendal übber alle Schmerzgrenze geht. Saache se jedenfalls."

„Unglaublich!", sagte Brezelmüller. „Du willst mir also sagen, dass Fußballer in der Woche nur 10 Stunden Training und höchstens ein Spiel haben. Das sind ja noch nicht einmal 12 Stunden Arbeit in der Woche?"

„Merkste wass?!", knodderte Toni. „Außerdem habbe die Borsch aach noch bezahlde Urlaub!"

Brezelmüller rechnete großzügig zugunsten des Spielers. Das Jahr hatte 52 Wochen. Urlaub, Verletzungspausen und Formschwäche abgerechnet, musste ein Spieler 40 Mal im Jahr fast 12 Stunden pro Woche arbeiten. Also hatte er ein 480-Stunden-Jahr. 480 Stunden Arbeit im Jahr!

Brezelmüller rechnete weiter. Wenn man die 12-Stunden–Woche des Fußballers auf's ganze Jahr umrechnete, dann arbeitete er nur noch 9,2 Stunden pro Woche, weil 480 Jahresarbeitsstunden geteilt durch 52 genau 9,2 Arbeitsstunden pro Woche ergaben.

„Saach isch doch!", blökte Toni durch das Restaurant und trank sein Bier in einem Zug leer. „Fußballer sinn alles Abzocker!"

„Halt mal das Maul, ich muss rechnen", stöhnte Brezelmüller, weil er mit einem Liter Rotwein im Kopf versuchte, den Wochenlohn eines Profifußballers auszurechnen. Normalerweise hatte Brezelmüller immer die Rechenmaschine „im Kopp". Aber weil ihm die Zahlen so unglaubwürdig vorkamen, deshalb benutzte er sicherheitshalber die Taschenrechnerfunktion seines Handys. „Ein Monat hat vier Komma zwei Wochen", sagte Brezelmüller todernst.

„Unn weider?", fragte Toni

„Unfassbar", sagte Brezelmüller. 58333 Euro geteilt durch 4,2 ergab ein Wochengehalt von 13888 Euro.

„Will isch gar nit wisse!“, sagte Toni blutrünstig. „Sunst bring isch den Kerl um!“

„Jetzt kommt das Beste“, staunte Brezelmüller. „Jetzt rechne ich den Stundenlohn aus.“

„Her uff!“, flehte Toni.

Brezelmüller rechnete den Wochenlohn geteilt durch Wochenarbeitsstunden, also 13888 geteilt durch 9,2.

„Wieviel?“, fragte Toni gequält.

„Hähä“, sagte Brezelmüller und hielt das Display vor Tonis Gesicht. „Mit dem neuen Vertrag würde Michi Raffzahn beim FSV genau 1509,56 Euro pro Stunde verdienen.“

„Abber der Aff will noch mehr!“, zischte Toni wütend. Da klingelte sein Handy. Ofenloch war am Apparat. Toni rannte mit dem Handy auf die Toilette. Erstens, damit er ungestört Zahlen ins Handy kreischen konnte und zweitens, weil er pinkeln musste. Mit der linken Hand hielt er den Schniedelwutz, mit der rechten Hand hielt er sein Handy ans Ohr und brüllte Zahlen hinein. Aber da riss die Verbindung ab.

„Dann leck misch am Arsch“, sagte Toni, legte auf und steckte das Handy weg, damit er in Ruhe pinkeln konnte. Gerade als er mit der linken Hand den Hosenbund hochhob, um mit der rechten Hand den Reißverschluß hochzuziehen, da klingelte das Handy schon wieder.

„Do bin isch widder“ , sagte Ofenloch.

„Moment emol!“, blökte Toni genervt in das Handy, das er jetzt mit der linken Hand hielt, weil er gleichzeitig mit der rechten Hand ruckartig den Reißverschluß seiner Hose hochzog. Dann fühlte er nur noch rasenden Schmerz. Er hatte vergessen, den Penis zurück in die Unterhose zu legen, bevor er den Reißverschluss hochzog.

„Uuuaaahhh!“, brüllte Toni ins Handy, weil sich die Vorhaut im Reißverschluß verklemmt hatte. Es tat höllisch weh.

„Alles in Ordnung?“, fragte Ofenloch besorgt durch das Telefon, bekam aber keine Antwort.

Toni hatte sein Handy vor Wut gegen die Wand geknallt und hüpfte vor Schmerz wie Rumpelstilzchen durch die Toilette.

„Aua!“, brüllte der Manager von Mainz Null Fümf. „Noch nit emal beim Pisse hot mer hier soi Ruh! Uaahhh! Scheiß Fußballer!“

Schließlich hinkte er zum Waschbecken und schmierte mit schmerzverzerrtem Gesicht seine Nudel mit Waschseife ein. Dann zählte er leise „eens, zwee, drei!“, und robbte den Reißverschluß hoch, damit die eingeklemmte Penishaut freikam.

„Aaahhh!“, zischte Toni, als der Schmerz langsam nachließ. Dann suchte er wütend die zertrümmerten Reste seines Handys zusammen und versuchte Ofenloch zurückzurufen. Aber das Handy war kaputt. Deshalb ging er wieder zum Waschbecken und ließ kaltes Wasser über seine Nudel laufen.

„Scheiß Händies“, maulte Toni, als er wieder an den Tisch kam. „Alles Scheißdreck. Habbe dausend Funktione, wo de nit brauchst! Abber wenn de beim brunze dellefoniere musst, klemmste Dir de Bibbes oi!“

„Also was machen wir jetzt mit Raffzahn?“

„Den mach isch ferdisch!“, drohte Toni mordlüstern. „Wenn der Depp midde im Abschtiegskampf mit Lautern verhannelt, dann werrn alle Nullfümfer-Fäns sauer.“

„Noch wissen wir nicht, ob er wirklich mit Lautern verhandelt. Deshalb schlage ich vor, dass wir einen Privatdetektiv auf Raffzahn ansetzen.“

„Guudie Idee. An wen denkste dann?“

„Privatdetektiv Karl Napp“, lachte Brezelmüller. „Der beste von ganz Mainz.“

„Der Hutsimpel iss doch so dabbisch wie ä Schtick Brot!“

„Na und? Blöder als unsere Fußballer ist er auch nicht.“

„Schtimmt aach widder“, meinte Toni und rief: „Ejh! Wo bleibt dann moi Pils?!“

Detektivbüro Napp und Dickmilch. Spezialgebiet: eheliche Untreue und Fußballerbeschattung.

Detektivgehilfe Franky war schwer genervt. Und zwar von seinen beiden Chefs. Frühaufsteher Herbert Dickmilch lungerte seit acht Uhr im Büro herum, zusammen mit seinem widerlichen Dackel Rudi. Seitdem verpestete Herbert mit seinen Stumpen die Luft und schimpfte wie ein Rohrspatz über den FCK.

„Frängie!", sagte Herbert wütend. „Host Du dess Schpiel gesehe! Host Du gesehe, wass de FCK widder fer ä Scheiße zusammeschpielt hot?! Host Du dess gesehe?! Sowas hoste noch nit gesehe! Isch habs abber gesehe! Es war nämlich so, wie ..."

Ich kann es nicht mehr hören, dachte Franky genervt, als ihm Herbert Dickmilch zum zweiundzwanzigsten Mal schilderte, wie der Lautrer Stürmer aus zwei Meter Entfernung freistehend den Ball über das gegnerische Tor gedroschen hatte. *Bitte nicht!,* dachte Franky.

Aber wieder stand Herbert auf, nahm den gelben Big-Deal-Fußball und schoss ihn mit voller Wucht gegen die zwei Meter entfernte Bürotür, was Dackel Rudi wieder zum Anlaß nahm, um sich kläffend auf den Ball zu stürzen.

„Rummms!", donnerte der Ball gegen die Tür und „Jaul!!" stürzte sich der bescheuerte Dackel auf den Ball, überschlug sich und knallte mit dem blöden Dackelschädel gegen das Tischbein.

„Aus zwää Meder vorbeischieße!!", brüllte Herbert Dickmilch durch das Büro. „Aus zwää Meder! Sogar isch treff aus zwää Meder! Obwohl die scheiß Bürrodir viel klääner iss, als wie dess verschissene Fußballdoor!"

Ich brauch einen anderen Job, dachte Franky verzweifelt, aber es kam noch schlimmer.

Um 10 Uhr tauchte Karl Napp auf. Seine Frau hatte ihn aus der Wohnung geworfen und in den Keller auf die Arbeit geschickt. Karls Detektivbüro war nämlich in seiner ehemaligen Kellerbar.

Seitdem verpestete Karl die Luft im Büro mit seiner Fahne und babbelte wirres Zeug. Er war immer noch besoffen, weil er gewaltig Restalkohol hatte. Und er schimpfte über den FSV, weil der gestern wieder saumäßig gespielt hatte. Jetzt tobten zwei Verrückte im Büro herum und steigerten sich gegenseitig in den Fußballwahnsinn.

„Isch geb moi Betze-Dauerkart zurick!“, plärrte Dickmilch.

„Isch geh nimmer nuff!“, tobte Karl Napp.

Ich halt das nicht mehr aus, dachte Franky, aber es war umsonst.

Es war jeden Montag dasselbe. Jeden Montag krakeelten die beiden Oberdetektive im Büro herum. An Arbeit war nicht zu denken. Jedenfalls nicht, wenn die beiden Hutsimpel über Fußball fachsimpelten. Gegen 12 Uhr 30 war der letzte Bundesligaspieltag endlich abgehakt. Prompt bekamen Karl und Herbert Streit.

„Mit Dir kann mer sisch übberhaupt nit sachlisch übber Fußball underhalde!“, brüllte Karl Napp.

„Weil de kä Ahnung hast!“, schrie Herbert.

„Betzebittel!“, plärrte Karl durch das Büro.

„Wau!Wau!“, bellte Dackel Rudi.

Jetzt geht das wieder los!, dachte Franky genervt. Es war immer dasselbe.

Wie alle älteren Mainzer hatte auch Karl Napp jahrzehntelang mit Neid und Bewunderung zum großen pfälzischen Traditionsverein geblickt. Und sich geärgert über die Arroganz des großen FCK gegenüber dem kleinen Mainzer Fassenachtsverein.

Allein die Körperhaltung der Lautrer Spieler, wenn sie in Mainz angewidert aus dem Bus stiegen, weil sie im Pokal gegen den FSV spielen mussten, war zum Kotzen. Man sah ihnen an, dass sie nur hierherkamen, um für 90 Minuten ihre Karten beiseitezulegen. Danach stiegen sie wieder in ihren Bus und taten das, was sie immer taten: „Bauersche“ spielen. Das war ein Kartenspiel, ähnlich wie „Skat“, aber einfacher als „Schafskopf“.

Damals beschäftigten sich Profifußballer hauptberuflich mit Kartenspielen, weil es weder Handy noch Playstation gab, um die Zeit sinnlos totzuschlagen. Und wenn ein Mainzer Fußballer wie Franco Foda die Ehre hatte, beim FCK vorzuspielen, dann musste er selbständig mit dem Auto den Weg von Mainz nach Kaiserslautern finden, weil es damals noch keine Navis gab.

„Dess war'n noch Zeide!“, brüllte Herbert Dickmilch. Wie alle alten FCK-Fans tat er immer noch so, als wäre der Fußball in Kaiserslautern erfunden worden.

„Babbel kä Scheiß!“, brüllte der Nullfümfer Karl Napp. „Dess iss doch schon zwanzisch Jahr her! Heit kennt Ihr noch nit emal die Miet fer eier Schtadion zahle!“

„Dess iss bei de Kofack-Arena aach bald soweit!“, plärrte Herbert durch das Kellerbüro und wie immer bellte Dackel Rudi „Wau! Wau! Wau!“.

Und genau in diesem Moment klingelte das Telefon. Franky hob ab und hielt sich ein Ohr zu, um den Anrufer zu verstehen.

„Was ist denn das für ein Radau?“, fragte der Anrufer. „Bin ich im Tierheim gelandet?“

„Nein“, sagte Franky. „Hier ist die ‚Detektei Napp und Dickmilch, Spezialgebiet Eheliche Untreue'. Mit wem spreche ich?“

Beleidigt, dass es in Mainz jemand gab, der ihn nicht an der Stimme erkannte, sagte Brezelmüller: „Hier ist der Präsident vom FSV. Ist der Hutsimpel da?“

Franky: „Karl! Für Dich!“

„Wer issen am Dellefoon?“, fragte Karl Napp.

„Die Mainzer Handkäsmafia!“, flüsterte Franky.

„Guude Brezelmiller“, krähte Karl ins Telefon. „Um was geht's dann?“

„Es geht um Fußball!“, knurrte der Pate und fragte: „Hast Du einen Mitarbeiter, der sich in Kaiserslautern gut auskennt?“

„Ei sischer“, sagte Karl. „Moin Kombanniong Herbert iss doch Betzebittel, der kennt sisch in Lautern genau so gut aus, als wie in Mummerum unn ...“

„Ist das der Dicke mit dem widerlichen Dackel?“, seufzte Brezelmüller ins Telefon.

„Nadierlisch“, plapperte Karl.

„Bring ihn mit und komm zu mir!“, befahl der Pate.

„Wann?“, fragte Karl.

„Jetzt sofort!“, sagte Brezelmüller.

„Abber die Erna hat grad was zu esse gekocht“, maulte Karl. „Es gibt Gulasch mit Kleeß. Dess ess isch doch so gern unn ...“

„Sofort!“, befahl der Pate und legte auf.

„Was fer'n Arschloch!“, zischte Karl. „Noch nit emal in Ruh fresse kann mer hier!“

Karl, Herbert und Rudi dackelten in die Augustinerstraße. Die drei passten ausnehmend gut in dieses Lokal. Karl, klein und dick, Mitte 60, Herbert groß, fett, über 70 mit Manchesterhose und grünem Jägerhut. Und dazu der Dackel. Gleich als sie hereinkamen, musste Herbert seinen Stumpen ausmachen.

„Saftlade!“, knurrte Herbert Dickmilch.

Toni pfiff die beiden an den Tisch.

„Kennt ihr Michi Raffzahn?“, fragte Brezelmüller.

„Ei sischer!“, sagte Karl Napp.

Toni: „Der Depp verhandelt heimlisch mit de Betzebittel!“

„Was fer ä Sau!“, sagte der Nullfümfer Karl Napp ehrlich empört, erfüllt von Wut und Trauer.

Betzefreund Herbert grinste: „Der will vielleischt aach emol bei eme rischdische Traditionsveroi schpiele! Immerhin sinn mir Lautrer vierfacher deitscher Meister unn ...“

„Babbel nit so bleed!“, knurrte Toni.

„Ab jetzt“, befahl der Präsi, „wollen Toni und ich wissen, was der Idiot den ganzen Tag treibt. Wir wollen wissen, wo er hingeht, mit wem er sich trifft, mit wem er wann schläft, was er mit seiner Frau redet. Was seine Frau den ganzen Tag treibt. Einfach alles! Verstanden?“

„Alles rodscher“, sagte Herbert.

Nur Karl sah fragend auf Tonis Teller.

„Iss noch was?“

„Ja“, maulte Karl Napp. „Isch hab Hunger wie Sau. Gibt’s hier aach Gulasch mit Kleeß?“

Es war der bisher größte Auftrag für die Detektei Napp und Dickmilch. Ab sofort war Karl Napp der offizielle Vereinsdetektiv des FSV. Auf Kosten des Vereins kaufte Franky bei einer Frankfurter Spezialfirma umfangreiches Abhörmaterial und installierte den Kram im Spielertrakt der Kofack-Arena. Ab jetzt konnten Toni und Brezelmüller in ihren Büros mithören, was die Spieler in der Kabine quatschten.

„Hast Du gesehen, wie unser Idiot von Präsi ‚Tor‘ geschrien hat, obwohl der Stürmer zehn Meter im Abseits stand?“, fragte Nummer 18.

„Frechheit!“, sagte Brezelmüller. „Den setzen wir auf die Ersatzbank!“

„Der Mänätscher iss doch total proll“, tönte Nummer 24. „Frisst dauernd Fleischkäsebrötchen und kann kein Deutsch!“

„Dir zieh isch die Hammelbää lang!“, schwor Toni.

Genauso einfach war es, Michis Wohnung zu verwanzen. Seine noble Behausung gehörte zu Brezelmüllers Immobilienimperium. Karl holte sich bei der Hausverwaltung den Wohnungsschlüssel. Als Michi im Training und Sandra im Fitness-Center war, verstopfte Karl die Spüle und produzierte ein paar Kurzschlüsse, weil er gelernter Elektriker war. „Korzschluss-Karl“, hatten ihn seine Kollegen genannt, bevor er zur Polizei ging.

Prompt rief Sandra auf der FSV-Geschäftsstelle an und verlangte den Manager persönlich.

„Wird sofort erledischt“, knurrte Toni freundlich.

Als Michi im Training war, klingelten zwei Männer im Blaumann. Franky schleppte einen riesigen Werkzeugkoffer.
„Sind sie der neue Hausmeister?“ , fragte Sandra Karl Napp.
„Nää“, sagte Karl vornehm. „Isch bin de neie Eff-Ess-Vau Fäsilidi-Mänätscher.“
„Was ist das?“, fragte Sandra.
„Ei , dess iss es selbe wie Hausmooster.“
Sandra zeigte dem Facility-Manager die kaputte Spüle.
„Eieiei“, sagte Karl Napp mit Blick auf den verstopften Abfluss. „Dess geht nit ruckzuck. Da muß isch erst zum Köbisch fahre unn Maderial hole!“
„Ich hab wenig Zeit“, sagte Sandra gestresst. Wie jeden Tag hatte Sandra wichtige Termine. Zuerst musste sie ins Fitness-Center, dann mit einer Freundin Kaffee trinken, anschließend in den „Assi-Toaster“, also ins Solarium. Danach traf sie sich mit Michi beim In-Italiener und ...
„Frolleinsche!“, sagte Karl Napp. „Mache sie sisch kään Kopp, mir bringe dess in die Reih. Wenn sie heit Abend müdgeschafft häämkomme, dann iss hier alles in Ordnung. Gell, Schtift!?“
Franky, der Stift, nickte.
Als Sandra in ihrem hypermodernen Fitnessoutfit endlich weg war, öffnete Karl den Kühlschrank. Im Kühlschrank stand nur Scheißdreck. Geschmacksneutrale Diätprodukte mit jetzt noch weniger Fett oder so ein Unfug wie Light-Bier mit Lemon-Geschmack. Dazu gab es Appetitzügler, Diätpillen und makrobiotische Ayurveda-Produkte.
„Zum Kotze“, sagte Karl Napp hungrig. „Fußballer verdiene so viel Geld, habbe abber nix ordentlisches zu fresse im Kühlschrank! Zum saufe gibt’s aach nix, was schmeckt. Noch nit emol en gescheite Riesling!“
Derweil Karl Napp über die Ernährungs- und Trinkgewohnheiten von Fußballpärchen philosophierte, verwanzte Franky die ganze Wohnung. Als er damit fertig war, musste er auch noch Karls Kurzschlüsse und den Abfluss reparieren.

„Frängie, dess war guude Arbeit“, sagte Karl Napp und fuhr zu Erna, um ihr brühwarm vom Kühlschrankinhalt eines Fußballstars zu berichten. Dann teilte er Aufgaben zu: „Herbert! Du iwwerwachst Zielperson A, also de Mischi Raffzahn.“

„Alles rodscher!“, sagte Herbert.

„Frängie! Du iwwerwachst Zielperson B, also em Mischi soi Schneckssche!“

„Und was machst Du?“, fragte Franky.

„Isch koordinier dess alles, weil isch de Scheff bin. Außerdem hab isch kän Führerschoi. Deshalb geh isch jetzt in ‚die Kuchel' ääner saufe!“

Dann ließ sich Karl von Erna Geld geben, setzte sich auf sein „Fahrädsche“ und startete eine Rundreise durch die Mainzer Neustadt. Zuerst fuhr er in „Die Kugel“. Das war eine „Inhaberbetriebene Einraumgaststätte“ in der geraucht wurde, dass es nur so krachte. Karl war Nichtraucher, hasste aber dieses bescheuerte Rauchverbot. Kneipen ohne Rauch! Was kam denn als nächstes? In fünf Jahren Saufverbot? In zehn Jahren Verbot von Hausmacher Leberwurst, weil zu fett?

Außerdem traf man in der „Kuchel“ immer nette Leute. Zum Beispiel den Gerüstbauer, der immer im Blaumann an der Theke stand, Hütchen trank und Diskussionen anzettelte.

„Dess gehert doch verboote!“, sagte der Gerüstbauer.

„Wass dann?“, fragte Karl Napp.

„Ei! Daß Schwule unn Lesbe Kinner adopdiere derfe!“

„Wieso?“

„Ei, weil die Kinner doch gar kä Schanz habbe, normal zu wern!“, tobte der Gerüstbauer.

Karl gab zu denken: „Abber normale Ehepaare habbe doch aach Kinner, die wo schwul odder lesbisch wern?“

Da hörte der Gerüstbauer einen Moment auf zu toben und meinte nachdenklich: „Schtimmt aach widder“.

„Siehste!“, sagte Karl Napp.

„Trotzdem!“, tobte der Gerüstbauer. „Dess geheert doch verboote!“

Da ging die Tür auf und - reichlich angeschickert - kam Schomas Teufele herein. Schomas war guter Laune, machte den Oberkörper frei und fing an, Bodybuilderposen zu machen, weil er schon seit 20 Jahren Gewichte stemmte. Der Gerüstbauer fotografierte ihn mit dem Handy. Das ging solange gut, bis die Wirtin dem Bodybuilder kein Bier mehr gab. Das war mutig. Viele Männer in Mainz hatten einen Mordsrespekt vor Teufele, weil er furchtbar zuschlagen konnte. Die Wirtin nicht. Vor ihr hatte sogar „der verrückte Markus“ Angst. Und irgendwann kam die Frau von Teufele. Widerspruchslos ging er mit ihr nach Hause.

„Dess iss jo wie im Film“, lachte Karl Napp und radelte in die „Droschkenstube“. Von der Droschkenstube gings ins „Kaiser-Willhelm-Eck“. Dort traf er den Exwirt vom „Clou“ und babbelte sich fest. Der Mann war ein großartiger Erzähler. Mit gelungener Mimik und allen Facetten des Mainzer Dialekts gesegnet, erzählte er die wahre Geschichte, wie er 1977, mitten im libanesischen Bürgerkrieg, einen Mercedes auf dem Landweg von Mainz nach Beirut überführt hatte. Danach fuhr Karl ins „Cafe am Hochhaus“, wo Wirtin Erna mit resoluter österreichischer Liebenswürdigkeit regierte und Wirt Volker mit handfestem Mainzer Charme die Gäste im Zaum hielt. Karl war inzischen so voll, dass er nur noch kleine Biere trinken konnte, unterhielt sich aber lange mit dem „Drachenbootfahrer“. Der Drachenbootfahrer war Sozialpädagoge, sah aber gar nicht so aus. Er wog 120 Kilo, trainierte wie ein Ochse Schnellkraftausdauer, drückte 140 Kilo ohne Doping und trank gerne Whisky. Karl trank einen mit, obwohl er keinen Whisky vertrug.

„Karl, Du Peif! Willste nit e bißje Drachebboot fahre?“

„Nä dange“, lallte Karl. „Isch fahr liewer Fahrrädsche. Außerdem muß isch jetzt hääm!“

„Ääner geht noch!“, sagte der Drachenbootfahrer und stellte ihm einen Whisky hin.

Karl würgte den Whisky in sich hinein, bestieg steifbeinig sein Fahrrad und radelte in großen Schlangenlinien nach Hause. Aus unerfindlichen Gründen kam ihm unterwegs eine Eingebung. „Isch war ja gar nit im Rhabanauseck!“

Jetzt noch ins Rhabanuseck zu fahren, war natürlich eine Schnapsidee. Karl tat es trotzdem. Weil sein Fahrrad unkontrolliert Schlangenlinie fuhr, hielt er sich einfach in der Straßenmitte. Das machte er immer so, wenn er in diesem Zustand Fahrrad fuhr, weil es der sicherste Weg war, um nicht dauernd über die Bordsteinkante zu stürzen. Aber plötzlich stand da ein Besoffener in der Straßenmitte. Er schwankte im Stehen, glotzte Richtung Karl und hob die Fäuste in Boxerstellung.

„Mach Platz, Du Depp!“, brüllte Karl.

„Komm doch her, Du Kardoffel!“, schrie der Mann.

„Vollgesoffenes Arschloch!“, lallte Karl und schaffte es irgendwie, um den Kerl herumzufahren.

„Isch haaach der uff die Fratz!“, brüllte der Mann. Und als Karl schon ungefähr zwanzig Meter weiter war, hörte er noch die Drohung: „Dess geht schneller als wie de denkst!“

„Was fer en Aff!“, lachte Karl und sah zurück. Der Besoffene stand immer noch in Kampfstellung auf der Straßenmitte. Und genau in diesem Moment tat es einen Schlag und Karl Napp lag wie ein Käfer auf dem Boden. Er war über den Bordstein geknallt, weil er rückwärts gesehen hatte.

Die Schmerzen und blauen Flecken spürte er erst am nächsten Tag, als er auf dem Sofa wach wurde. Aber da wusste auch schon die halbe Mainzer Neustadt, dass der Privatdetektiv Karl Napp den FSV-Spieler Michi Raffzahn beschattete.

Großer Bahnhof bei Philippo

„Michi?“, fragte Sandra.

„Ja Sandra?“

„Welches Kleid steht mir besser? Das von Dolce und Gabbana oder das von Escada?“

„Dolsche und Gabbanna!“, entschied Michi kurz angebunden, weil er nervös war. Der Lautrer Manager wollte nämlich das Mainzer Fußballtraumpaar abholen.

„Michi?“

„Ja Sandra?“

„Und der Chef von der Modelagentur ist auch dabei?“

„Jaa!“, sagte Michi. „Und dieser russische Investor vom FCK ist auch da. Der will mich persönlich kennenlernen.“

Michi hatte noch nie einen russischen Milliardär gesehen. Und genau in diesem Moment rief sein Berater Glaus Kerster an.

Kerster war sauer: „Michi! Wenn Du ein linkes Ding drehst, um mich um meine Beraterprovision zu bescheissen, dann wirst Du mich kennenlernen. Denk mal drüber nach, was ich alles für Dich getan habe!“

„Ich hab jetzt keine Zeit!“, zischte Michi nervös und legte auf.

„Ich glaub ja immer noch nicht, dass Raffzahn so blöd ist und darauf reinfällt“, zweifelte der FCK- Manager.

„Doch!“, sagte der Lautrer Cheftrainer und zog an seiner Marlboro. „Der iss so bleed!“

„Ganz bestimmt!“, lachte der russische Investor und seine Begleiterin nickte. Auch der Dolmetscher nickte. Der Modelagenturchef behauptete: „Diese Sandra wickel ich um den kleinen Finger.“

Und der eine russische Bodyguard fragte in schönstem pfälzisch: „Soll isch dem Depp uffs Maul haue, wonn er net unnerschreibt?“

Der zweite russische Bodyguard holte sich ein Bier aus der Bordbar, trank es in einem Zug leer, rülpste gewaltig und sagte „Prost! Uff de Betze!“

Der Lautrer Cheftrainer sah interessiert aus dem Autofenster. Ganz Mainz war zugepflastert mit riesigen Plakaten, um die Fans gegen den Abstieg zu mobilisieren. Auf den Plakaten sah man den FSV-Fußballer Raffzahn. Und darunter stand: „Mainz ist mein Traumverein. Wegen den tollen Fans und der Superatmosphäre.“

„Haha“, grinste Bario Masler.

„Noch zwei-hun-dert-Meter“, flötete das Navi.

„Mer sinn do!“, sagte der russische Chauffeur und stoppte die riesige Hummer-Stretch-Limousine vor Raffzahns Haus.

An dem ganzen Fackelzug war nichts echt, ausser dem Lautrer Manager und dem Trainer. Der Rest waren alles große FCK-Fans. Der russische Investor war ein Schauspieler vom Pfalztheater Kaiserslautern. Viktor hieß er und konnte russisch, weil er aus Kasachstan stammte. Sein schwuler Kollege spielte den Modelagenturchef. Ein anderer den Dolmetscher. Die teuren Klamotten, der Schmuck und die protzigen Golduhren waren ausgeliehen. Der Wagen gehörte einem Lautrer Barbesitzer. Der Barbesitzer spielte den Chauffeur. Seine beste Barfrau spielte die Freundin des Investors. Und die beiden russischen Bodyguards waren stadtbekannte Lautrer Ex-Hooligans. Im richtigen Leben hießen sie „Stalin“ und „der Schwede“. Das waren eigentlich zwei nette Kerle. Nur wenn sie schlecht gelaunt waren, dann ging ihnen ganz Kaiserslautern aus dem Weg. Das war auch besser so.

Michi zuckte zusammen, als es klingelte und der Schwede vor ihm stand. „Dawei!“, sagte der pfälzische Schwede, das einzige Wort russisch, das ihm der Schauspieler beigebracht hatte.

Michi durfte sich neben den russischen Investor setzen. Eine große Ehre.

„Er ist extra aus Sankt Petersburg eingeflogen, um Dich kennenzulernen“, sagte der Manager.

Und der Modelagenturchef setzte sich neben Sandra, um sie sofort zuzulabern. Er spielte den Klischeeschwulen, damit Michi keinen Grund zur Eifersucht hatte. Zur Begrüßung gab es Champagner aus der Bordbar.

„Nastrovje! Michail!“, sagte der Investor und hob sein Glas. Dann setzte sich die riesige Karre mit den verspiegelten Scheiben in Bewegung. Alle Passanten und Autofahrer staunten, als der Wagen mit Lautrer Kennzeichen so umständlich durch Mainz kurvte, dass er überall gesehen wurde.

Privatdetektiv Karl Napp staunte am meisten. Er saß auf dem Beifahrersitz von Herberts Opel.

„Dess iss ja wie in eme schleschte Krimi!“, sagte Herbert Dickmilch, steckte sich eine Zigarre an und startete seinen jägergrünen Opel, um dem Hummer zu folgen.

„Du bist aach wie in eme schleschte Krimi!“, maulte Karl. Es war wie immer in Herberts Auto. Erstens stank die Karre penetrant nach schlechten Zigarren und Dackel. Zweitens war Karl nervlich am Ende, weil Herbert immer diesselbe Kassette mit der Volksmusikhitparade hörte und leise mitsang. Drittens war es Dezember und saukalt. Seit Stunden standen sie vor Michis Haus auf der Lauer und froren wie die Schneider. Viertens hatte Karl einen Mordshunger, weil der Dackel seine belegten Brote gefressen hatte.

„Dess macht de Rudi doch nit mit Absischt!“, verteidigte Herbert seinen Dackel. „Dem iss halt langweilisch.“

„Jaja“, sagte Karl genervt. Dackel Rudi war ein Sauvieh. Jedesmal, wenn ein Mensch, ein Hund oder eine Katze am Auto vorbeilief, bellte er wie blöde und lief im Auto Amok. Und aus Langeweile zerfetzte er zwischendurch die Rückbank von Herberts Auto.

„Rudi! Her uff, du Sauvieh!“, brüllte Herbert.

Aber Rudi tobte weiter auf der Rückbank. Wie Schneeflocken flogen Karl Napp speichelwarme Schaumstoffetzen um die Ohren, die der Hund aus der Rückbank herausrobbte.

„Dess iss schun de dridde Rücksitz, den wo er dies Jahr kabuttmacht“ , erläuterte Herbert.

„Guck uff die Gass!“, befahl Karl, weil Herbert dauernd nach hinten sah und mit dem Dackel schimpfte. Deshalb schlingerte er auf der A63 wie besoffen hinter dem Hummer her.

In Kaiserslautern passierte ein Unglück. Ein Passant mit Hund überquerte den Fußgängerstreifen an einer Ampel. Rudi tobte sofort wie blöde. Der Schäferhund des Passanten auch. Er sprang am Wagenfenster hoch und wollte Rudi fressen. Weil Rudi wusste, dass die Scheibe dazwischen war, tobte er noch mehr.

Herbert kurbelte die Scheibe herunter und brüllte den Passanten an: „Dollbohrer! Doi bleeder Hund verkratzt moi Audo!“

Da brüllte der Passant: „Willsche wass, du Arschloch?! Kumm raus!“

Weil die beiden Hunde und die beiden Herrchen einen Riesenlärm machten, wurde die Ampel inzwischen grün. Der Hummer vor ihnen fuhr los. Dann wurde die Ampel gelb, aber Herbert würgte das Auto ab.

„Fahr endlisch!“ , brüllte Karl Napp, als die Ampel rot wurde. Herbert fuhr schimpfend über die rote Ampel, um den Hummer nicht aus den Augen zu verlieren. Deshalb wurden sie prompt von einer Polizeistreife angehalten.

„Sie sinn bei Rot iwwer die Ombel gefahr“ , sagte der Polizist, „unn de Beifahrer iss net ogeschnallt! Dess werd deier.“

„Also dess war so ...“, begann Herbert umständlich und schob alle Schuld auf den Schäferhund. Weil der Polizist flüchtig den FCK-Fan und Expolizisten Dickmilch vom Fritz-Walter-Stadion kannte, kostete die rote Ampel nichts. Aber sein Beifahrer musste 40 Euro bezahlen, weil er nicht angeschnallt war und eine Nullfümferkappe auf dem Kopf hatte.

„Subber!“, maulte Karl. „Isch muss verzisch Euro latze unn unser Überwachungsobjekt iss weg!“

„HalldoiMaul!“, tadelte Herbert. „Isch glaab, isch wääß, wo die sinn.“

Der weiße Hummer stand - bestaunt von Passanten - in der Nähe vom Polizeipräsidium vor dem Restaurant „Philippo“. Das war der In-Italiener von K-Town. Alle wichtigen Lautrer traf man irgendwann hier.

Der dicke Philippo hatte die Tische rechts hinter dem Eingang zu einer großen Tafel zusammengeschoben. Der Lautrer Manager und der Cheftrainer nahmen Michi in die Mitte und bearbeiteten ihn. Der Modelagenturchef quasselte unaufhörlich auf Sandra ein. „Was für eine Ausstrahlung!“ , rief er begeistert, zückte einen Fotoapperat und machte Probeaufnahmen von ihr.

Der russische Investor sagte wenig. Aber wenn er etwas sagte, dann waren alle still, sogar der Modefuzzy. 50 Millionen Euro wollte der Investor in den Betzenberg investieren, übersetzte der Dolmetscher. Für den Anfang.

Der Manager bot Michi „1,8 Millionen netto plus Villa plus Ferrari plus Stammplatzgarantie. Wenn wir den UEFA-Cup erreichen, bekommst Du 2,3 Millionen. Wenn wir Champions-Legue spielen, gibt's drei Millionen. Wenn wir bis ins Halbfinale kommen, gibt's für Dich ...“

Michi schwindelte bei diesen Zahlen. Sandra hatte inzwischen einen Modelvertrag unterschrieben und schwärmte: „Kaiserslautern ist eine voll geile Stadt. Michi! Wir gehen nach Kaiserslautern. Dann können wir auch noch einen Aston Martin kaufen, weil der weiße Ferrari ja umsonst ist. Michael Ballack hat auch einen Aston Martin, glaub ich.“

„Nastrovje, Michail!“, sagte der Investor und hob sein Glas. Michi schwitzte und leistete nur noch hinhaltenden Widerstand.

„Das ist der Vertrag Deines Lebens“ , sagte der Lautrer Cheftrainer Bario Masler und zog an seiner Marlboro. Philippo hatte für seine wichtigen Gäste das Rauchverbot aufgehoben.

„Michi! Unterschreib den Vertrag!“ , zischte Sandra hysterisch, weil sie schon von den Laufstegen in Mailand, Rom und Sankt Petersburg träumte.

Michi wagte einen zaghaften Einwand: „Was ist, wenn der FCK absteigt?“

„Pah“, sagte der Lautrer Manager. „Ein bisschen Risiko ist immer dabei. Dann müssen wir eben eine Saison lang Zweite Liga spielen. Aber das kann Dir egal sein. Deine 1,8 Millionen sind auch in der Zweiten Liga garantiert.“

„Michi unterschreib jetzt!“, schrie Sandra durch das Lokal.
Als Michi den Vorvertrag unterschrieb, fiel ihm noch etwas auf: „Auf dem Vertrag steht nirgends FCK.“

„Logisch“, sagte der Manager. „Dein Gehalt wird ja auch nicht vom FCK, sondern von unserem russischen Investor bezahlt.“

„Nastrovje, Michail!“, rief der Investor.
Auf der Terrasse vorm Lokal standen die beiden Leibwächter Wache und langweilten sich zu Tode. „Der Affezirkus werd mer jetztert zu bleed“, sagte der Schwede zu Stalin. Stalin ging hinein und flüsterte zum FCK-Manager: „Ejh. Drauß schteht ä Audo mit Määnzer Nummerschild. Drin hocke zwää komische Figure mit Dackel. Ääner hot ä Nullfümferkapp uffem Kopp unn fodografiert de Hummer.“

„Das geht ja schneller als ich dachte“, freute sich der FCK-Manager. Als Michi wieder nach Hause gefahren wurde, verließen der Manager und der Trainer das Restaurant durch den Hinterausgang, damit sie von dem Mainzer Meisterdetektiv nicht fotografiert werden konnten.

Für den Auftritt als russische Leibwächter bekamen Stalin und der Schwede je 500 Euro. „Geil“, sagte Stalin. „Fer de Betze konn mer so was jo emol mache.“

„Eio“, stimmte der Schwede zu und lud Stalin ins „Zack-Zack“ ein, um sich zu besaufen.

„Allehopp“, sagte Stalin und ging mit.

„In der Presse wird ja alles so hochsterilisiert."

Michi platzte vor Stolz, den Vertrag seines Lebens abgeschlossen zu haben. Er träumte von der Champions-Legue am Betzenberg, einem weißen Ferrari, einer Karriere in der Nationalmannschaft. Sandra schwebte im Geiste bereits über alle Laufstege dieser Welt. Deshalb fielen beide aus allen Wolken, als sich zwei Tage nach dem Geheimtreffen die Zeitungen mit wüsten Schlagzeilen übertrumpften.

„Geht Michi Raffzahn zum FCK?"

„Geheimtreffen in Lautern! Wechselt Michi schon in der Winterpause an den Betzenberg?"

„Kann der FSV ohne Raffzahn den Abstieg verhindern?"

In Mainz war sofort die Hölle los. Als Michi zum Training fuhr, standen da 500 Fans und brüllten: „Abzocker! Betzebittel! Judas! Verräter!"

Und Reporter stellten aufdringliche Fragen. „Ich habe Vertrag!", nuschelte Michi und flüchtete in die Kabine. Nach dem Training floh Michi nach Hause. Aber auch sein Haus wurde von neugierigen Reportern und wütenden Fans belagert. „Michi, du Verrätersau!", hatte einer an die Hauswand gesprüht. Sandra verprügelte einen Nullfümfer-Fan mit ihrem Handtäschchen.

Auf dem Anrufbeantworter waren übelste Beschimpfungen. Die Mail-Box quoll über mit Drohungen. Michi ließ die Rollladen herunter und verschanzte sich im Haus. Draußen riefen erboste Fans Sprechchöre. Als ein Reporter telefonisch durchkam, behauptete Michi, dass er privat in Kaiserslautern gewesen und an irgendwelchen Wechselgerüchten absolut nichts dran sei. „Wird ja in der Presse alles so hochsterilisiert!", sagte Michi und beschimpfte alle Protestierer als hirnlose Idioten, die mit richtigen Fußballfans nichts zu tun hätten.

Da stand am nächsten Tag in der Zeitung: „Michi Raffzahn beschimpft Mainzer Fans als hirnlose Idioten!"

Das machte alles noch schlimmer. Jetzt hielten die Ultras jeden Tag Mahnwachen vor Michis Haus. Michi musste Polizeischutz beantragen und ließ sich von einem Taxifahrer Lebensmittel bringen. Sandra war fix und fertig. Michi wurde kalkweiß, als ihm der Postbote ein Einschreiben schickte. Der schwarze Abt drohte ihm mit einer Millionenklage, falls Michi gegen seinen Beratervertrag verstoßen hätte. Und der FCK ließ sich verleugnen. Von Reportern gefragt, ob Michi an den Betzenberg kommen würde, sagte der Manager nur: „Michi Raffzahn ist ein interessanter Spieler."

Michi war verzweifelt. Auch in der Mainzer Mannschaft geriet er in die Isolation. Seine Mitspieler warfen ihm vor, mit dem Wechseltheater den FSV im Abstiegskampf zu schwächen. Und plötzlich tauchten überall halbwahre Geschichten auf, die Michi als den Prototyp des dummdreisten Fußballers beschrieben.

Michi rief den Lautrer Manager an und brüllte: „Scheiße! Da hat doch einer bei der Presse gepetzt! Ihr habt mir absolute Geheimhaltung versprochen!"

„Wir haben nicht geredet!", log der Lautrer. „Aber frag mal Deinen Berater oder Deinen Präsidenten, ob sie Privatdetektive engagiert haben."

„Ich halt das nicht mehr aus!!", schrie Michi ins Telefon.

„Da musst Du durch", sagte der Manager ruhig. „Denk dran! Der FCK steht hinter Dir!"

Das letzte FSV-Spiel vor der Winterpause war ein Heimspiel gegen Mitabstiegskonkurrent Cottbus. Michi wollte sich mit Magenproblemen krank melden, aber Fleischworschttoni befahl ihm, aufzulaufen. Es war die Hölle. 25 000 Mainzer Fans brüllten, schrien, pfiffen und tobten, wenn Michi auch nur in die Nähe des Balls kam. Die Ultras entfalteten ein riesiges Transparent, auf dem stand: „Hau ab! Mir wolle kää Betzebittel!"

In der 32. Minute griff sich Michi mit schmerzverzerrtem Gesicht an den Oberschenkel und humpelte zur Trainerbank.

„Trainer, wechsel mich aus!“, flehte Michi. „Ich glaub, ich hab einen Muskelfaserriss!“

Aber bevor der Couch etwas sagen konnte, fing Fleischworschttoni auf der Trainerbank an, wie ein Irrer zu brüllen und jagte Michi wieder aufs Spielfeld. Mainz verlor Eins zu Zwei und ging mit dem 18. Tabellenplatz in die Winterpause. Michi war nervlich völlig am Ende, flüchtete unter Polizeischutz ungeduscht aus dem Stadion und rief den FCK-Manager an. „Ich halt das nicht mehr aus!“, brüllte Michi verzweifelt.

„Da musst du durch“, sagte der FCK-Manager. „Denk an die 1,8 Millionen! Außerdem ist das Theater gar nicht schlecht.“

„Nicht schlecht?!“, brüllte Michi. „Das ist die Hölle!“

„Wenn der Zirkus so weitergeht“, sagte der Manager listig, „dann kaufen wir Dich in der Winterpause aus Deinem Vertrag. Dann kannst du schon in der Rückrunde beim FCK auflaufen.“

„Mach das sofort!“, bettelte Michi.

„Unser Investor“, log der FCK-Manager, „kommt erst wieder in zwei Wochen nach Kaiserslautern. „Fahr einfach über Weihnachten nicht weg. Ich ruf Dich an!“

„Ja gut, sicherlich“, sagte Michi verzweifelt. „Ich bleib über Weihnachten hier.“

„Iss der so bleed“, lachte Cheftrainer Bario Fasler, der das Gespräch mitgehört hatte. Bis jetzt funktionierte alles wunderbar. Michi Raffzahn hatte alle Mainzer Fans gegen sich und spielte wie eine Bratwurst.

Da hatte der Lautrer Manager eine gute Idee, um noch etwas Öl ins Feuer zu gießen. Er rief Michi an: „Michi! Ich habe eben mit dem Investor gesprochen. Wir kaufen Dich schon in der Winterpause. Ganz sicher! Du musst einfach nur nächste Woche im „Flutlischt“ auftreten und Deinen Wechsel nach Kaiserslautern verkünden! Dann bist Du bei den Mainzer Fans ganz untendurch und wir können aktiv werden.“

Im Flutlicht!

Michis Weihnachtsurlaub war eine Katastrophe. Während ganz Fußballdeutschland auf den Malediven oder sonst wo weilte, saß Michi hinter heruntergelassenen Rolladen neben dem Telefon und wartete auf den erlösenden Anruf aus Kaiserslautern. Vor seinem Haus tobten wütende Mainzer Fans und in der Sportpresse las er jeden Tag irgendeine Scheiße über sich. Weil die Sportreporter in der spielfreien Zeit nichts zu berichten hatten, stürzten sie sich mit Wonne auf den Fall. Erboste Nullfümfer überboten sich in Leserbriefen und Internetforen mit Beschimpfungen des „Abzockers Raffzahn".

Michis einzige Hoffnung war die Flucht nach vorne. Deshalb raste er mit Sandra zur Sportsendung „Flutlischt", um seinen Wechsel zum Betzenberg voranzutreiben. Der Moderator hatte die feste Absicht, Michi und Sandra als Inbegriff des strunzdummen Fußballerpärchens vorzuführen. Das war nicht schwer. Michi und Sandra sahen nicht nur aus wie Klischeefiguren von Dolce und Gabbana, sie plapperten auch so.

„Michi", fragte der Moderator. „Fühlen Sie sich von den Mainzer Fans ungerecht behandelt?"

„Ja sicher", faselte Michi. „Ich hab jahrelang für den FSV die Knochen hingehalten und jetzt das. Das ist Mobbing, absolut unter der Gürtellinie."

„Das ist voll proll!", mischte sich Sandra ein.

Moderator: „Sie sprechen von ‚hingehalten haben', also von der Vergangenheit. Aber Sie haben doch einen gültigen Vertrag mit dem FSV bis zum Saisonende?"

„Ja gut sicherlich", plapperte Michi. „Ich habe Vertrag bis zum Ende der Saison. Aber mir geht's auch gar nicht um's Geld, sondern um die sportliche Perstektive."

Bei der Vorstellung einer sportlichen Perspektive in Kaiserslautern musste das Publikum im Studio lachen. Michi bekam einen hochroten Kopf und zischte wütend: „Außerdem bin vom FSV menschlich unheimlich enttäuscht."

Da grölte das Publikum. Sogar der Moderator musste sich beherrschen. „Und wahrscheinlich wollen Sie in Lautern auch eine neue Sprache und eine neue Mentalität kennenlernen?"

Michi verstand den Witz nicht und faselte: „Außerdem hat sich der FCK unheimlich um mich bemüht. Auch um meine Frau. Das hat mir menschlich unheimlich imponiert."

„Genau", plapperte Sandra dazwischen. „Der FSV-Manager ist voll proll!"

Spätestens jetzt kannte das Publikum kein Halten mehr.

„Sandra", fragte der Moderator. „Sie sind von Beruf Model?"

„Ja", sagte Sandra stolz. „Und der FCK bietet mir eine berufliche Perspektive mit einer internationales Modelkarriere in Paris und Mailand und so."

„Eine internationale Modelkarriere in Lautern", wiederholte der Moderator und musste sich dabei auf die Zähne beissen, weil er an Pörrbach und Miesau dachte, statt Paris und Mailand.

Aber Michi setzte noch einen drauf. Um die grölenden Zuschauer zu übertönen, laberte er: „Es war schon immer mein absoluter Traum, beim FCK zu spielen. Wegen den tollen Fans und der super Atmosphäre im WM-Stadion."

Da wälzten sich die Zuschauer vor Lachen auf dem Boden. Der Moderator brach das Interview ab.

Mit diesem Gesabbel hatten sich Michi und Sandra endgültig ins Aus geschossen. Witzbolde stellten den Auftritt bei „youtube" ins Internet. Da lachte ganz Deutschland über Raffzahn.

Michi war kurz davor, durchzudrehen. Weil er sich eh nicht mehr traute, das Haus zu verlassen, bereitete er den Umzug nach Kaiserslautern vor. Er packte Umzugskisten.

Dumm war nur, dass sich weder der Betze-Manager, noch der Cheftrainer bei ihm meldeten. Sie seien in Urlaub gefahren und für niemand zu erreichen, hieß es auf der FCK-Geschäftsstelle.

Wir kaufen einen Brasilianer, oder auch zwei.

„Was macht dann der Aff?“, fragte Toni Karl Napp.

Karl: „De Mischi hockt im Keller unn dreht langsam dorsch.“

„Weiter beobachten!“ befahl Brezelmüller.

„Alles rodscher!“, sagte Herbert.

Aus Michis verwanzter Wohnung und Karl Napps Beobachtungen schloss Toni dreierlei. Erstens machten die Mainzer Fans Michi die Hölle heiß, zweitens war an diesem Lautrer Angebot etwas faul und drittens war Michi mit den Nerven am Ende. Deshalb flogen Fleischworschttoni und Brezelmüller über Weihnachten nach Brasilien.

„Ah“, schwärmte Toni, als er in Rio de Janeiro brasilianischen Boden betrat. „Was fer ä Luft! Samba! Rumba! Lambada! Rum-Cola! Berschte, bis die Worscht platzt!“

Toni war ein alter Brasilienfan. Das hatte er mit den meisten Fußballmanagern gemeinsam. Alle flogen gerne nach Brasilien, um auf Kosten ihres Vereins Geld auszugeben. Erstens um die sexuellen brasilianischen Dienstleistungen zu genießen, zweitens um Fußballer einzukaufen. Das wollten Toni und der Präsi auch. Sie wollten einen Kicker für’s offensive Mittelfeld kaufen, um sich als die Retter vom FSV feiern zu lassen. Diese Vorstellung war natürlich naiv. Wenn die Umstände von Spielertransfers in Europa schon dubios waren, so waren sie in Südamerika vor allem eines: hochkriminell. Denn der Weg nach Europa führte meistens über Spielervermittler wie Ofenloch.

„Wo bleibt dann der Artist?“, fragte Toni, als sie wie bestellt und nicht abgeholt auf dem Flughafen herumsaßen.

„Das muss er sein“, tippte Brezelmüller. Er zeigte auf den Mann, der fröhlich winkend zwei Stunden zu spät kam.

„Do bin isch schunn“, grinste Ofenloch.

Ofenloch sah genau so aus, wie man sich einen brasilianischen Spielervermittler vorstellte. Ein Mann Mitte 50, der ununterbrochen in die acht Handys quasselte, die er ständig bei sich trug. Dazu fuchtelte er pausenlos mit seinen goldgeschmückten Händen und seiner Zigarettenspitze herum. Auf der Oberlippe trug er ein Ganovenbärtchen, auf der Nase eine schwarze Mafia-Sonnenbrille und auf dem Kopf einen weißen Panamahut. Seine ständigen Begleiter waren zwei Leibwächter, vor denen sogar Fleischworschttoni Angst bekam, wenn sie böse kuckten.

Ofenloch führte sie zum Essen aus und zog anschließend mit ihnen durch die Bars, bis sie tot umfielen. Am nächsten Tag das Gleiche. Ofenloch kam zwei Stunden zu spät, ging mit ihnen essen, anschließend zogen sie durch die Bars ...

„Ofeloch!“, schrie Toni gegen den Sambalärm. „Mir sinn geschäftlich hier. Wo issen der Fußballer, fer den mir en Vorkaufsvertraach abgeschlosse habbe?!“

„Kä Problem“, sagte Ofenloch, telefonierte mit einem seiner unzähligen Handys und kurze Zeit später tauchte ein windiger Typ auf, der einen verschüchterten Fußballer namens „Do Silva“ hinter sich herzog. Laut Ofenloch wollte der Typ 250 000 Euro für seine Teilhaberrechte an Do Silva.

„Was issen dess jetzt fern Scheiß?“, tobte Toni fassungslos.

„Dess iss normal in Brasilie“, sagte Ofenloch.

So ging das ungefähr eine Woche lang. Jeden Tag tauchte ein neuer unbekannter „Berater“ von do Silva auf, wedelte mit einem „Contract“ und forderte Geld.

„Gleisch werd isch depp!“, drohte Toni.

Der Fußballer Eduardo Cameron Romario dos Santos, genannt „do Silva” landete mit 14 Jahren im Fußballklub des Mannes, dem die örtliche Sambaschule und das lokale Drogengeschäft gehörte. Mit 16 wurde er beim Pokern an einen anderen Gauner verkauft, um anschließend wie ein Stück Vieh hin und hergeschoben zu werden. Jetzt war do Silva vermutlich 24 Jahre alt, so genau wusste das niemand, und hatte schon so viele Verträge unterschrieben, dass er selbst am wenigsten wusste, wem er eigentlich gehörte. Auf jeden Fall spielte er in der Zweiten brasilianischen Liga für Essen und ein Taschengeld. Der Klub hieß

Fluminense de Monetario und sein einziger Zweck bestand darin, möglichst viele Kicker nach Europa zu verkaufen.

„Ofenloch“, brüllte Brezelmüller. „Wir haben die Faxen dick!“

„Kä Problem“, sagte Ofenloch und zauberte aus dem Stehgreif zwei andere Fußballer aus dem Ärmel.

„Was soll dann dess jetzt?“, fragte Toni entnervt.

„Die koschte zusamme net mehr als wie de Do Silva“, erklärte Ofenloch in seinem brasilianisch-pfälzischen Geschäftsdeutsch.

Nach 10 Tagen waren Toni und Brezelmüller mit den Nerven am Ende. Sie hatten den Mainzer Fans groß angekündigt, eine brasilianische Fußballrakete für die Rückrunde zu kaufen. Jetzt drängte die Zeit. Ofenloch besorgte den beiden Kickern erstklassige Papiere, um sie etwas jünger zu machen und einem von beiden sogar eine deutsche Großmutter anzudichten. Sicherheitshalber nahmen sie die beiden Kicker im Flugzeug gleich mit. In Frankfurt gelandet, besichtigten Toni und der Präsi noch schnell den „Fußballkäfig“.

Jedes Jahr strandeten hier etwa 40 Fußballer aus Afrika und Südamerika. Sie hatten „Beratern“ viel Geld gegeben, um das Ticket zu bezahlen. Hier am Flughafen sollten sie von einem deutschen Profiklub abgeholt werden, der aber nie kam. Jetzt lungerten sie verzweifelt auf dem Flughafen herum: Ohne Geld, ohne Hoffnung, ohne Rückflugticket.

„De nächste Fußballer kaaf isch hier!“, knurrte Toni. „Iss beschtimmt billischer als wie beim Ofeloch.“

Rechtzeitig zum Trainingsauftakt des FSV konnte Toni „zwei gezielte Verstärkungen“ für die Rückrunde präsentieren, die offiziell nur eine Million Ablöse gekostet hatten, was natürlich nur die halbe Wahrheit war. Ein Haufen Geld war schwarz geflossen oder unter anderen Ausgaben verbucht worden.

„Toni“, fragte ein Reporter, „was hältst Du von der neuesten Entwicklung im Fall Michi Raffzahn?“

Raffzahn dreht durch

Als der Lautrer Manager und der Cheftrainer aus dem angeblichen Weihnachtsurlaub zurückkamen, ließen sie die Bombe platzen. Auf einer Pressekonferenz verlasen sie eine offizielle Erklärung: „Weder der Manager noch der Cheftrainer des FCK haben jemals mit dem FSV-Spieler Michi Raffzahn einen Lizenzspielervertrag abgeschlossen oder gar seiner Lebensgefährtin einen Vertrag als Model angeboten. Sollten M. Raffzahn und S. Hausbach weiterhin Gegenteiliges behaupten, sieht sich der FCK gezwungen, juristische Schritte wegen Rufschädigung einzuleiten. Punkt."

„Du Lügner!!", brüllte Michi Raffzahn empört.

„Das ist ja total proll!!", schrie Sandra.

Völlig verwirrt und jenseits von Gut und Böse gaben die beiden Idioten „Schportbild" ein Interview, in dem sie reihum den schwarzen Abt, den FSV-Vorstand, die Mainzer Fans und den FCK-Manager beschimpften. Gesponsort von Fleischworschttoni machte der Reporter Jan Schlau daraus eine große Titelstory: „Michi Raffzahn: Wie dumm und wie geldgierig können Fußballer sein?"

Als Antwort auf diesen Artikel bekam Michi folgende Post per Einschreiben: Eine Klage wegen Beleidigung vom schwarzen Abt. Eine Klage wegen Beleidigung und Rufschädigung vom FCK. Vom FSV eine Geldstrafe wegen vereinsschädigendem Verhalten in Höhe von 100 000 Euro.

Beschattet von Karl Napp raste Michi zu einem Anwalt und zeigte ihm die unterschriebenen Vorverträge mit dem russischen Investor vom FCK. Der Anwalt brauchte ungefähr eine halbe Stunde, um festzustellen, dass weder ein russischer Staatsbürger mit diesem Namen existierte, noch seine dubiose Firma. Und genauso wenig gab es die besagte Modelagentur.

„Um es einfach zu sagen", sagte der Anwalt, „sind sie auf Betrüger hereingefallen."

„Dann verklag ich den Betze-Manager!“, brüllte Michi. „Und den Cheftrainer! Die waren dabei! Die haben mich doch gedrängelt, nach Lautern zu gehen! Die verklag ich!!“

Anwalt: „Davon rate ich Ihnen ab. Auf diesem ‚Vorvertrag’ steht nirgends FCK und nirgends sind Unterschriften vom Manager oder vom Cheftrainer. Und wie ich die Lautrer kenne, wird es niemand geben, der bezeugen wird, an diesem Abend die beiden in diesem Restaurant gesehen zu haben.“

„Das ist ja wohl voll proll!“, schrie Sandra hysterisch.

„Unterste Schublade“, tobte Raffzahn und fuhr mit Sandra zurück zu ihrem polizeigeschützten Bunker.

Karl Napp stieg aus dem Auto und ging zu dem Anwalt. Er kannte ihn, weil sie in der Halbzeitpause immer am selben Bierstand standen. „Den Idiot vertret isch nit!“, sagte der Anwalt und zeigte Karl Napp die kopierten Vorverträge. Karl informierte sofort Fleischworschttoni.

Als Michi und Sandra zuhause ankamen, wurden sie von der Ultra-Mahnwache mit einem neuen Sprechchor empfangen. Hatten die Ultras vorher voller Hass gebrüllt: „Mischi! Du Arsch-loch!“, so brüllten sie jetzt: „Mischi! Du Voll-depp!“

Erst jetzt begriffen Michi und Sandra richtig, dass sie ihre Umzugskisten wieder auspacken konnten. Der Traum von den 1,8 Millionen, der Villa, dem weißen Ferrari und dem Modelvertrag am Betzenberg war ausgeträumt.

Sandra bekam einen Nervbenzusammenbruch und floh zwei Wochen zu ihren Eltern. Michi musste dableiben, weil das Training wieder begann. Da traf ihn die nächste Hiobsbotschaft wie ein Hammer. Manager Fleischworschttoni nahm ihn nicht mit ins Trainingslager nach Portugal. Das wäre ja Urlaub von den Mainzer Fans gewesen. Stattdessen musste er in Mainz bleiben und mit den Amateuren trainieren.

„Oh Scheiße“, dachte Michi und bekam Magenkrämpfe bei dem Gedanken an den täglichen Spießrutenlauf zum Stadion und zurück.

Gute Frage: Was machen Fußballer im Trainingslager?

„Was mache die Peife eigentlisch de ganze Daach in so me Träningslaacher?“, fragte Toni und bohrte in der Nase. „Dess muss doch scheiße langweilisch soi, odder?“

„Werden wir ja sehen“, sagte Brezelmüller und drängelte einen BMW von der linken Spur.

Toni betrachtete interessiert den Popel, den er aus der Nase gezogen hatte und mutmaßte: „Also, isch wär, glaab isch, jeden Daach hackedischt, odder im Puff!“

„Ganz sicher!“, lachte Ha-Pe, stoppte mit einer abrupten Vollbremsung im Parkhaus und sah stolz auf die Uhr: „19 Minuten und 36 Sekunden. Streckenrekord!“

„Subber!“, grinste Toni und rief durchs Parkhaus: „Uff unsern großardischen Meenzer Fußballpräsidenden ein dreifach donnerndes Helau! Helau! Helau!“

„Wo müssen wir denn hin?“, fragte der Präsi in Terminal 2 und sah auf sein Ticket.

Da kam auch schon die Antwort. Aus dem Lautsprecher krähte eine Frauenstimme: „Letzter Aufruf! Die Herren Anton Geitz und Dr. Hans-Peter Müller bitte dringend an Gate 18!“

„Die määne ja uns“, sagte Toni und stieß seinen Präsidenten an. „Seit wann bisten Du Dogder?“

„Seit zwei Wochen“, sagte Ha-Pe stolz. „Den Titel hab ich für 5000 Euro im Internet gekauft. Ein echtes Schnäppchen. Vor 10 Jahren hat son Scheiß noch 20000 D-Mark gekostet. Das ist der Vorteil der Globalisierung!“

„Du bist en Aff!“, sagte Toni überzeugt. „Fer 5000 Euro kann isch zwää Woche nach Brasilie fliesche, misch jeden Daach besaufe unn alles berschte, was mer vor die Flint kommt. Da scheiß isch doch uff son Dogdortidel.“

„Genau das ist der Unterschied“, dozierte Dr. Brezelmüller.

„Wass iss de Unnerschied?“, fragte Toni.

„Der Unterschied zwischen Dir und mir ist, dass ich Präsident bin und Du nur Manager.“

Im Flieger hielten Präsident und Manager eine Taktikbesprechung ab. Präsident: „So ein Trainingslager in Portugal ist die beste Möglichkeit, um die ganze Mannschaft kennenzuzulernen. Da kann nämlich keiner wegrennen. Ich schlage vor, dass wir uns den Hühnerhaufen in aller Ruhe ansehen. Dann schlagen wir zu. Wir spielen guter und böser Polizist.“

„Wer issen de böse Bolizist?“, fragte Toni.

„Du natürlich!“

„Geil“, sagte Toni. „Sowas macht mir Schpass!“

„Dess iss doch kä Träning!“, maulte der Mainzer Manager.

„Die schwitzen ja noch nicht einmal!“, stimmte Brezelmüller zu.

Toni und HaPe standen neben dem Trainingsplatz und beobachteten die Mannschaft bei der Arbeit. Es war erschütternd. Kaum spielten die Profis ein bisschen Ball, dann pfiff der Trainer, und schon war wieder Pause, weil der Trainer taktische Vorträge hielt. Bei jedem Vortrag ließen sich die Spieler faul auf den Rasen fallen, der Wortführer setzte sich auf den Ball. Anscheinend war es unmöglich, dass sich Fußballer auf zwei Dinge gleichzeitig konzentrierten. Sie konnten entweder nur stehen, oder zuhören. Beides gleichzeitig ging nicht. Deshalb mussten sie sich zum Zuhören hinsetzen.

Wenn des Trainers Vortrag vorbei war, standen sie ächzend auf, trotteten an den Spielfeldrand, nuckelten wie Säuglinge an ihren Trinkflaschen und schlurften langsam auf den Rasen zurück, um die Pause möglichst lange herauszuzögern.

„Fußballer sinn faule Arschlöscher!“, brummte Toni.

„Hochbezahlte faule Arschlöcher!“, knurrte Brezelmüller.

„Außerdem iss hier scheiß Wedder!“ maulte Toni.

In Portugal war es 16 Grad kalt und es regnete. Zu Hause in Mainz war es 10 Grad warm und trocken.

„Für was zahlen wir überhaupt die teure Rasenheizung im Stadion? Damit die Faulenzer im Winter nach Portugal fliegen?“

Dann gingen sie zu den Spielern. Der Trainer unterbrach das Training und Brezelmüller hielt eine kurze Ansprache: „Der Manager und ich sind hier, um die Mannschaft besser kennenzulernen.“

„Genau!“, sagte Toni. „Wann Ihr was uffem Herze habt, kennt ihr jederzeit komme.“

„Und jetzt weitermachen!“, befahl der Präsident.

Eine Viertelstunde später kam auch schon der Erste. Der Spieler ging zu Toni und fragte: „Äh, Mänätscher ...“

„Isch bin de Toni, saach Du zu mir!“, sagte Toni.

„Also Toni. Ich weiß, dass Sie, äh Du, dieses Trainingslager nicht gebucht hast, aber es ist irgendwie voll scheiße hier.“

„Wass iss dann irschendwie voll scheiße?“, fragte Toni mit der freundlichen Stimme eines Wolfes, der Kreide gefressen hat.

„Der eine Trainingsplatz ist 500 Meter vom Hotel weg, und da müssen wir jedes Mal hinlaufen.“

Brezelmüller: „Das Hotel hat unser Vorgänger gebucht, das ist jetzt nicht mehr zu ändern.“

„O.K.“, sagte der Spieler und trottete wieder auf den Rasen.

„Der hot de Arsch offe“, sagte Toni. „Zu faul, um 500 Meder zum Träningsplatz zu laafe! Dess glaab isch jo nit!“

„Genau!“, stimmte Brezelmüller zu. „Das nächste Trainingslager wird so ausgesucht, dass der Platz 5000 Meter weg ist. Mindestens!“

„Pfffft!“, pfiff der Assistenztrainer.

„Was iss dann dess jetzt schunn widder?“, fragte Toni.

„Feierabend“, befahl der Trainer. Es war 11 Uhr 30 und der Arbeitstag für heute beendet, um, wie der Trainer fachmännisch erläuterte, „die Muskulatur der Spieler nicht zu übersäuern“.

Außerdem brauchten die Kicker viel Zeit, um sich auf das Mittagessen um 13 Uhr vorzubereiten. Die Spieler mussten sich vorher duschen, massieren lassen, eincremen, fönen, Gel in die

Haare schmieren, 20 Minuten vorm Spiegel stehen, Klamotten und Frisur überprüfen, mit Frau und Freundin telefonieren, den Berater konsultieren, E-Mails abrufen, die Schamhaare rasieren, sich einen herunterholen und den Manager nerven.

„Gleisch platz isch!“, sagte Toni. Er sah auf eine Liste, die er sich notiert hatte. Dauernd kamen Spieler und wollten irgendwas. Der FSV sollte Autos ummelden, Wohnungen suchen, Alimentenklagen regeln, Scheidungsformalitäten erledigen, Privatdarlehen geben, weil Spieler auf Anlagebetrüger hereingefallen waren und, und, und.

„Können die eigentlich alleine scheißen gehen?“, fragte Brezelmüller.

„Ja“, maulte Toni, „abber dann muß isch komme unn dene de Bobbes abbutze!“

Da stöpselte ein Spieler seinen I-Pod aus dem Ohr, schlurfte zum Manager und fragte: „Toni, ich wollte mal fragen, wie das mit meinem Umzug aus dem Hotel in das Haus ist, das ich jetzt gemietet habe?“

„Wass sollen dademit soi?“

„Der Verein, das heißt der vorherige Mänätscher, hat mir gesagt, dass der Verein meinen Umzug mänätscht.“

Toni beherrschte sich mühsam und fragte: „Soll isch zu Dir komme unn Dir zeische, wie mer Umzuchskiste packt?“

„Äh, nein“, sagte der Spieler verwirrt, „aber ...“

„Fer fünfhunnerddausend Euro im Jahr kannste doi Umzuuch selber organisiere! Odder biste zu bleed, um ä Schpeditzion anzurufe!?“, brüllte Toni.

Da ergriff der Spieler die Flucht, rannte heulend auf sein Hotelzimmer und telefonierte mit seinem Berater.

Toni war ins Trainingslager gefahren, um die Mannschaft besser kennenzulernen. Und danach wollte er mit ihnen saufen gehen und einen Mannschaftsabend im Puff spendieren, so was schweißt ja zusammen, dachte er. Aber je länger der Manager seine Spieler beobachtete, desto mehr hatte er den Eindruck, dass hier keine Profimannschaft, sondern ein überbezahlter Kindergarten versammelt war. Die Spieler benahmen sich wie kleine Buben, die mit ihren Spielzeugen beschäftigt waren. Stolz zeigten sie gegenseitig ihre neuesten Armbanduhren und protzigen Halskettchen, fachsimpelten über Tatoos, Haargels, Autos, Klamotten und Firlefanz. Ganz wichtig war: Playstation spielen.

„Mit so langweilische Peife geh isch nit saufe!“, tobte Toni. „Soll isch misch mit dene übber Händis unterhalte, odder wass?“

Ihre absoluten Lieblingsspielzeuge waren nämlich Handies. Stundenlang beschäftigten sie sich damit, neue Klingeltöne zu installieren und Filme herunterzuladen. Vor allem waren sie telefonsüchtig. In jeder Trainingspause rannten sie hektisch zu ihren Handys, um zu sehen, wer in der Zwischenzeit angerufen oder gesmst hatte. Anscheinend erwarteten alle dringende Anrufe von Real Madrid oder Chelsea. Deshalb konnten sie auch nicht essen, ohne zu telefonieren. Manche Spieler hatten gleich zwei Handies neben dem Teller liegen, die dauernd vibrierten, klingelten, summten, simsten. Und fotografierten sich gegenseitig wie kleine Kinder und verschickten die Fotos und ...

„Den Affezirkus halt isch im Kopp nit mehr aus!“, fluchte Toni und flüchtete an die Hotelbar.

Die absolute Schmerzgrenze war nach dem Abendessen erreicht. Brezelmüller fragte einen der unzähligen Betreuer: „Wo sind denn die Herren Leistungssportler?“

„Die sind alle im Konferenzraum“, sagte der Mann.

„Mache die Tagdig-Beschpreschung?“, fragte der Manager.

Der Betreuer schüttelte den Kopf.

Präsident und Manager stampften zum Konferenzraum, öffneten die Tür und wurden fast vom Schlag getroffen. Toni starrte mit offenem Mund in den Saal. Im Konferenzraum sassen 24 Kinder im Alter von 20 bis 34 Jahren und starrten in ihre Laptops.

Toni pfiff den Trainer herbei. „Was issen dess jetzt fern Scheißdreck?“

„Das ist ein Playstation-Turnier“, erklärte der Trainer todernst. „Zum Trainingslager gehört auch die notwendige Lockerheit. So ein Playstation-Turnier ist eine teambildende Maßnahme ...“

„Bass acht!“, brüllte Toni den Trainer an. „Meenste, de FSV zahlt den ganze Scheiße, damit die Bleedmänner im Fümf-Schterne-Hodel Kombjuder schpiele?! Dess glaab isch jo nit!“

Der Trainer sagte dazu nichts, hatte aber das vage Gefühl, dass er unter diesem Manager nicht mehr lange Trainer sein würde.

Toni stampfte wütend zurück an die Bar. An der Rezeption fing ihn der Portier ab. „Senior äh ...“

„Isch bin de Toni“, sagte Toni. „Was gibt's dann?“

Der Portier zeigte Richtung Lobby. Dort lungerten drei Gestalten herum, die unbedingt den FSV-Manager sprechen wollten. Sie stürzten sich sofort auf Toni und quasselten auf ihn ein. Toni verstand nur Wortfetzen. „Ecuadorianischer Nationalspieler! Rumänischer Wunderstürmer! Kaufoptionen! Probetraining! Vorverträge! Dortmund ist auch interressiert!“

Toni fühlte sich sofort an den Mainzer Chefscout Ofenloch erinnert. Deshalb schnappte er die Spielerberater und warf sie hinaus. Dem letzten trat er sogar in den Arsch, weil sich der Typ härtnäckig am Hoteleingang festklammerte.

Da rief ein Spieler seinen Berater an: „Es ist besser, wenn Du nicht kommst. Unser neuer Manager ist ein Verrückter.“

Und mitten in der Nacht musste Toni die beiden neuen Brasilianer bei der Polizei abholen. Sie waren aus dem Hotel abgehauen und hatten in einer Disco eine Schlägerei angezettelt.

Der zweite Tag begann so, wie der erste Tag aufgehört hatte. Nachmittags schickte der Trainer alle ins Entmüdungsbecken. Manager und Präsident sassen „nackisch“ in einem Whirl-Pool. Brezelmüller sah auf eine Liste und zählte halblaut „ ... 38, 39, 40, 41“. Dann wiederholte er kopfschüttelnd „ein-und-vier-zig“.

„Was zählsten da?“, fragte Toni.

„Ich zähle alle Leute, die hier auf Kosten des FSV Urlaub machen.“

Toni nahm den Zettel. Weil er weitsichtig war und keine Brille dabei hatte, musste er die Arme weit ausstrecken. Toni las vom Blatt die Namen von 24 Fußballern ab. Das war in Ordnung. Trainer, Cotrainer, Torwarttrainer, Assistenztrainer, Diplomhütchenaufsteller, Physiotherapeuten. Auch O.K. Aber der Rest?

Brezelmüller furzte ins Wasser und fragte: „Wozu brauchen wir eigentlich zwei Mentaltrainer?"

Toni pfiff die beiden Mentaltrainer herbei. „Was machten Ihr hier, außer esse unn dringe?"

Da schleppten die beiden Mentaltrainer ihre Laptops herbei und babbelten ein Blech, dass das Wasser im Whirlpool kochte. Sie bastelten Fragebogen zum Sexualleben der Spieler, sie erstellten Persönlichkeitsprofile, sie boten motivationsspezifisches Individual-Coaching an, sie vertickerten den Spielern Autosuggestions-CDs und bla, bla, bla.

Brezelmüller stöhnte gequält. „Gut. Ihr habt mich überzeugt."

„Überzeugt von was?", fragten die Mentaltrainer.

„Dadevun, dass mir son Scheiß nit brauche!", sagte Toni.

Dann sprang der Manager nackisch aus dem Whirl-Pool und brüllte: „Alle mal herhöre! Ab sofort bin isch nit nur Mänätscher unn Schportdiregdor, sondern aach noch Mendalträner! Habt Ihr dess verschtanne?!"

Die Spieler sahen ihn verständnislos an.

„Unser neies Mendal-Moddo", brüllte Toni, „heißt ab jetzt: Ihr misst Gras fresse! Kapiert?!"

„Wie heißt unser neues Motto?", fragte Brezelmüller.

„Wir müssen Gras fressen", wiederholten die Spieler ungläubig.

„Lauder!", brüllte Fleischworschttoni.

„Wir müssen Gras fressen!", wiederholten die Spieler.

Toni hatte jetzt die Faxen dick von diesem Kindergarten. Er flog wütend nach Hause. Aber vorher drohte er den Spielern: „Es nächste Träningslaacher organisier isch!!"

„Quäl Disch, Du Sau!“

Das erste Spiel nach der Winterpause war genau so katastrophal wie das letzte davor. Viele Zuschauer pfiffen die Mannschaft aus und verließen vorzeitig das Stadion. Nach dem Spiel trotteten die Spieler wie begossene Pudel in die Katakomben. In der Kabine herrschte betretene Stille, nur unterbrochen durch das übliche Handygebimmel und Vibrieren.

Da wurde die Tür aufgetreten. Toni stampfte in die Kabine und brüllte: „Morsche frieh um Punkt acht Uhr fahrn mir drei Daach ins Träningslaacher! Wehe, ääner kommt zu schpät!“

Als der Trainer etwas sagen wollte, fauchte ihn Toni an: „Unn Du fährst nit mit!“.

Dann knallte er die Tür wieder zu. Halblautes Gemecker setzte ein. Für die ausländischen Spieler musste Tonis Mainzerisches Geschrei erst in Deutsch und dann in die jeweilige Landessprache übersetzt werden. Die Spieler waren verwirrt. Was sollte das? Ein Trainingslager ohne Trainer?

Am Sonntag gegen acht Uhr trudelten die Spieler ein. Die meisten wurden von ihren Frauen und Freundinnen hergefahren.

„Guck der dess an!“, sagte Toni wütend.

Es war unglaublich, wieviel Gepäck Profifußballer für drei Tage Trainingslager brauchten. Der absolute Spitzenreiter schleppte sage und schreibe fünf Koffer zum Mannschaftsbus.

„Sinn dess Fußballer odder Models?“ , fragte Toni und brüllte: „Hopp, Hopp, Hopp! Gepäck in de Bus! Abber dalli!“

Als aber die ersten Spieler in den Bus einsteigen wollten, stellte sich Brezelmüller davor und schickte sie in die Kabine. Dort lagen sorgfältig aufgereiht die Fahrradklamotten der Profis.

Toni brüllte: „Diseinerklamodde ausziehe! Fahrradklamodde anziehe! Zack-Zack!“

Murrend zogen die Spieler ihre Fahrradkleider an. Die ganz Schlauen dachten, sie müssten zur Strafe mit dem Fahrrad ins übliche Trainingslager nach Nierstein fahren.

Da bemerkte ein Spieler mit Abitur: „He Toni?“.
„Wass?“
Die Taschen von unseren Fahrradklamotten sind ja zugenäht!“
„Unn weider?“, fragte Toni.
„Wie soll ich denn da mein Handy mitnehmen?“
„Genau das ist der Sinn“, erklärte Präsident Brezelmüller. „Ihr sollt gar keine Handys mitnehmen!“
„Warum?“
„Weil ein Geheimtrainingslager nur dann ein Geheimtrainingslager bleibt, wenn's keine Handys gibt. Verstanden?“
Miesmaulig trotteten 24 Fußballer aus der Kabine und stiegen auf die Fahrräder. Es war etwa 8 Grad warm.
„Bei der Kälte Fahrrad fahren!“, maulte ein Spieler halblaut. „Nach Nierstein! Das sind vorneweg 20 Kilometer!“
„Hoste was gesaacht?“, fragte Toni freundlich.
„Nein“, sagte der Spieler.
Brezelmüller stellte einen Mann vor: „Das ist unser neuer Konditionstrainer. Er heißt Manni und ist 54 Jahre alt.“
Manni war ein drahtiger Mann mit einer Kordel um den Hals. An der Kordel hing eine Trillerpfeife. Der Mannschaftskapitän wollte etwas sagen, aber da stieß der neue Konditionstrainer schon in die Trillerpfeife und fuhr los. In zügigem Tempo fuhr die Mannschaft vom Bruchweg Richtung Stadt, Manni vorneweg, 24 Profis hinterher und zum Schluss kam der Besenwagen. Das war ein VW-Bus, mit den Vereinsfarben beklebt. Präsident Brezelmüller persönlich saß am Steuer und daneben der Manager. Toni rauchte, telefonierte mit seinem Handy und streichelte liebevoll eine aus Blech zusammengelötete Tüte. Das Ding hatte ihm ein Schlossermeister auf der außerordentlichen Mitgliederversammlung geschenkt, um den Fußballern Beine zu machen.
Präsi Brezelmüller kicherte: „Die Deppen glauben ja wirklich, dass sie nur bis Nierstein fahren müssen.“
„Hähä“, lachte Toni böse.

„Scheiß Radfahrer!“ brüllte der Autofahrer sauer. Die Ampel war grün, aber trotzdem rollte eine Gruppe Radfahrer quer über die Straße.

„Es gibt aach Radwege!“, brüllte der Autofahrer und hupte empört. Dann aber sah er genauer hin. Das war ja die Profimannschaft des FSV! Anscheinend war Straftraining befohlen. Da hupte der Autofahrer vor Begeisterung. Gleichzeitig kurbelte er die Scheibe herunter und brüllte euphorisch: „Genau! Weider so! Eff-Eff-Eff-Ess-Vau!“

Konditionstrainer Manni hatte die Route sorgfältig geplant. Er vorneweg, 24 Fußballartisten in der Mitte und der Besenwagen hinterher, ließen sie kaum eine Hauptverkehrsstraße in der Mainzer Innenstadt aus. Alle Meenzer waren begeistert und gaben fachmännische Kommentare ab.

„Geil! Dess neie Präsidium greift dorsch!“

„Hunnert Kilomeder Fahrrad fer jed Geschedoor!“

„Gas gebbe!“

„Toni! Quäl die faule Säck, bis ne ess Wasser zwische de Arschbacke erunnerleeft!“

Inzwischen fuhren die Profis über die Theodor-Heussbrücke von Mainz nach Kastel, um zu demonstrieren, dass rechts des Rheins auch noch Mainz war. Da dämmerte einem ganz schlauen Fußballer, dass die Reise nicht nach Nierstein ging. Er ließ sich zurückfallen, und klopfte an die Fahrerscheibe. Brezelmüller kurbelte die Scheibe herunter.

„Wo fahren wir hin?“

„Keine Ahnung“, grinste der Präsi. „Manni hat das organisiert. Ich bin in ja nur der Präsident hier.“

Anschließend rollte die Kolonne durch die hessische Landeshauptstadt, um gegenüber dem SV Wehen-Wiesbaden Flagge zu zeigen. Danach wurde es übel. Die 24 Profis mussten die „Hohe Wurzel“ hochfahren. Brezelmüller fuhr neben die keuchenden Radfahrer, Toni kurbelte die Scheibe herunter und rief: „Hopp! Hopp! Hopp!“

Als einer schlappmachen wollte, hielt er ihm die Flüstertüte dicht ans Ohr und brüllte hinein: „Quäl Disch Du Sau!".

Auf der hohen Wurzel angekommen, gab es 10 Minuten Pause. Toni teilte grinsend Tee und heiße Suppe aus. Hinsetzen war wegen Erkältungsgefahr verboten.

„Wer sich erkältet, weil er auf dem kalten Boden sitzt, den verklag ich ihn wegen vereinsschädigendem Verhalten!", drohte Brezelmüller.

„Was ist das für Suppe?", fragte ein Fußballer angewidert.

„Worschtsupp!", sagte Toni und klatschte ihm eine Schöpfkelle Wurstsuppe in den Plastikteller. Und weiter gings.

„Wie weit isses noch?", fragte ein Profi japsend.

„Der Weg ist das Ziel", sagte Manni freundlich.

„Ich kann nicht mehr!", heulte ein Fußballer und wollte im Besenwagen mitfahren.

„Babbel kän Scheißdreck!", brüllte Toni und schlug ihm solange mit der Flüstertüte auf den Fahrradhelm, bis der Fußballer weiterfuhr.

„Wie weit noch?", fragte ein Abwehrspieler keuchend.

„Wir sind gleich da", sagte Manni, aber das sagte er schon seit ungefähr 20 Kilometern.

Kurz vor dem Koma, sahen die radelnden Fußballer ein seltsames Ortsschild. „Finsternthal" stand darauf und dann wurde es tatsächlich dunkel. Irgendwo im tiefsten Tal des Hochtaunus ging es in einen Feldweg durch den dunklen Wald, bis sie an einem einsamen, gefängnisartigen Gebäude ankamen.

„Willkommen im Trainingslager des FSV Meenz Nullfümf!", stand auf einem Transparent über dem Eingang.

Oh Gott, dachten die Fußballer entsetzt. *Was ist das?*

Bevor sie nachdenken konnten, stieß Manni in die Trillerpfeife und kommandierte: „Fahrräder abstellen und duschen!"

Keuchend und leidend, mit wunden Hintern und brennenden Oberschenkeln, schleppten sich die Fußballer in das Gebäude. Inzwischen waren sie viel zu kaputt, um zu meckern. Jeder bekam ein Stück Kernseife, eine Zahnbürste, Schampoo, einen Kamm und zwei Handtücher.

„Das muss reichen für drei Tage“, sagte Manni und scheuchte die Männer in die Gemeinschaftsdusche. Danach jagte er die nackten Fußballer mit der Trillerpfeife in die Kleiderkammer. Dort stand ein bulliger, tätowierter Glatzkopf und gab Klamotten aus. Jeder Profi bekam ausgewaschene Bundeswehrunterwäsche und einen ausgewaschenen blauen Bundeswehrtrainingsanzug. Die Kicker zogen schnell die Klamotten an, um nicht in der ungeheizten Kleiderkammer zu erfrieren.

„Hähä“, lachte Toni. „Dess gefallt mir rischdisch gut, was der Manni da macht!“

Mangels Spiegel, Föhn und Haargel hatten die Fußballer endlich vernünftige Frisuren. Vor allem rochen sie jetzt erträglich. Heißes Wasser und Kernseife hatten den widerlichen Gestank von „David-Beckham-Instinct“ weggespült.

Damit sie keine Zeit zum nachdenken hatten, wurde die Mannschaft zur Essensausgabe befohlen. Der bullige Glatzkopf teilte Erbseneintopf mit Würstchen aus. Toni stellte sich persönlich hinter die Getränkestation und verkündete fröhlich: „Männer. Dess war gar nit so schlecht fer de erste Daach. Deshalb gibt’s pro Mann ä Flasch Bier zum Esse!“

Todmüde schleppten sich die Fußballer in den Essraum, löffelten Eintopf und nuckelten an ihrer Bierflasche. Nach dem Essen regte sich vereinzelt Widerstand. Den Profis fiel plötzlich auf, dass sie seit sechs Stunden nicht mehr telefoniert hatten. Das war eine lange Zeit für handysüchtige Menschen. Aber sie hatten ja keine Handys mehr.

„Ich will sofort nach Hause telefonieren!“

„Hier gib’s kein Telefon“, erklärte Manni sachlich. „Ihr könnt aber Briefe schreiben. Jeden Morgen um acht Uhr kommt der Postbote und nimmt Briefe mit.“

Die Profis sahen ihn verwundert an. Die meisten von ihnen hatten noch nie in ihrem Leben einen Brief geschrieben.

„Und E-Mails?“, fragte einer.
Manni: „Hier gib’s keinen Internetanschluß. Hier gibt’s drei Prinzipien. Erstens kein Telefon, zweitens kein Laptop, drittens kein Fernsehen!“

„Und was sollen wir hier drei Tage lang machen?!“

„Ihr sollt miteinander reden!“, sagte Manni lächelnd. „Außerdem gibt’s hier Zeitungen, Bücher, Billiard und Tischfußball.“

„Odder Bier saufe“, sagte Toni gutgelaunt und öffnete mit dem Feuerzeug zwei Flaschen für sich und den Präsidenten. Konditionstrainer Manni setzte sich dazu und erklärte dem FSV-Vorstand seine „Philosophie“.

„Subber“, sagte Toni überzeugt. „Geiles Konzept!”
Manni war ein großer Idealist. Normalerweise arbeitete er hier mit schwererziehbaren Jugendlichen. Kohle verdiente er mit bescheuerten Frankfurter Managern. Die jagte er an Wochenenden mit dem Rucksack durch den Taunus und ließ sie bei Regen Feuer anzünden. Das fanden die Manager ganz klasse und zahlten für den Unfug 1000 Euro pro Nase. Und jetzt war Manni der neue Konditionstrainer des FSV Meenz Null Fümf.

Nach dem Essen fielen die meisten Profis todmüde ins Bett. Sie mussten in einem großen ungeheizten Gemeinschaftsschlafraum mit dreistöckigen Metallbetten pennen. Andere lasen zum ersten Mal in ihrem Leben eine Zeitung oder ein Buch, bis ihnen die Augen zufielen. Nur einer tanzte aus der Reihe. Er versuchte sich an die Rezeption zu schleichen, um heimlich nach Hause zu telefonieren. Aber das einzige Telefon im Haus wurde von dem bulligen Glatzkopf bewacht. Er saß davor und schälte einen Eimer Kartoffeln.

„Telefonieren verboten!“, sagte der Glatzkopf und zerquetschte mit der linken Hand eine Kartoffel.

Da ging der Profi zurück, setzte sich an einen Tisch und schrieb zum ersten Mal in seinem Leben einen Brief.

Tag Zwei im Trainingslager Finsternthal begann früh. Manni weckte die Mannschaft mit der Trillerpfeife. Todmüde quälten sich die Fußballer aus den Metallbetten. Nach dem Frühstück gings wieder in die Kleiderkammer. Der Glatzkopf verteilte ausrangierte Bundeswehruniformen inklusive der schicken langen Unterhosen. Als Krönung bekam jeder Fußballer eine Bundeswehrwintermütze, mit der jeder Mensch aussieht, als könnte er nicht bis drei zählen. Toni sprühte mit weißer Farbe die Rückennummern der Spieler auf die Parkas.

Um Punkt acht Uhr, als es hell wurde, ertönte Mannis Trillerpfeife. Dann ging es im Gewaltmarsch durch den verschneiten Taunus. Manni vorneweg, scheuchte er die Profis den römischen Limes entlang. Manni hielt nichts von modernen Trainingsmethoden. Er arbeitete völlig ohne solchen Firlefanz wie Laktattest oder Pulsmesser. Lieber jagte er die Fußballer steile Hänge hoch, bis ihnen die Zunge aus dem Hals heraushing. An irgendeinem Hang lag ein Ster Holz. Manni lud sich einen Holzstamm auf den Buckel und sprintete den Berg hoch. Das war Schnellkrafttraining. Beim kleinen Feldbergkastell hielt Manni einen Vortrag über die Entstehung und Bedeutung des römischen Limes. Dabei mussten die Fußballer zentnerschwere Sandsteinbrocken übereinander zu einer Mauer türmen.

„Was hat das alles mit Fußball zu tun?", fragte der Mannschaftskapitän keuchend.

„Nichts", sagte Manni lächelnd und scheuchte die Fußballer auf den Gipfel des großen Feldbergs. Dort standen Toni und der Präsident mit dem VW-Bus und verteilten heiße Getränke.

„Unn, alles klar?", fragte der Manager.

„Wir sind Fußballer", meckerte ein lauffauler Stürmer wütend. „Was hat das mit Fußball zu tun?"

„Was hat die Scheiße, die ihr in den letzten Spielen abgeliefert habt, mit Fußball zu tun?", fragte Brezelmüller.

Inzwischen setzte auf dem großen Feldberg dichtes Schneetreiben ein. Die Brasilianer und die Afrikaner in der Mannschaft fluchten wie die Rohrspatzen. Manni holte aus dem VW-Bus feierlich eine FSV-Fahne.

„Was soll das werden?“, fragte der Kapitän fassungslos.

„Ab jetzt“, erklärte Manni, „werden wir beim Marschieren singen. Das ist eine teambildende Maßnahme.“

Sofort stieß er in seine Trillerpfeife und marschierte mit der Fahne vorneher. Und er fing an zu singen. Manni kannte alle Mainzer Fangesänge, weil er fanatischer Nullfümfer war.

„Warum sind wir all so blau?“, sang Manni.

„Weil wir saufen wie die Sau!“, jammerten die Fußballer und stolperten hinter der Nullfümferfahne durch den verschneiten Taunus.

„Der Manni iss en geile Typ“, fand Toni, stieg wieder in den Bus und fuhr mit Brezelmüller in ein Restaurant nach Bad Homburg, um etwas vernünftiges zu essen. Anschließend gings in die „FKK-Oase“. Nachdem Manager und Präsident des FSV auf Vereinskosten gefressen und geberschtet hatten, standen sie pünktlich und mit laufender Heizung um 15 Uhr 30 vorm Trainingslagerhotel Finsternthal.

„Wo bleiben denn die Penner?“, fragte Präsident Brezelmüller.

„Wahrscheinds habbe die Warmduscher schlappgemacht“, sagte Toni und strich sich zufrieden über den dicken Bauch.

Als die Fußballer singend und totmüde nach 35 Kilometer Fußmarsch ins Basislager zurückkamen, erlebten sie eine kalte Überraschung. Nicht nur der Duschraum, sondern der ganze Bau war eiskalt. Außerdem gab es nichts zu essen. Einige brachen zusammen und fingen an zu heulen.

Manni erläuterte das wesentliche Prinzip seines „Camps“. „Wir versuchen hier so autark wie möglich zu leben“, sagte er freundlich. Das heißt, wir kümmern uns selbst um Heizung, Wäsche und Essen.“

Die Fußballer, Fünf-Sterne-Hotels gewöhnt, glotzten wie Idioten aus ihren verschneiten Wintermützen hervor. Da kam auch schon der bullige Glatzkopf und teilte die Arbeitskommandos ein.

„Das ist eine teambildende Maßnahme“, erläuterte Manni freundlich, „und fördert den sozialen Umgang miteinander.“

Um die altertümliche Heizanlage in Schwung zu bringen, musste die Gruppe „Heizung“ Holzstämme zersägen und kleinhacken. Um Verletzungsgefahren vorzubeugen, gab es weder Motor- noch Kreissägen. Alles ging mit der Hand. Dann mussten sie Holzscheite in den großen Kachelofen, in die Waschkessel, die Bade- und die Küchenöfen schleppen.

Der Glatzkopf leitete die Gruppe „Waschen“. „Immer feste schrubben“, sagte er und schrubbte mit seinen dicken tätowierten Armen nasse Klammotten auf einem hölzernen Waschbrett. Als ein Fußballer meckerte, schlug er ihm das nasse Kleiderbündel ins Genick und sah ihn böse an. Da schrubbten alle wie blöde.

Wie die meisten Metzger, konnte auch Toni gut kochen. Deshalb leitete er die Gruppe „Küche“. Die Fußballer mussten ein halbes Schwein und ein Lamm unter seiner Aufsicht zerlegen. Andere schälten Kartoffeln und Gemüse. Als sich der Mannschaftskapitän beim Zwiebel schneiden fast den Finger absäbelte, knurrte Toni: „500 000 Euro im Jahr kassiere, abber zu bleed, um Zwibbele zu schneide!“

Präsi Brezelmüller leitete als gelernter Bäcker persönlich die Gruppe „Brot“. „Gottseidank seid ihr Fußballer und müsst nix ordentliches arbeiten“, sagte er zu seinen Bäckerlehrlingen.

Insgesamt waren die ausländischen FSV-Spieler am geschicktesten. Afrikaner, Südamerikaner und Osteuropäer konnten noch irgendwie Feuer anzünden, mit Säge, Axt und Messer hantieren. Die deutschen Spieler waren meistens Totalversager. Sie stellten sich an wie die „Fut beim Heurobbe“, wie Manager Fleischwursttoni vorwurfsvoll sagte.

Inzwischen wurden die Badekessel warm. Grüppchenweise gingen die Spieler duschen und zogen ihre schicken Bundeswehrsportanzüge an.

„Das glaubt mir keiner, wenn ich das Zuhause erzähle“, sagte Spieler Nummer 23 zu Nummer 18 unter der Dusche.

„Ich halt das nicht mehr aus“, schluchzte Nummer 18 und zeigte seine Blasen an den Füßen.

Zum Abendessen gab es Wutzen- oder Lammkoteletts, auf jeden Fall aber mit viel Zwiebeln, Bratkartoffeln und Kohlrabi in fetter Soße. Manni war kein Freund der fettarmen und geschmackslosen Sportler-Diätküche.

Und Manager Fleischworschttoni verkündete fröhlich: „Ejh, Männer! Isch schpendier pro Mann zwää Flasch Bier. Prost!“

Viele Spieler waren nach dem Essen so müde, dass sie über dem Teller einschliefen, geschweige denn zwei Bier trinken konnten. Aber trotzdem hielt der Präsident eine kurze Rede. „Eigentlich haben wir jetzt Feierabend“, sagte Brezelmüller. „Aber euer Mannschaftskapitän will ja unbedingt noch etwas mit Fußball machen.“

„Du Arschloch!“, rief ein rustikaler Verteidiger wütend und warf seinen Kotelettknochen Richtung Mannschaftskapitän.

Toni hängte eine Leinwand auf richtete den Beamer aus.

„Was für einen Film gibt's denn?“, fragte die saudoofe Nummer 18. „Bruce Willis Vier, oder was?“

„Film ab!“, rief Brezelmüller und Toni ließ den Film laufen.

Der Film war die Höchststrafe für männliche Bundesligafußballer. Toni zeigte ein Spiel der Frauennationalmannschaft.

„Dess iss Oisatz!“, sagte Toni, als eine Stürmerin 40 Meter nach hinten rannte und sich den Ball erkämpfte.

„Dess iss Tiemgeist!“, brüllte Toni, als alle Mannschaftskolleginnen die Stürmerin abklatschten, obwohl sie freistehend in die Hände der gegnerischen Torwärtin geschossen hatte.

„Das ist eine Mannschaft!“, sagte Brezelmüller, als die Fußballfrauen entschlossen gegen den Rückstand kämpften.

„Da gibt's kää Schwalbe unn kä Schauschpielerei!", sagte Toni, als eine Spielerin im Strafraum übel gefoult wurde, keinen Elfmeter bekam, aber sofort aufstand und weiterspielte.

„Das ist Fußball!", sagte Brezelmüller als die Frauen ihre Gegnerinnen mit Drei zu Eins niedergebügelten.

„Das sind Interviews!", sagte Brezelmüller, als die Fußballfrauen vernünftig in die Mikrofone redeten, obwohl sie gerade hochemotional aus dem Spiel gingen. Der Unterschied war sehr auffällig. Obwohl gleich alt, waren Fußballerinnen anscheinend sehr viel erwachsener als ihre kindischen Kollegen, die nur dummes Blech in die Kameras babbelten

„Unn jetzt kommt de Be-Muuvie", verkündete Filmvorführer Toni und zeigte direkt danach das Spiel Schalke gegen FSV.

„Das ist kein Einsatz", sagte Manni, als ein Mainzer Spieler dem verlorenen Ball hinterhersah, anstatt ihn zurückzuholen.

„Dess iss Scheißdreck!", sagte Toni, als ein Mainzer Alibipass sinnlos in den Schalker Strafraum flog.

„Das ist keine Mannschaft!", sagte Brezelmüller, als sich zwei Mainzer Spieler gegenseitig beschimpften.

„Du Aff!", schimpfte Toni, als ein Mainzer Spieler wild mit den Armen fuchtelnd vom Schiedsrichter einen Freistoß verlangte, obwohl er nur leicht berührt worden war.

„Wie kann man so einen Scheißdreck daherfaseln!", maulte Brezelmüller, als nach dem Spiel ein Mainzer Spieler Müll in die Kamera plapperte.

Müde, ausgelaugt und erschüttert schlichen die Mainzer Spieler nach der Filmvorführung ins Bett.

„Halt!", sagte Brezelmüller zu Nummer 23.

„Ich bin müde, ich will ins Bett", jammerte Nummer 23.

„Quatsch", sagte Toni und stellte ihm ein Bier hin. „Wie siehts dann mit deiner Vertraachsverlängerung aus?"

„Das macht mein Berater", nuschelte Spieler 23 müde.

„Babbel kä Scheiß", sagte Toni und kritzelte ein paar Zahlen auf einen Bierdeckel.

„Das bieten wir Dir!“, sagte Brezelmüller gönnerhaft.
Spieler 23 sah auf den Bierdeckel. Er war so müde, dass alle Zahlen verschwammen.

„Prost“, sagte Toni und stellte Nummer 23 einen Schnaps hin.
„Wasssolldas?“, fragte Nummer 23 todmüde und besoffen.

„Unnerschreib jetzt!“, forderte Toni, boxte Nummer 23 auf die Schulter und nötigte ihn, noch einen Schnaps zu trinken. Völlig besoffen unterschrieb er den Bierdeckelvertrag. Es war ein leistungsbezogener Scheißvertrag, bei dem der Kicker viel Geld verdiente, wenn er oft spielte. Woher sollte Nummer 23 wissen, ob er oft spielte?

„De FSV baut uff Disch!“, sagte Toni verschwörerisch und schickte Nummer 23 ins Bett. Alle 24 Spieler schliefen in einem großen, ungeheizten Schlafsaal mit dreistöckigen Hochbetten.

Am Abend des dritten Tages war jeglicher Widerstandswille gebrochen. Toni verkündete: „Mir gefallt’s hier so gut, am liebste dät isch noch en Daach verlängere!“

Da fingen zwei Spieler an zu heulen.
„Das war ein Witz, Männer“, sagte Brezelmüller und spendierte gönnerhaft drei Flaschen Bier pro Mann. Anschließend wurden noch drei Verträge verlängert.

Aus der Sicht von Toni und Brezelmüller war das Trainingslager Finsternthal ein voller Erfolg. Erstens war es viel billiger als der Unfug in Portugal. Zweitens wurden hier den Kickern die Hammelbeine langgezogen. Drittens konnte man mit Fußballern prima Verträge machen, wenn sie todmüde waren und weder Berater noch Spielerfrauen hineinquatschten. Das war auch der eigentliche Zweck des Trainingslagers.

Am vierten Tag durften die Fußballer mit den Fahrrädern zurück nach Mainz fahren. Der Präsident gab ihnen gnädig einen Tag frei. Aber Toni drohte: „Wenn ihr am Samsdaach scheiße schpielt, dann fahrn mir widder nach Finsternthal.“

Neue Ausreden: „Der Trainer redet zu wenig mit mir."

Am Samstag spielte der FSV nicht scheiße. Aus lauter Angst, wieder nach Finsternthal radeln zu müssen, gaben alle Spieler 120 Prozent. Sie rannten, bissen, spuckten und grätschten wie noch nie in ihrem Leben. Sie kassierten fünf Gelbe und eine Rote Karte. Aber leider auch zwei Foulelfmeter. Der FSV verlor Null zu Zwei und stabilisierte Tabellenplatz 18.

„Scheiße!", sagte Toni und zog sich mit Brezelmüller zur Krisensitzung zurück. Eigentlich konnten sich Manager und Präsident nichts vorwerfen. Sie hatten getan, was sie konnten.

An Michi Raffzahn hatten sie ein Exempel statuiert, um den Spielern zu zeigen, dass sich der FSV von keinem Profi auf der Nase herumtanzen ließ. Michi war nur noch ein Schatten seines einstigen Größenwahns. Ganz Deutschland lachte über den Depp. Und seit er zwangsweise bei den FSV-Amateuren kickte, stiegen dort sogar die Zuschauerzahlen, weil viele Nullfümfer nur hingingen, um Raffzahn auszupfeifen.

Und sie hatten in der Winterpause neue Spieler gekauft. Die beiden Brasilianer waren aber Gurken. Bei dem einen meldete sich ein alter Verein, präsentierte einen angeblich gültigen Vertrag und forderte nochmals Ablösesumme. Bis der Fall von der Fifa geklärt war, war der Brasilianer nicht spielberechtigt. Und der andere war eine totale Katastrophe. Mit dem Leben als Profi in Deutschland war er völlig überfordert. Seine Berater kassierten 35 Prozent seines Gehalts, und den Rest verbriet der Spieler sinnlos für Autos, Klamotten, Fernseher, weißderteufel. Allein seine monatliche Handyrechnung betrug 4000 Euro. Außerdem holte er alle seine Freunde nach Mainz und feierte rauschende Sambafeste mit Suff am Steuer und Schlägereien in Discos. Vor allem schaffte er es nie, pünktlich zum Training zu kommen, ausser, wenn ihn Vereinsdetektiv Karl Napp zu Hause abholte und hinfuhr.

Und das Schlimmste: Noch nicht einmal das Trainingslager Finsternthal hatte geholfen.

„Wass soll isch dann noch mache?“, fragte Toni hilflos. Brezelmüller dachte angestrengt nach und hatte plötzlich eine Idee. „Wir haben ja noch gar nicht den Trainer entlassen!“

„Schtimmt!“, rief Toni begeistert. „Der geht mir sowieso uff de Sack!“

Die Chemie zwischen dem Mainzer Trainer und Manager Toni hatte von Anfang an nicht gestimmt. Der Trainer brachte es fertig, den Spielern einstündige Vorträge über „ballorientierte Raumdeckung“ zu halten, oder wie der aufgeblasene Quatsch hieß, den er auf der weltberühmten Trainerhochschule in Köln unter Leitung von Doktor Erich Machetotzerutemüller gelernt hatte. Diese Trainerprüfung war derart anspruchsvoll, dass noch nie jemand durchgefallen war, noch nicht einmal Bario Masler.

Ballorientierte Raumdeckung! Wenn Toni schon so einen Käse hörte. Wie sollten das ausländische Spieler verstehen, deren Wortschatz aus gerade mal 50 deutschen Begriffen bestand? Toni hatte jedenfalls nicht verstanden, was das bedeuten sollte.

Deshalb stürmte er in der Halbzeitpause beim nächsten Auswärtsspiel wutentbrannt in die Kabine. Es war zum Schreien. Der FSV lag Null zu Eins hinten und der Mainzer Trainer spielte den Klinsmann aus dem Sommermärchen. Wild mit den Armen fuchtelnd, hüpfte er wie Rumpelstilzchen durch die Kabine. „Mentale Stärke!“, brüllte er. „Totale Dominanz!“, forderte er. Dabei rannte er von Spieler zu Spieler und versuchte jedem aus 20 Zentimeter Abstand mit seinen aufgerissenen Augen den „absoluten Siegeswillen“ einzuimpfen.

„Her uff mit dem Affezirkus!“, brüllte Toni. „Du bist entlosse! Hau ab !“

Gleichzeitig ernannte er den Cotrainer zum vorläufigen Chef, trat den Spielern in den Arsch und schickte sie auf den Rasen.

Wundersamerweise erreichte der FSV in der zweiten Halbzeit ein Eins zu Eins und kletterte auf den siebzehnten Tabellenplatz.

„Isch kennt grad kotze!“, fluchte Fleischworschttoni. Er saß hinter seinem Schreibtisch und brütete. Vor drei Tagen hatte er den Cheftrainer entlassen. Seitdem überschlugen sich die Zeitungen mit Spekulationen, glühten beim FSV die Telefone, ratterten die Faxgeräte wie Maschinengewehre, verstopften die E-Mailkanäle, stapelten sich die Bewerbungen neuer Trainer.

Es waren die üblichen Verdächtigen von A-Z. Allein unter dem Buchstaben M waren vertreten: Norbert Maier, Uli Maslo, Hans Meier, Middendorp und meiß der Meufel. Manche waren so dreist, dass sie sich bei der Presse selbst ins Gespräch brachten, oder nachts um 24 Uhr bei Toni privat anriefen. Zwei waren sogar so frech gewesen, sofort nach Mainz zu fahren, um ungefragt das Konzept zur Rettung des Vereins zu präsentieren. Toni hatte sie rausgeschmissen, ohne hinzuhören. Andere Trainer wollten nicht selbst nach Mainz kommen, sondern ihre Berater schicken. Das war die neueste Mode unter Bundesligatrainern. Anscheinend hielten sie sich alle für kleine Mourhinhos.

„Jetzt fange aach noch die Trainer mit dene scheiß Berader an!“, fluchte Toni und warf alle Bewerbungen ungelesen in den Papierkorb. Das letzte, was der FSV brauchte, waren austauschbare Trainer, die Phrasen über „Fußballphilosophie“ oder „die Raute im Mittelfeld“ droschen. Das taten aber fast alle.

„Dess iss mir alles zu bleed“, entschied Toni. „Mir bleibe dadebei, dass de Coträäner jetzt Scheffträäner iss. Dess iss aach billischer.“

Da hatte Toni recht. Nur den bescheuerten Fußballern war das wieder nicht recht. Beim alten Cheftrainer hatten sie gemeckert, dass er sie mit zuviel Theorie zulabere. Der Neue war dagegen ein angenehm ruhiger Geselle. Deshalb meckerten die Spieler: „Der Trainer redet zu wenig mit mir.“

„Da sollste unnerschreibe, Du Hohlblock!“

Inzwischen war es an der Zeit, Michi Raffzahn den Rest zu geben. Toni setzte Nummer 26 und Karl Napp auf ihn an. „Unn wehe, ihr Knalldeppe vermasselt mir alles!“

„Alles rodscher“, sagte Herbert Dickmilch, instruierte Nummer 26, Barfrau Rosie und alle anderen.

Angefeindet von den Mainzer Fans und verspottet als „dümmster Profi Deutschlands“, kroch Michi inzwischen auf dem Zahnfleisch. Gestützt auf Karl Napps Beobachtungen und abgehörte Telefonate, tauchten in der Presse immer neue Details über den angeblichen Millionenvertrag mit dem russischen Investor vom FCK auf. Mit jedem Bericht sank Michis Marktwert, weil sich kaum noch ein Manager traute, den Fans einen Michi Raffzahn zuzumuten. Und sein einflussreicher Exberater Glaus Kerster sabotierte das Angebot der Eintracht. Michi war der einsamste Mensch im deutschen Profifußball. Er spulte depressiv sein Training ab, ließ sich bei FSV-Amateurspielen auspfeifen und traute sich ansonsten nicht mehr aus dem Haus.

Deshalb war er völlig überrascht, als Nummer 26 abends bei ihm klingelte: „He Michi! Lass uns einen saufen gehen!“

„Wo soll ich hingehen?“, jammerte Michi. „Ich werd ja überall angepöbelt.“

„Nicht dort, wo wir hingehen!“, sagte Nummer 26. Im Schlepptau hatte er einen kolumbianischen FSV-Profi, der seit zwei Jahren in Mainz war und immer noch keinen Satz deutsch sprechen konnte. Aber er führte einen Bibelkreis für fromme südamerikanische Bundesligaprofis an und regte sich furchtbar darüber auf, dass Spieler beim Torjubel keine religiösen Botschaften mehr zeigen durften.

„Dess gibt widder en scheiß Umsatz!“, fluchte Rosie und sah auf die Uhr. Es war Zwei Uhr dreißig. Wie immer stand Rosie hinter der Theke ihrer Bar „Chez Cherie“ und zapfte Bier. Es war wenig los. An der Theke saß ein Freund des Hauses, der immer umsonst Bier trank, weil er beim Mainzer Ordnungsamt arbeitete. Daneben hing ein besoffener Bauunternehmer aus Wörrstadt auf dem Barhocker, der nur noch dummes Zeug brabbelte. Oben in Zimmer Zwei berschtete ein Fernsehfunktionär von der irren Anstalt auf dem Lerchenberg mit der russischen Germanistikstudentin, die als Barmädchen jobbte. Aber wahrscheinlich feilte er nicht, sondern laberte ihr nur die Ohren mit seinem Anstaltsgebabbel voll. Die einzigen ernsthaften Kunden im Laden waren drei FSV-Profis, denen Rosie Cocktails ausgab, um die Stimmung anzuheizen.

Na endlisch, seufzte Toni hinter dem Guckloch, als die Fußballer anfingen, an den Barmädchen herumzuschrauben, die Rosie auf die Kicker angesetzt hatte. Der bibeltreue Fußballprofi war sowieso geil wie ein Rettich. Aber auch Michi taute auf. Angefeuert von Nummer 26 ertränkte er seinen Frust in Alkohol und ergab sich dem männlichen Herdentrieb, um ja nicht hinter den Kollegen zurückzustehen.

„Hähä!“, lachte Brezelmüller und zwinkerte Rosie zu. Rosie komplementierte den Beamten aus der Bar und setzte den Bauunternehmer in ein Taxi.

Als eines der Mädchen auf die Toilette musste, fing Toni sie ab und gab ihr 800 Euro. „Geb alles!“, sagte er.

Rosie legte andere Musik auf. „Sche tääm“, stöhnte plötzlich Jane Birkin aus den Boxen und ein Mädchen wickelte sich zur Musik gekonnt um die Tanzstange auf der Bühne. Sie machte einen Schmollmund, winkte mit der Boa und zeigte mit dem Finger auf Michi Raffzahn.

„Na los!“, feuerte Nummer 26 Michi an. „Die will was von Dir!“

Steifbeinig stakste Michi Richtung Bühne. Er sah nur noch Brust, Hintern, Bein und glotzte gierig auf den Schritt der Tänzerin.

„Sche tääm", lockte der Schmollmund der Tänzerin in Playback. Wie ferngesteuert stolperte Michi die drei Stufen zur Bühne hoch und fiel auf die Nase.

„Wassen Idiot!", sagte Toni kopfschüttelnd. Aber Michi stand tapfer auf und fummelte der Tänzerin unbeholfen an ihrem Rücken herum. Sie musste ihm Hilfestellung geben, damit er ihren BH aufknöpfen konnte.

„Schtellt sisch dran wie e Fut beim Heurobbe!", sagte Rosie kopfschüttelnd und stieß das andere Mädchen an. Die zerrte den frommen Südamerikaner auf die Tanzfläche. „Ah", sagte Rosie genießerisch, als der Kolumbianer einen hocherotischen Veitstanz auf der Bühne hinlegte. Inzwischen tanzten vier Mädchen um die drei Fußballer herum, kippten ihnen Schampus aus der Flasche in die Mäuler, zogen sie aus und vernebelten ihre Hirne.

„Hoho!", lachte Brezelmüller drückte auf den Knopf seines Foto-Handys.

„Subber!", kicherte Toni, als er das Display sah.

„Vergrößern!", befahl Brezelmüller zu Karl Napp.

„Isch kenn misch mit dem neimoderne Scheißdreck nit aus!", sagte Karl Napp und rief Rosie zu Hilfe. Rosie rief schließlich die russische Germanistikstudentin. Die stöpselte Brezelmüllers Fotohandy an ihren Laptop und schloß ihn an den Farbdrucker von Rosies Computer an.

„Geil!", sagte Brezelmüller, als das Foto herauskam.

Die doofen Fußballer merkten gar nichts. Widerstandslos ließen sie sich von den Mädchen in die Separees ziehen. Sie waren jetzt nackt, völlig verschwitzt, die Gesichter mit Champagner verklebt und das ganze Blut hatte sich in ihren Ständern angesammelt.

„Berschte uff Vereinskoste!", kommandierte Toni aus dem Hinterhalt, bestellte sich ein Bier und stoppte die Zeit.

Zuerst war Michi Raffzahn fertig. Als er herunterkam, war wieder etwas Blut vom „Bibbes" ins „Halbhirn" zurückgekommen. Jedenfalls fing er an zu denken, als plötzlich Toni und Brezelmüller vor ihm standen und Fotos präsentierten.

Auf den Fotos sah man, wie Michi nackt an der Stange hing, ein Mädchen fummelte ihm am Gemächt herum und dahinter hielt Karl Napp grinsend eine Mainzer Tageszeitung mit dem aktuellen Datum ins Bild.

„Nein!“, schrie Michi Raffzahn entsetzt.

„Doch!“, sagte Toni.

„Wenn Sandra die Fotos sieht!“, jammerte der Fußballer.

„Indressiert misch ä Scheißdreck!“, knurrte Toni und kritzelte ein paar Zahlen auf einen Bierdeckel.

„Was ist das?“, fragte Michi verständnislos.

„Dein neuer Vertrag!“, knurrte Brezelmüller und log: „Die Fotos aus dem Separee sind noch besser!“

„Da sollste unnerschreibe, Du Hohlblock!“, schrie Toni und boxte dem Fußballer auf die Schulter.

„Wenn das Foto in die Bildzeitung kommt,“, drohte Brezelmüller, „dann ...

„Das ist Erpressung!“, brüllte Michi Raffzahn.

„Unnerschreib jetzt, Du Hohlblock!“, wiederholte Toni, tippte Sandras Nummer in das Handy und fragte: „Soll isch die Fodos jetzt gleisch zu de Sandra schicke?“

Da unterschrieb Michi den Bierdeckelvertrag, suchte seine Klamotten zusammen und trollte sich nach Hause. Laut Bierdeckel hatte er seinen Vertrag in Mainz um zwei Jahre verlängert, und verdiente nur Geld, wenn er in der Profimannschaft auflief. Aber das war unwichtig. Wichtiger war, dass der FSV jetzt eine festgeschriebene Ablösesumme kassieren konnte, wenn Michi nach Saisonende wegging.

Und weil Fleischworschttoni eine richtige Sau sein konnte, wenn er wollte, deshalb hatte er die Absicht, Michi Raffzahn auch dieser Saison noch einmal bei den Profis spielen zu lassen. Ein einziges Mal.

Bayern München: Die Zukunft des deutschen Profifußballs.

Anfang April fuhr der FC Chaos Kaiserslautern nach München zur selbsternannten „Abteilung Zukunft" des deutschen Profifußballs, verlor wehrlos Null zu Vier und fuhr nach Hause.

„Hoho", lachte der Mainzer Manager. „Bei de Betzebittel geht's schteil abwärts."

Der FC Chaos Kaiserslautern war gerade wieder dabei, sich selbst zu vernichten. In der Winterpause hatten die Lautrer keine Verstärkungen gekauft, weil sie „von der Qualität des Kaders überzeugt" waren. Das war natürlich Quatsch. In Wahrheit hatten sie jede Menge Fußballer angebaggert, aber kein Geld gehabt, um sie zu bezahlen. Der Landesfürst hatte nämlich getobt „Häär! Jetzt longts awwer!" und den Geldhahn zugedreht.

Außerdem gab es Ärger mit dem Cheftrainer Bario Masler. Die Spieler konnten seine dummen Sprüche nicht mehr hören. Und es kam nicht gut an, dass er FCK-Kicker zu seinem Schwager, dem Spielerberater Woger Rittmann lotste. Außerdem lieferte er sich einen Dauerkrach mit Napoleon. Seitdem hatte Napoleon überhaupt keine Lust mehr, gegen den Ball zu treten und der FCK taumelte mit Riesenschritten Richtung Abstieg.

Zwei Wochen nach dem FCK fuhr der Fassenachtssportverein nach München. Die Nullfümfer lagen bis zur 88zigsten Minute Null zu Fünf hinten, dann schoss ein Bayernspieler ein Eigentor. Das Erstaunliche an diesem Spiel war aber, dass 3000 Mainzer Fans lauter waren als zehntausende Bayernanhänger.

„Hähä", lachte Toni und boxte dem schönsten Anwalt von Mainz auf die Schulter. „Wenn Gunsenum gesche Finthe spielt iss mehr Schtimmung, als wenn fuffzischdausend Zuschauer in de Allianz-Arena hocke! Haha!"

„Was gibt's denn da zu lachen?", fragte der Anwalt blöde. „Wir haben gerade haushoch verloren."

„Wass es hier zu lache gibt?“ , fragte Toni zurück. „Du kapierst abber aach gar nix. Guck der doch emol die ganze Artiste hier an!“

Der Anwalt sah sich um. Neben ihm lungerte der gesammelte deutsche Geldadel im VIP-Bereich herum. Dazu noch süddeutsche Politprominenz und sämtliche blöden Fernseh-Promis, mit denen kein aufrechter Fußballfan jemals in seinem Leben gesehen werden will.

Toni zeigte biersaufend auf den Ex-Tennisspieler Bäcker samt Begleiterin und grölte: „Dem Bäcker soi Tussis sehe all gleisch aus. Isch weeß gar nit, warum der dauernd e anner hot?“

„Psst!“, zischte der Anwalt. Der Anwalt war furchtbar stolz, inmitten dieser erlesenen Gesellschaft zu sitzen und schämte sich für Tonis krakeelende Mainzer Fröhlichkeit.

„Mit so langweilische Peife“, erklärte Toni, „machste kä Schtimmung. In kääm Schtadion uff de ganz Welt.“

Das sahen die vielen Fans auf den billigen Plätzen genauso. Irgendwie fühlten sich die bayrischen „7-Euro Fans“ hier fehl am Platz. Zwischen all den VIP-Loungen und Prominenten waren sie seltsam gehemmt und trauten sich nicht, laut zu sein. Nicht zu Unrecht hatten sie das Gefühl, von Huli Öneß nur als Statisten missbraucht zu werden, um wenigstens den Anschein eines Fußballstadions zu simulieren. Dabei konnte man dem Bayernmanager gar keinen Vorwurf machen. Die vielen VIP-Loungen sorgten zwar für Friedhofsstimmung, brachten aber Kohle in die Kasse.

„Wenn der Öneß schlau iss“, lästerte Toni „dann schmeißt er alle normale Zuschauer raus, baut äfach 50 000 Lautschprescher uff unn lässt die Schtimmung vom Band ablaafe! So, wie bei Al Bundy!“

Ganz Unrecht hatte Toni mit diesem Vorschlag nicht. So in etwa könnte die Zukunft des deutschen Profifußballs aussehen. Die Vereine rechneten eh nicht mehr mit Eintrittsgeldern, sondern spekulierten mit immer höheren Fernsehgeldern.

Die allerletzte Chance: Das Derby.

Am letzten Spieltag hatten beide Vereine noch eine hauchdünne Chance, in der ersten Bundesliga zu bleiben. Wenn Cottbus gegen Wolfsburg verlor, der FSV oder der FCK aber gewannen, dann konnte einer von beiden auf den 16. Platz klettern und vielleicht im Relegationsspiel gegen den dritten der Zweiten Liga die Klasse halten. Dummerweise aber spielte der FCK zuhause gegen den FSV. Die Derbys zwischen Mainz und Lautern waren aber traditionell grottenschlecht und meistens eine Schande für den Fußball.

Es war einer der wenigen Spieltage, an denen das Fritz-Walter-Stadion ausverkauft war. Ein Polizeigroßaufgebot sicherte Kaiserslautern, um Krawalle zu verhindern.

In der Gästekabine waren alle nervös. Heute ging es um die Wurst. Die Spieler wurden auch nicht ruhiger, als die Tür aufging und Toni hereinstampfte. „Ihr misst Gras fresse!“, brüllte der Mainzer Manager, „sonst dreh isch eisch de Krotze rum!“

Am nervösesten war Michi Raffzahn. Er hatte ein ganz schlechtes Gefühl im Magen. „Trainer, mir ist nicht gut“, sagte er leidend. „Ich hab heut nacht scheiße geschlafen, ich hab Durchfall, Kopfweh und ...“

„Du spielst!“, sagte der Mainzer Trainer gnadenlos zu Michi Raffzahn und schickte die Spieler raus. Als die beiden Mannschaften im Tunnel nebeneinander Aufstellung nahmen, sprach keiner etwas.

Michi hatte wacklige Knie. Da draußen tobte die Hölle. Und Nummer 18 sagte: „Michi! Du stehst in der falschen Reihe!“

„Arschloch!“, zischte Michi wütend.

Als die Fußballer ins Stadion liefen, empfing sie ein ohrenbetäubendes Gebrüll von 50 000 Zuschauern. Viele Mainzer hatten Transparente mitgebracht: „Verräter, geh zu Lautern!“, stand darauf. Die Pfälzer hielten besprühte Bettlaken hoch.

Darauf stand: „Michi bleib in Määnz! De Betze will kä Abzocker!“

„Bist ja beliebt bei deinem Traumverein“, lachte Nummer 18. Als der Stadionsprecher die einzelnen Spieler der Gästemannschaft vorstellte, wurde Raffzahn von den Mainzern und den Lautrern ausgepfiffen. Dann begann das Spiel. Die Zuschauer schrien, tobten, pfiffen. Immer, wenn Michi an den Ball kam, schrien, tobten und pfiffen alle gemeinsam. Das war die Höchststrafe für einen Fußballer.

„Häha“, lachte Karl Napp. „Dess hoste devon, Du Abzocker!“ Karl saß mit seiner Nullfümferkappe drei Plätze neben Herbert. Karl Napp war der einzigste Mainzer inmitten fanatischer FCK-Fans. Schon als er auf seinen Platz gegangen war, hatte es böse Kommentare gehagelt.

„Vun mer aus“, erklärte ihm ein Lautrer Rentner, als ob ihm das Stadion gehöre, „derfsche do hocke. Awwer halls Maul!“

Als die Mainzer Fans riefen: „Steht auf, wenn ihr Mainzer seid!“, stand Karl auf. Das Geschrei war unbeschreiblich.

„Bleib hocke, Du Arschloch!“

„Sei froh, dasche do hocke derfsch, Du Fassenachter!“

Ein anderer warf seinen Bierbecher Richtung Karl und drohte ihm Prügel an. Herbert Dickmilch grinste sich eins.

Das Spiel selbst war unbeschreiblich, weil es nichts mit Fußball zu tun hatte. Gar nichts. Es gab drei rote Karten, zwei Spielunterbrechungen, weil Zuschauer mit Schnapsfläschchen warfen, einen Elfmeter der verschossen wurde und 19 Fußballer, die wie nervöse Hühner über den Platz rannten, weil sie Angst vorm Ball hatten. Am Ende stand es Null zu Null. Cottbus hatte gegen Wolfsburg gewonnen und stand jetzt auf dem 16. Platz.

„Wäsche wass!?“, sagte Ottmar auf der Ehrentribüne.

„Wass?“, fragte Horscht.

„Dess war ess schleschdeschde Fußballschpiel, dess wo isch jemols gesieh honn, unn isch bin ball noinzisch Johr alt.“

Da hatte selbst Horscht nichts mehr hinzuzufügen.

Katzenjammer in Mainz und Lautern

Nach dem 34. Spieltag hatten die Nullfümfer und die Lautrer endlich Planungssicherheit. Für die zweite Bundesliga. In brüderlicher Eintracht belegten sie mit gleichem Punkteverhältnis den 17. und den 18. Platz.

„Isch geb moi Betze-Dauerkart zurick!“, brüllte Dickmilch.

„Isch geh nimmer nuff!“, krakeelte Karl Napp, und fragte Wochen später: „Hoste schunn doi Dauerkart?“

„Alles rodscher“, sagte Herbert.

„Isch aach!“

„Allehopp!“

„Eioo.“

Aber Brezelmüller und Fleischwursttoni hatten die Faxen dick vom Profifußball. Nie wieder wollten sie irgend etwas mit strunzdummen Fußballern, silikonbusigen Spielerfrauen und kriminellen Beratern zu tun haben. Außerdem hatten sie ihre Ziele erreicht. Beide waren bundesweit bekannt geworden und durch langfristige Verträge an den FSV gebunden, „schnappten“ also Kohle. Deshalb legten sie schnell eine getürkte Bilanz vor und erzählten, dass sie den Verein „finanziell konsolidiert und ein solides wirtschaftliches Fundament für den Wiederaufstieg“ gelegt hätten. Dann zogen sie sich mit Hinweis auf ihre beruflichen Verpflichtungen von allen Ämtern zurück und fuhren in Erholungsurlaub.

Blieben der FSV und der FCK. Spieler die noch vor kurzem „ihrem Traumverein“ ewige Treue geschworen hatten, boten sich wie Sauerbier auf dem Markt an und verließen wie Ratten die sinkenden Schiffe. In beiden Städten heulten zehntausende Fans Rotz und Wasser. Das einzige, was sie tröstete, war die Tatsache, dass es dem ungeliebten Nachbarverein genau so ging.

Die Manager beider Vereine redeten, was man so redet in so einer Situation. Sie faselten vom Neuaufbau mit Spielern, die sich hundertprozentig mit dem Verein identifizierten. Das sei ihre „Fußballphilosophie“. Überhaupt babbelten sie viel modernen Stuss über „Fußball als Markenprodukt“ und dem „tollen Umfeld“, mit dem es möglich sei „den Verein langfristig im oberen Drittel der Bundesliga zu positionieren“ und bla, bla, bla. Auf jeden Fall senkten sie nicht die Eintrittspreise.

Und natürlich versprachen sie den sofortigen Wiederaufstieg, womit sie den Mund reichlich voll nahmen. Ansonsten änderte sich nichts. Der FCK hing weiterhin am Tropf des Steuerzahlers, „weil der Fußball ja so wischdisch für die ganze Reschion ist.“ Aber dem FSV ging es genau so. Auch das Mainzer Stadion war zu groß für einen Provinzverein, auch hier wurde der rheinland-pfälzische Steuerzahler zum Hauptsponsor.

In Wahrheit hatten die Manager beider Vereine nur vage Hoffnungen anzubieten. Sie hofften auf irgend einen russischen Milliardär, der aus Hobby und Eitelkeit für 150 Millionen Euro einen Rheinland-Pfälzischen Provinzklub kaufte.

„Gott sei donk erlewe mer des nimmi!“, sagten Ottmar und Horst, die letzten Überlebenden von 1954. Aber sie fieberten dem nächsten fußballerischen Großereignis in der Zweiten Bundesliga entgegen: Dem Heimspiel vom FCK gegen den FSV.

Und Michi Raffzahn? Michi Raffzahn sollte im Profifußball nicht mehr glücklich werden. Gehasst in Mainz, unerwünscht in Lautern, und vom „schwarzen Abt“ exkommuniziert, fand er nie wieder zu alter Stärke zurück. Er wechselte noch ein paar Mal den Verein und wurde überall ausgepfiffen, egal, wo er spielte. Er galt bei allen Fans als Prototyp des dummdreisten und geldgierigen Legionärs. Auch seine Traumbeziehung mit Möchtegernmodel Sandra ging in die Brüche. Als er nur noch dritte Liga spielte, angelte sie sich einen Fußballer, der in der Ersten Bundesliga kickte.

Und der deutsche Profifußball allgemein? Er wurde immer bescheuerter. Reihenweise trieben sich Vereine in den Ruin, weil sie immer größere „Arenen“ bauen wollten. Es war wie eine

Infektionskrankheit und ging solange gut, bis der uralte blinde Medienunternehmer zum zweiten Mal bankrott machte.

„Haha", lachte er und fuhr in den Sarg. Die Deutsche Flockenliga badete ihre Hände in Unschuld und tat das, was sie schon immer gewollt hatte. Sie kippte die „50 plus Eins Regel" und öffnete den deutschen Fußballmarkt für internationale Investoren. Damit wurde der Vereinsfußball endgültig zu Grabe getragen. Und Sportjournalisten gab es auch keine mehr. Wozu auch? Es gab nur noch Sportberichterstattung a la „Schportbild". Jeder Ball wurde zum Ballon aufgeblasen, siebzigmal in Superzeitlupe wiederholt und von Experten totgebabbelt. Klubs kauften für irrsinniges Geld dreizehnjährige Buben aus Südamerika, damit sie in deutschen Fußballinternaten versauerten. Aus lauter Angst, beim Rattenrennen ums große Geld nicht mithalten zu können, feuerten Klubs nach drei verlorenen Spielen ihre Trainer, ließen sich von kriminellen Beratern und größenwahnsinnigen Spielern terrorisieren. Und wenn so ein selbsternannter „Top-Klub" trainierte, dann liefen mehr Betreuer als Spieler auf dem Rasen herum. Mentaltrainer, Kommunikationstrainer, Diplomhütchenaufsteller, ...

Zum Schluß spielte nur noch der künstlich aufgeblasene FC Gazprom-Schalke-Veltins gegen Telekom-Allianz-Bayern und den VFL Volkswagen, wobei der Videoschiedsrichter entschied, ob das Abseitstor gegeben wurde, oder nicht. Und im Ball war keine Luft mehr, sondern ein Computerchip. Wenn es dann noch Fans gab, die freiwillig in ein Stadion gingen, um Fußball zu sehen, dann waren sie selber schuld. Aber es gab ja keine Stadien mehr, sondern nur noch Arenen. Und es gab auch keine Fans mehr. Es gab nur noch Supporters, Ultras und Buisiness-Seats-Vip-Members, oder wie auch immer der ganze neumodische Blödsinn hieß.

Abpfiff!

Hat Ihnen dieser Karl-Napp-Krimi gefallen? Es gibt noch drei.

Der Hund vom Lerchenberg

Mainz: Fiese Verbrecher entführen Ken, fordern Lösegeld und drohen, seinen Schwanz abzuschneiden. Ken ist ein Yorkshire-Terrier. Meenzer nennen diese Sorte Hund: „Fotzelecker".

Der Köter gehört Dr. Neumüller und seiner Freundin Barbie. Neumüller ist ein hohes Tier beim Zweiten Fernsehen Deutschlands und sieht aus wie ein dicker Mops. Barbie ist ein silikonverstärktes Partyluder aus Wiesbaden mit riesigen Brüsten und Lippen so dick wie Fahrradschläuche.

Neumüllers Ehefrau darf aber nicht wissen, dass es Barbie gibt. Deshalb gehen Herrchen und Frauchen nicht zur Polizei, sondern zum Privatdetektiv Karl Napp. Auf der Suche nach dem Hund schnüffelt Karl im Frankfurter Boxmilieu und stolpert in die Wiesbadener Pornobranche. Die Spur des Verbrechens führt aber nach AKK, in die hessisch besetzte Zone von Mainz.

Pressesprecher der Mainzer Handkäsmafia: Genau. Alle Hesse sinn Verbrescher, klaue Akk unn Aschebescher.

Wiesbadener Literaturkurier: Das ist richtig. Aber noch krimineller sind die Zustände in der irren Anstalt auf dem Mainzer Lerchenberg.

Barfrau Rosie: Die Bibbeswackeler vom Fernseh sinn moi schlimmste Kunde. Dess war schon damals im Bordell Rotkäppche so.

Der Hund vom Lerchenberg. Kriminalroman von Dieter Schmidt. Karl-Napp-Verlag 2005. ISBN 3-9809395-0-2

Ääner geht noch!

Johannes Gutenberg ist der berühmteste Meenzer aller Zeiten, weil er angeblich den Buchdruck erfunden hat. In Wahrheit weiß man noch nicht einmal, wie er aussah. Alle Bilder, alle Denkmäler von ihm sind frei erfunden.

Als die Spur eines Gutenbergportraits aus dem Jahr 1454 auftaucht, gerät ganz Määnz aus dem Häusschen. Die Presse, die Handkäsmafia, die Hells Angels, ja sogar Wiesbadener jagen hinter dem alten Gutenberg her. Die Rheinhessische Befreiungsfront (RHF) ist auch dabei. Deshalb mischt der Verfassungsschutz mit. Zwischen allen Fronten: Privatdetektiv Karl Napp.

Johannes Gutenberg +

Ja gut, sischerlisch. Schtimmt alles, was übber misch in dem Buch schteht. Abber grad deshalb! Wenn isch den Audor verwisch, haach isch em uff die Fratz, dem Arschtörtsche!

Europäisches Institut für vergleichende Sexualforschung: Sauwitzisch! Der Mainzer Dialekt hat einen unglaublichen sexuellen Wortschatz. Schon Carl Zuckmayer war begeistert von dieser saftigen Fleischwiorschterotik.

Wiesbadener Literaturkurier: Wie hier Wiesbadener dargestellt werden, ist empörend! Außerdem ist das Buch intellektuellenfeindlich!

Rheinhessischer Metzgerverband: Endlich ein Buch über Gutenberg, das nicht nur den Gutenberg-Marathon, sondern auch die Gutenberg-Metzgerei und die Gutenberg-Fleischworscht erwähnt.

Ääner geht noch! Kriminalroman von Dieter Schmidt. Karl-Napp-Verlag 2004. ISBN: 3-9809395-0-2

Big Deal oder Der tote Kuttenbrunzer im Sado-Maso-Käfig

Mainz. Ein katholischer Priester wird nackt und tot im Käfig eines Sado-Maso-Bordells aufgefunden. Vorläufige Todesursursache: Zuviel Suff, zuviel Koks, zuviel Viagra, zuviel Puff.

Nachforschungen ergeben, dass der tote Pfaffe zu Lebzeiten ausschweifend der bisexuellen Fleischeslust frönte. Außerdem war der geile Kuttenbrunzer tief in den Parteispendenskandal verwickelt.

Wurde er vielleicht doch ermordet? Von der Kirche? Von katholisch-fundamentalistischen Terroristen? Oder steckt die Mainzer Handkäsmafia dahinter? Privatdetektiv Karl Napp ermittelt.

Johannes Gutenberg +

In dem Krimi geht's um Geld, Sex, Politik und Religion. Geiles Buch, hätt isch aach gern gedruckt.

Wiesbadener Literaturkurier

Widerlich! In diesem Krimi wird der Mainzer so beschrieben, wie er in Wirklichkeit ist. Laut, ordinär, schlecht angezogen und auch noch stolz darauf.

Südwestdeutscher Literaturrundfunk

Schpannend, witzisch unn sorgfäldisch rescherschiert. Subber. Son Kokolores find isch immer gut.

Eine ehemalige Nonne, heute Betreiberin eines Sexshops

Genau so isses!

Big Deal oder Der tote Kuttenbrunzer im Sado-Maso-Käfig.
Kriminalroman von Dieter Schmidt. Karl-Napp-Verlag 2002
ISBN: 3-00-010351-1